rowohlt

Jochen Missfeldt

Steilküste

Ein See- und Nachtstück

Roman

Rowohlt

1. Auflage März 2005

Satz aus der Berling PostScript (InDesign)
bei Pinkuin Satz und Datentechnik, Berlin
Druck und Bindung Clausen & Bosse, Leck
Printed in Germany
ISBN 3 498 04493 1

Dem Gedächtnis von

Alfred Gail,
geboren am 8. Februar 1925 in Kassel, hingerichtet am 10. Mai 1945 in der Geltinger Bucht

Martin Schilling,
geboren am 29. März 1921 in Holtland/Leer, hingerichtet am 10. Mai 1945 in der Geltinger Bucht

Fritz Wehrmann,
geboren am 7. Juli 1919 in Leipzig, hingerichtet am 10. Mai 1945 in der Geltinger Bucht

Handeln ist leicht, denken schwer

Johann Wolfgang von Goethe,
Wilhelm Meisters Lehrjahre

Im Riesenrad

Die Riesenradkabinen kreisen mit mir durchs Jahr. Im Januar steige ich unten ein, es ist gemütlich warm von der Elektroheizung, das Personal legt mir eine Wolldecke über die Knie. Die Fahrt geht los. In der Neun-Uhr-Position grüßt der Frühling mit Drosselgesang und wässriger Luft. Im Juni stehe ich ganz oben: zwölf Uhr. Fliederduftbeschwerter Sommersauerstoff strömt zu den offenen Kabinenfenstern herein. Weit geht der Blick über die Ostsee, bis Bornholm und Christiansoe. Auf Bornholm ist Radfahren wegen der Hügel kein Zuckerschlecken. Auf der kleinen Insel Christiansoe kann man Radfahren gleich ganz vergessen. Weiß, schön, groß gleitet ein Fährschiff aus dem Kieler Hafen und nimmt Kurs aufs offene Meer.

Gebieterisch meldet sich der Wunsch: Endlich mal wieder tanzen. Immer seltener geht dieser Wunsch in Erfüllung. Früher habe ich so gern getanzt. Ich spüre kaum noch Musik in den Knochen. Manchmal aber packt es mich im Riesenrad, wenn ich unten eine wogende Menge über den Solsbüller Marktplatz schwofen sehe. Dann rufe ich: «Heda, Leute, macht mal Platz, ich will mitschwofen.»

Wer von dieser hohen Sitzwarte aus nur an Radfahren, Fährschiffe und Schwof denkt, merkt nicht, wie die Kabine längst auf den Herbst zusinkt. Im Herbst erwarte ich schon den Winter: Ich sehe mich am Bügelbrett vor laufendem Fernseher stehen und Oberhemden bügeln. Ich bügle sogar

Socken und Unterhosen. Dann heißt es, dem Sturm, dem Regen, dem Jahresende entgegenbügeln. Kurz vor Silvester, die Kabine hat fast aufgesetzt, sehe ich auf den Zähler und notiere den Stromverbrauch.

Das Riesenrad hat mich wieder mal in den Juni emporgedreht. Der längste Tag des Jahres steht vor der Tür. Sonnenwendfeuer werden an der Geltinger Bucht brennen. In der Johannisnacht werde ich durch eins der Feuer springen, einen Wunsch habe ich dann frei. Im Juli werde ich am Tag des heiligen Jakobus den Startschuss für die Roggenernte geben. Also werde ich zur heiligen Quelle pilgern, einen Schluck nehmen und mit dem Segen des heiligen Jakobus über den Solsbüller Marktplatz tanzen. Mindestens eine Bratwurst werde ich essen. Ein Bier werde ich trinken. Beides wird sich in meinem Magen mit dem heiligen Wasser mischen. Gleich nach den Markttagen werde ich Kartoffeln ernten: Jakobskartoffeln. Ich werde meinen Blick in den Sommer richten und die ersten reifen Äpfel an den Apfelbäumen hängen sehen, Jakobsäpfel, und ich sage zu mir: «Ich werde den Jakobsstab in die Hand nehmen und die Sternenwinkel messen, ich werde den St.-Jakobs-Pilgerweg entlangpilgern, ich werde die Kirchen, die dem heiligen Jakob geweiht sind, besichtigen. Je weiter ich nach Süden vordringe, desto wärmer wird es werden. In den kühlen Kirchen werde ich Kerzen anzünden, für die zwei Matrosen, für Hörgebar, für alle anderen und für mich.»

Meine Erinnerungen beginnen in der Geltinger Bucht. Im Traum, den ich immer noch träume, tummeln sich dort U-Boote. Unter Wasser holen sie Schwung, sie schießen heraus, sie lassen sich fallen, sie stoßen Wasserfontänen aus dem Schnorchel, sie brüllen ähnlich wie die kleinen, braunen

Kühe an der Steilküste, die da oben Gras fressen, wiederkäuen und mit ihren violetten Kuhaugen den Ostsee-Horizont absuchen. Die U-Boote singen ihren vielstimmigen Untergangsgesang, die Messe Aquis submersus. Wann wird das je vergehen?

Das Maigewitter

Schiff um Schiff lief seit dem 3. Mai 1945 in die Geltinger Bucht ein. Der Großadmiral hatte gerufen. Auch U-999 war auf dem Weg. Die Elektromotoren hatten es im Mai-Morgengrauen leise in der Elbe Richtung Brunsbüttelkoog vorangetrieben, immer an den Elbdeichen entlang. Hinter den Deichen schliefen die Tommys ahnungslos in ihren Zelten. Stand auf dem Deich etwa einer Wache und spähte und lauschte? Wollte der Feind morgen schon nach Schleswig-Holstein übersetzen? Unbehelligt passierte U-999 die Schleusen von Brunsbüttelkoog und den Nord-Ostsee-Kanal. In Kiel wäre es fast einem Fliegerangriff der Royal Air Force zum Opfer gefallen, aber, allem Krieg zum Trotz, kam es heil in der Geltinger Bucht an. Da lagen schon andere: U-Boote, Zerstörer, Schnellboote, Minensucher und Versorgungsschiffe.

Die Nacht, an deren Ende es eintraf, war eine tolle Mondnacht gewesen, Nacht der Zuflucht, Nacht der Geborgenheit, ein erhebendes Bild. Das sah nicht nach Kriegsende und Niederlage aus, sondern nach Heimkehr von einer großen, gewonnenen Schlacht. Keinem Soldaten war ein Haar gekrümmt worden. Man wichste schon die Knobelbecher für eine lange Ballnacht. Der Bart war ab. Man besah sich im Spiegel und kämmte sein Haar. Einen Spritzer Tai Tai aufs Kavalierstaschentuch geträufelt, das hat noch nie geschadet. Einatmen und sich in Form fühlen. Kein Soldat würde beim Durchschreiten der Eichenlaub-Ehrenpforte hinken. Die Brieftasche war voll gestopft mit Sold, und zwischen dem Sold steckte das Foto: Ehefrau mit drei Töchtern. Eine Erinnerung an glückliche Tage. Die glücklichen Tage waren geblieben, und das Glück würde nicht vergehen. Das Wetter versprach, vom strahlenden Siegesgesang noch strahlender zu werden. Weit ging der Blick über die Ostsee und über Stadt und Land. Schönwetterwolken trieben am Maihimmel. Der Maiwind blies kühl. Das liebliche Osterfest war ohne Auferstehung an den Menschen vorbeigegangen. Das liebliche Pfingstfest stand vor der Tür.

Erst mal Himmelfahrt, Leute.

Zum Baden war das Wasser an diesem 5. Mai noch zu kalt. Wer den Fuß eintauchte, zog ihn zurück. Ein Blick auf die Uhr ergab: drei Minuten nach sechs. Die einzige stille Morgenminute war unwiderruflich abgelaufen.

Schon erwachte die Neugier. Oben auf der Steilküste standen viele Schaulustige, herbeigelaufene Flüchtlinge und Einheimische, Junge und Alte. Sie waren vom wiederkehrenden, dumpfen Bum-Bum der Unterwasser-Detonationen, vom Orgeln, Seufzen und Stöhnen der auf den Grund der Geltinger Bucht sinkenden U-Boote geweckt worden.

Das erste U-Boot war frühmorgens um vier Uhr zehn in die Tiefe gesunken. Bis spätestens acht musste die Aktion «Regenbogen» beendet sein, denn danach galt der mit Feldmarschall Montgomery ausgehandelte Waffenstillstand. Warum die U-Boote versenkt wurden, darüber lässt sich gut spekulieren. Der unausgesprochene Herzenswunsch des Großadmirals, des frisch gebackenen deutschen Reichspräsidenten Karl Dönitz, also des Staatsoberhaupts, war der Wunsch der Kriegsmarine und sollte in Erfüllung gehen.

Von jeher war es in aller Herren Länder Marine-Tradition: Kein Boot, kein Schiff darf in Feindeshand fallen.

Kurz vor acht bäumte sich ein Boot auf mit einem Flagge schwenkenden Matrosen. Nein, er hatte sich die Flagge um den Körper gewickelt, hielt sich noch mit einer Hand am Turm fest, als der Bug bereits zum Himmel zeigte. Das sinkende Boot orgelte und stöhnte von der entweichenden Luft, die dem einlaufenden Wasser Platz machte und zu allen Luken und Löchern hinauspfiff. Der U-Boot-Fahrer grüßte noch einmal unvorschriftsmäßig mit der Hand an der Mütze und nahm diesen Gruß, zusammen mit der Flagge, ins Seemannsgrab. Vorschriftsmäßig wäre der deutsche Gruß gewesen, der ausgestreckte rechte Arm mit der ausgestreckten Hand; er galt ja noch. Aus den hinterlassenen Papieren des Marinesoldaten weiß man: Er wollte mit seinem Boot untergehen und sterben. Er hatte Frau, Kinder, Eltern und Schwiegereltern verloren und erwartete nichts Besseres als den Tod.

Heißt es nicht bei den Bremer Stadtmusikanten: Etwas Besseres als den Tod findest du immer und überall? Hätte nicht ein Schaulustiger das dem armen U-Boot-Fahrer übers Wasser zurufen können? Des Menschen Wille ist sein Himmelreich, mag der Schaulustige gedacht haben. Oder: Wohl ein Scherz. Oder: Schade um den jungen Menschen. Oder: Blödsinn, der Krieg ist doch aus.

Auch ein vierjähriges Kind stand an der Hand eines Erwachsenen oben auf der Steilküste. Beide hatten den mit Flagge und Boot untergehenden Soldaten beobachtet. Hans Hörgebar war der Erwachsene, und das Kind war ich.

Hörgebar wusste nicht, dass der Soldat ein Selbstmörder war, und verstand das Geschehen als bunte Einlage einer

Flaggenparade zum Kriegsende. Der U-Boot-Fahrer, sagte er, werde das Boot unter Wasser schon wieder verlassen, auftauchen und zu den Kameraden schwimmen.

«Bestimmt?», fragte das Kind.

«Hundertprozentig, Gustav», sagte Hans Hörgebar, dem das Kind zu treuen Händen übergeben worden war.

«Kann der Junge nicht acht bis zehn Tage bei euch im Kinderschiff bleiben, während ich die Entbindungsstation im Hilfskrankenhaus von Kummerby einrichte?» Das hatte die Hebamme Gret, Ziehmutter und Tante des Jungen, kürzlich gefragt. Sie war den Hörgebars seit Jugendzeiten freundschaftlich und beruflich verbunden. Vielleicht war das der Grund, warum das Kind den Hörgebar-Erwachsenengeruch so mochte und weder überredet noch gelockt werden musste. Im Gegenteil, als Gret bei den Hörgebars eintraf, sagte das Kind: «Ich bleibe hier.» Damit waren Hans und Klara und deren neunzehnjährige Adoptivtochter Paula gemeint. «Ich komme auch ganz bestimmt wieder», tröstete Gret für alle Fälle und fuhr in ihrem wehrmachtsgrünen, schön nach Benzin duftenden Opel – den würden die Engländer ihr, einer Hebamme, nicht wegnehmen – zurück nach Kummerby und weiter nach Solsbüll-Mühle, wo sie wohnte.

Hans Hörgebar ging in die Knie und ließ die Schützlingshand los. Nun waren beide gleich groß und auf Kinder-Augenhöhe. Sie hatten blaue Augen. Das Kind hatte kleine Ohren. Hans Hörgebar hatte große Ohren, eine große Nase hatte er auch, und auf der Nase saß eine große Warze. «Wie festgemauert», sagte er und zog mit Daumen und Zeigefinger daran. Mit seiner Brille sah er nicht nur wie ein Heimvater aus, er war auch einer. Während er mit seinem Schützling über die Geltinger Bucht schaute und lauschte, flüsterte er ihm ins Ohr: «Es ist so mausestille / Kein Vogel hörgebar / Es ist auch nicht ein Wille / Es ist so wunderbar.»

«Kann der Mann vom Unterseeboot auch wirklich schwimmen?» Das schwierige Wort hatte der Heimvater dem Kind schon beigebracht.

«Alle U-Boot-Fahrer können schwimmen», antwortete der Heimvater. «Er sitzt vielleicht schon im Rettungsboot.»

«Schlauchboot», sagte das Kind.

Tatsächlich, Marinesoldaten ruderten in Schlauchbooten Sack und Pack und Proviant Richtung Steilküste. Sie hatten ihre Schiffe geleert und wollten aus vollen Händen schenken. Über eine provisorische Holzbrücke transportierten sie Farbe, Tauwerk, Bettwäsche, Werkzeug, Werkbänke und Dieselöl. Bauern fuhren mit Pferd und Wagen den Treibstoff in Jauchetonnen nach Hause. Flüchtlinge und Einheimische luden, so viel sie konnten, auf Handwagen oder trugen weg, was ihnen brauchbar erschien. In den Scheunen der Bauernhöfe wurden Vorratslager angelegt. In den Waschküchen dampfte Eintopf im Waschkessel: Man sah vor lauter Fleisch die Suppe nicht mehr. In der besten Stube lagen die besseren Sachen: Kolonialwaren, Zigarren, Zigaretten und Rum aus Übersee auf dem Tisch, weißblau-karierte U-Boot-Bettwäsche auf dem Sofa.

Zwei Soldaten waren mit ihrem Schlauchboot im knöcheltiefen Wasser angelangt und trugen einen Geschulterten an Land. Hans Hörgebar sah eine weiße Schirmmütze, zwei Kolbenringe am linken Uniform-Ärmel und einen langen, weißen Stock in der rechten Hand. «Blindenstock» war das nächste Wort, das er seinem Schützling vorsagte.

«Da hinten schwimmt noch einer mit seiner weißen Mütze!», rief er jetzt.

«Der badet seine Mütze», rief das Kind.

Draußen in der Bucht schwamm wirklich einer mit weißer Mütze auf dem Kopf. Es war nicht der Selbstmörder, sondern es war der Kommandant von U-999. Dessen Besatzung befand sich schon in Sicherheit auf dem U-Boot-Tender Donau. Der Kommandant war mit seinem dreiköpfigen Versenkungskommando an Bord geblieben, um das Boot zu präparieren: Sprengladung an den richtigen Platz legen und scharf machen, Tauchtank-Ventile aufdrehen, Turmluk und Torpedoluken öffnen. Gerade noch rechtzeitig hatte er sich mit einem Sprung ins kalte Nass gerettet, seine Mütze blieb treu und brav sitzen. Auch die drei Männer vom Versenkungskommando hatten sich retten können.

Zu Untergangsmusik und mit steil aufgerichtetem Bug verschwand U-999 von der Bildfläche. Kommandant und Versenkungskommando brachten noch ein dreifaches Hurra heraus, und das Boot antwortete mit einer Detonation, als es sich auf den Grund legte. Eine Fontäne schoss aus dem Wasser, fiel als schöner, weißblauer Wasserfall zurück und holte den Schall herauf. Dumpf, wie von Trommeln aus Afrika, hallte es über die Geltinger Bucht.

Ein vierstündiges Drama mit fünfzig Akten: Fünfzig U-Boote gingen auf Grund. Zuletzt an der Reihe gewesen war U-999, zehn, zwanzig Minuten nach acht.

So spät?

Der Kommandant kann sich nicht mehr genau erinnern. Zu spät auf jeden Fall.

Einen Kilometer weiter südlich, immer die Steilküste entlang, auf den Karten des Landesvermessungsamtes hieß das Gebiet Waldlust, goss in der Nacht darauf der Regen wie aus Eimern. Über dem herrschaftlichen Adelssitz, der das «Kinderschiff» unter seinem Dach beherbergte und mittlerweile

Flüchtlingslager geworden war, regierten Donner und Blitz über Himmel und Erde, Paradies und Hölle. Das Kind lag im Schlafzimmer der Heimeltern, allein.

Hörgebar war mit seiner Adoptivtochter Paula unten bei den Flüchtlingen, um mit ihnen Heimatlieder zu singen. Klara hatte Nachtdienst im Hilfskrankenhaus, das im benachbarten Hotel Windvogel eingerichtet worden war. Sie trug weiße Krankenschwesterntracht. In der ehemaligen Hotelküche stand eine Blechkanne Hagebuttentee. Sie ging zu den Kranken und fragte: «Jemand noch eine Schmerztablette? Jemand noch Tee?» Sie sagte: «Der Krieg ist vorbei. Schlafen Sie gut», und knipste das Licht in den Krankenzimmern aus. Manch Verwundeter verliebte sich in sie. Sie war schön und freundlich, langes braunes Haar fiel über ihre Schultern. Früher hatte sie einen Bubikopf getragen; den trug jetzt Paula. Hörgebar griff da gerne rein. Er fragte sich, ob zwischen Schöpfung und Schopf ein Zusammenhang bestehe. Er wollte in seinem Wörterwurzelbuch nachschlagen.

Am Abend hatte das Kind kein Schlaflied gesungen und auch kein Märchen zum Einschlafen erzählt bekommen. Also lag es wach. Die Flüchtlinge dagegen waren unter Dornröschens Brombeerranken längst eingeschlafen. Wie eine zweite Nacht lag das Maigewitter über dem Kinderschiff. Wie eine dritte Nacht hingen die Bilder von den untergehenden U-Booten über dem Kind. Auch zwei weiße Mützen und ein weißer Stock hingen über ihm. Es hörte ein Orgeln und Stöhnen. Auch ein Stampfen, ganz nah. Tonnenschwere Knobelbecher liefen hinter federleichten Knobelbechern her. Diese dritte Nacht war zu viel, drückte auf den Brustkorb, nahm die Luft zum Atmen. Plötzlich wurde es taghell. Der Blitz war ein Peitschenhieb, der das Kind aus seinem Heimelternbett schleuderte; Knall auf Fall stand es auf dem blanken Schlafzimmerboden. Wo waren die Heimeltern, wo war Paula? Sosehr das Kind auch schrie, seine Schreie gingen unter in den drei Nächten, in Blitz und Donner und rauschendem Regen.

Gingen sie wirklich unter? Wenig später schon hockten Hörgebar und Paula, Gesichter rot, Haare zerzaust, vor ihm und sagten wie aus einem Mund: «Was ist denn bloß los!»

Sofort hörte das Kind mit Schreien und Schluchzen auf und sagte: «Ich hatte solche Angst so allein.»

Paula sah Hörgebar mit bösen Blicken an: «Da hast du es. Deine Schuld. Kannst du damit nicht mal aufhören?»

«Wir waren doch im Haus!», sagte er zum Kind.

«Wart ihr nicht.»

«Es ist aber die Wahrheit.»

«Nein!»

Paula stand auf, räusperte sich und schlug sich mit der flachen Hand auf den Mund. Sie sah auf das Kind hinab und sagte: «Doch, wir waren im Haus. Nun beruhige dich, und schrei bitte nicht mehr so.» Da schrie das Kind wieder los, sodass Paula sich noch einmal hinhockte und flüsterte: «Ist ja schon gut. Wir lassen dich jetzt nicht mehr allein. Willst du bei mir schlafen?»

«Nein, bei Hörgebar.»

Der nahm das Kind auf den Arm und dachte: Was das Kind wohl von uns denkt? Auf diese Frage hätte er die Antwort gern gewusst.

Am nächsten Morgen lud er den Kommandanten von U-999 zum Mittagessen ein, nachdem der dem Kinderschiff drei Garnituren U-Boot-Bettwäsche für die Flüchtlinge spendiert hatte. Schon im Hausflur, wo die Pferdepeitsche an der Garderobe hing, sagte der Gast: «Ich muss Ihnen unbedingt von meiner Flüchtlingsfahrt erzählen.»

«Unbedingt», sagte Hörgebar. Bis zum Mittagessen seien noch zehn Minuten Zeit. Man könne sich im Garten unterm Birnbaum auf die Bank setzen.

Die Geschichte ging so: Am 17. März 1945 nahm in der Danziger Bucht, im Fischerei- und Kriegshafen der Halbinsel Hela, ein U-Boot vierzig Flüchtlinge an Bord. Es war dunkel und kalt, als Frauen, Kinder, Hitlerjungen mit diesen Worten einstiegen: «Wir haben das Land verlassen und sind zu Schiff gegangen! Wir haben die Brücken hinter uns, mehr noch, wir haben all unsere Zelte abgebrochen! Nun, Schifflein, schwimme gut!»

Nachdem am Kai noch der Befehl «Pimpfe abspritzen und Läuse über Bord» ausgeführt worden war, steuerte das U-Boot sicher durch landeseigene Minenfelder und erreichte tieferes Ostseewasser. Der Kommandant befahl: «Tauchen.» In der Zentrale gab der Leitende Ingenieur das Kommando: «Fluten!» Der Diesel-Maat schaltete die beiden Dieselmotoren ab. Die Entlüftungsklappen wurden geöffnet. Ostseewasser flutete zu den Tauchtanks herein. Die zwei Tiefenrudergänger betätigten per Handballendruck die Tiefenruder, die vorn und achtern am Bootskörper saßen. Die beiden brauchten ein Händchen, um das Boot in der befohlenen Tiefe zu halten. Langsam und leise glitt, angetrieben von den beiden Elektromotoren, U-999 mit den Flüchtlingen dahin.

«Stinkröhre» nannten U-Boot-Fahrer ihr U-Boot. Nicht mehr lange würde U-999 Stinkröhre sein, denn es war auf dem Weg nach Hamburg, wo ihm ein Schnorchel eingebaut werden sollte. Dann würde man auch unter Wasser mit Dieselmotoren fahren können, und die fünfzig Lungen könnten frische Seeluft atmen. Stinkröhre und schlechte Stimmung bei der Tauchfahrt wären passé.

Von Stinkröhre konnte allerdings heute schon keine Rede sein. Der Kommandant nannte seine Fracht aus Anlass der besonderen Unterwasserfahrt «Porzellanfuhre». Der Smutje kochte in der Kombüse starken Bohnenkaffee und verteilte Schinkenbrote. Bekanntlich aß und trank man auf deutschen U-Booten gut. Auf diesem U-Boot spendierte man sogar Bonbons aus einer großen Tüte. Ein stramm gewickeltes Baby lag in der Kinderhängematte, die an der Decke im Kommandantenraum hing.

Kommandantenraum? Das ist übertrieben. Es war ja nicht mehr als ein Durchgang mit Tisch und Bank. Die Tür zum Funkraum stand offen. Der war klein, aber mein. Der Funkmaat wusste schon das Wetter von morgen. Auf einem Plattenspieler ließ er «Schlafe, mein Prinzchen, schlaf ein» erklingen. Er hätte auch «Eine kleine Nachtmusik» oder «Roter Mohn» oder «Heimat, deine Sterne» im Musikvorrat gehabt. Oder die ganze Mannschaft hätte singen können: «... und wenn wir auf tausend Meter geh'n, woll'n wir zu Fuß nach Hause geh'n, zu dir, Lili Marleen.» Neben dem Funkraum im kleinen, aber meinen Horchraum saß der Horcher und hielt Aushorch nach Schraubengeräuschen.

Der Leitende Ingenieur trat mit einer Babyflasche zu der Mutter und sagte: «So, gnädige Frau, sagen Sie mir, wie ich das Fläschchen kochen soll!»

Die Mutter antwortete: «Ein Viertel Milch, drei Viertel Wasser mit Haferschleim!», und dachte: Wenn das man gut geht. Das Herz eines stramm gewickelten Kindes schlage langsamer, hieß es. Ein stramm gewickeltes Kind schlafe mehr und schreie weniger. Ideale Voraussetzungen für eine Mutter auf der Flucht.

Die Flüchtlinge schwiegen zwischen Hoffen und Bangen oder flüsterten zwischen Sorge und Sorglosigkeit. Alle Angst war weg, trotzdem war noch alle Angst vorhanden. Gerne hätte man sie durch ein paar Atemzüge mit frischer, kühler Luft vertrieben. Fuhr man etwa durch einen Sturm? Nein, das Boot tauchte.

«Was, wir sind getaucht?» Das rief Hans im Glück.

«Nicht so laut», sagte der Kommandant mit Zeigefinger am Mund. Um die Kinder zu beruhigen, ließ er seinen ersten Wachoffizier etwas Seemannsgarn spinnen, die Geschichte vom nicht festgezurrten Heringsbottich: Es waren einmal fünfundzwanzig Lords, die im Bugraum mit sechs Reservetorpedos auf Du und Du lebten. Sie glaubten, dass der Bottich gut vertörnt sei. Irrtum! Bei einem ganz spektakulären Tauching rauschte das Boot mit großer Vorlastigkeit in die Tiefe. Das Fass machte sich selbständig, es donnerte zwischen die Torpedorohre, und die sauren Außenbordkameraden schwammen im Bugraum. «Und wir hatten die Nase voll», so beendete der Erste Wachoffizier die Geschichte. Die entlausten und mit Süßwasser abgespritzten Hitlerjungen glaubten ihm und verlangten noch eine Geschichte. Und wenn sie nicht gestorben sind, dann leben sie noch heute.

«Ein Schluck Bohnenkaffee gefällig?»

Die erwachsenen Flüchtlinge sahen den U-Boot-Männern dankbar in die Augen und entdeckten sogar Humor darin. Am liebsten wären sie ihren Rettern um den Hals gefallen. Die Retter merkten das und arbeiteten nicht ohne Stolz im Dieselraum und an der Elektro-Maschine, bei den Torpedos und in der Zentrale, wo der zweiundzwanzigjährige Kommandant mit einem Stechzirkel am Kartentisch stand und die Entfernung nach Warnemünde abgriff.

Das Gefühl des Kommandanten schwankte zwischen angenehm und unangenehm, also zwischen Neigung und Pflicht. Dann, vor Warnemünde, befahl er: «Auftauchen!» Der Leitende Ingenieur kommandierte: «Anblasen!» Der Zentrale-Maat griff in den Tannenbaum, wo die Handräder zum Öffnen und Schließen der Ventile wie Tannenbaumschmuck nebeneinander und übereinander in der Bordwand steckten. Pressluft schoss in die Tauchtanks. «Turm ist aus dem Wasser», rief der Leitende Ingenieur.

Bald darauf, sie hatten tatsächlich Warnemünde erreicht, ging die kostbare Fracht von Bord und flüchtete auf dem Landweg weiter. Der Kommandant hatte gegen gültige Befehle des Großadmirals verstoßen. Er hätte die Flüchtlinge nicht aufnehmen dürfen. Am Ende holte er sich bei seinem Kommandeur die fällige «Zigarre», kam aber glimpflich davon.

Er, der Kommandant, habe mit seiner Rettungstat «einen Beitrag zur Erhaltung der biologischen Substanz des deutschen Volkes» geleistet. Das schrieb der Ehemann einer geretteten jungen Mutter zwei Wochen später, Ende März.

Hörgebar blickte in ein Jungengesicht und staunte. Erst zweiundzwanzig Jahre alt sei er? Ob er nicht Hunger habe? Es gebe eine Kleinigkeit, ein Kriegsende-Mittagessen: Bratkartoffeln. Sie erhoben sich und gingen zum Haus. In der offenen Eingangstür stand das Kind. Zu ihm sagte der Heimvater:

«Wie findest du es, wenn uns der Mann mit der weißen Mütze Gesellschaft leistet?»

«Er soll nicht», rief das Kind und trat mit seinen Kinderstiefeln gegen die U-Boot-Fahrer-Stiefel.

«Nun ist aber Schluss!», schimpfte Klara. Und zum Kommandanten sagte sie: «Das nehmen Sie dem Kind doch hoffentlich nicht übel.»

«Er kann seine Schnürsenkel schon selber binden», warf Hans Hörgebar schnell ein.

«Das ist früh für sein Alter», sagte der Kommandant und bedachte das Kind mit einem lobenden Blick.

«Ich kann das aber», sagte es.

«Na los, setz dich in den Hochsitz, auch wenn du für den eigentlich schon viel zu groß bist», sagte Klara und trug die Bratkartoffeln auf.

Das Kind aß seinen Teller leer und sah Klara an, damit auch sie es lobe. Nach dem Rhabarber-Kompott kletterte es auf das Sofa, wo Heimvater Hörgebar seinen Stammplatz hatte, legte Kopf, Brust und Bauch wie einen Schlüssel auf dessen Schoß und schloss den Schoß ab.

«Bist du müde?», fragte Hans Hörgebar.

Das Kind sagte: «Nein.» Und war schon eingeschlafen.

Hans und Klara nahmen das Kind am Nachmittag in ihre Mitte und an die Hand. Sie wateten mit ihm barfuß durch den wadentiefen Bach, der durch Waldlust floss. Das Ufer war von Erlen und Holunder, Büschen und Brennnesseln gesäumt. Sogar der immergrüne Ilex wuchs dort mit seinen blitzblank gewachsten, stacheligen Blättern. Sie blieben an einer Böschung stehen. Lauschten sie? Bachaufwärts und bachabwärts sahen sie in eine lange, schmale, in sommerlichem Grün ruhende Halle. Sonnenlicht fiel durch das Grün. Der Bachgrund leuchtete in einem warmen, hellen Braun. Einem Stichlingsschwarm, der im Wasser stand, blinkten die sonnenhellen Schuppen. Es hallte in der Halle, wenn man sich etwas zurief. Hans und Klara schwiegen, und das Kind schwieg mit. Schweigen war nach dieser Maigewitternacht das Beste. Alle drei ließen wie auf Kommando die Hände los. Durch die Halle flog hin und wieder ein Eisvogel. Den sahen sie jedoch nicht.

Auch am Abend, oben in der Schlafkammer, nahmen die Hörgebars das Kind in ihre Mitte. Während unten im Speisesaal ein buntes Gemisch aus Ärzten, Schwestern, Verwundeten, Heimkehrern, Vertriebenen saß – im Kachelofen knackte und brannte das Holz, das der Heimvater am Strand gesammelt hatte, alle tranken Punsch aus U-Boot-Beständen, Paula spielte das Heimklavier, und eine Frauen- und eine Männerstimme sangen «Land der dunklen Wälder und kristallenen Seen» –, beflüsterten Hans und Klara die Zukunft, die als hundert Meter dicke Sauerstoffschicht auf der Erde und auf ihren Lungen lag. «Es ist so stickig hier», sagte Klara. Sie schlug die Bettdecke zurück. Hörgebar zog sie vorsichtig mit seiner linken Hand wieder hoch. Das Kind tat, als wenn es schliefe, und spitzte die Ohren, sog tief den Sauerstoff und den Hörgebar-Geruch ein und lauschte, wie die Heimeltern das Leben nach dem Krieg von mehreren Seiten betrachteten: Hier bleiben und sich zusammenraufen oder auswandern nach Kanada? «Meinst du, wir können da wieder glücklich werden?» Sie sprach mit belegter, trauriger Stimme, weshalb sich das Kind wie im Traum erlaubte, sich an ihre heile Haut zu drücken und nach ihrer nächstbesten Brust zu schnappen. Klara gab ihm einen Klaps und sagte wieder: «Nun ist aber Schluss.» Das Kind wollte ja gar nicht nach der Brust geschnappt haben, sondern es wollte den Geruch von Klaras Nachthemd und von Klaras Haut, und nach Wärme schnappen wollte es. Was gut oder weniger gut roch, das wusste es seit einem Jahr. Dann eben der Hals, beschloss das Kind und legte seine Nase an Klaras Hals. Das hatte auch für Klara sein Gutes, denn so konnte sie das Haar des Heimkinds riechen. Und das hochwohlgeborgene Kind konnte seinen Heimeltern lauschen.

Nach dem Krieg, so hatte es mir Gret erzählt, wurden die Hörgebars ein Forscherehepaar. Mit dem Schiff fuhren sie nach Neufundland, wo sie im Hafen von St. John's an Land gingen. Die beiden kannten einen Engländer, der in der kanadischen Prärie lebte und sie eingeladen hatte. Dann flogen sie nach Labrador, um von Goose Bay aus mit einem Kanu durch die Urwälder zu ziehen. Ihr Ziel: die Vogelwelt in der Wildnis erkunden. Sie hatten eine Schreibmaschine im Gepäck und schrieben ihre Forschungsergebnisse auf Schreibmaschinenpapier. Das Manuskript wurde jeden Tag dicker. Sie bauten aus Baumstämmen ein Haus. Im Winter saßen sie am offenen Feuer im Wohnzimmer, die brennenden Scheite knackten und sprühten. Im Sommer steckten sie sich süße Walderdbeeren in den Mund, den Rest verarbeiteten sie zu Marmelade, die sie in der Vorratskammer lagerten.

An den Abschied im April 47 erinnere ich mich genau. Es war nach dem ersten strengen Nachkriegswinter. Ich hatte Geburtstag, und tintenblaue Aprilregenwolken platzten unaufhörlich. Die Hörgebars kamen als dunkel gekleidete Gespenster in langen, triefenden Kleppermänteln, er mit seinem Schlapphut, sie ohne Kopfbedeckung mit durchnässtem Haar. Sie hob mich hoch und drückte mich fest an ihre Brust. Sie mochte das; ich mochte das nicht. Ihr Kleppermantel roch nach Gummi und Mottenpulver.

«Wir wollen es noch einmal miteinander versuchen. In einem anderen Land.» Dieser Satz fiel Klara aus dem Mund und war Gret zugedacht. Gret sagte nichts, sie presste die Lippen aufeinander. Wahrscheinlich dachte sie: Neue Besen kehren gut, vielleicht reißt er sich dann ja am Riemen.

Das tat sie oft – Lippen aufeinander pressen, nichts sagen und dabei etwas denken. Wenn sie wollte, dann konnte sie schweigen wie ein Grab. Geheimnisse wurden von ihr sicher verwahrt und verwaltet. Sie nahm ihre Freunde in den Arm und gab Abschiedslaute von sich. Die Hörgebars weinten und sagten: «Danke für alles.» Dann gaben sie mir das Buch: «Der Eisvogel und andere Märchen». Ich rührte es jahrelang nicht an.

Das Vermächtnis

Die Steilküste schmiegt sich mit Stirn und Nase an die Ostsee. Sommerlicher Wind bläst übers Wasser und weht mich an. Millionen Lippen sprechen aus dem Meer. Ich höre es. Hören ist ein großes Wunder und zugleich ein großes Rätsel. Die Lippen verziehen sich beim Sprechen, als trieben sie an langen Schnüren, als schleppten die Schnüre an ihrem Ende schwere Gewichte. Meeresgrundgewichte: Wracks, und in den Wracks Tote.

Wie tief ist hier die Ostsee? Dreiundzwanzig, weiter draußen achtundzwanzig Meter. Das Meer lebt. Das Meer hat einen guten Blutdruck von den vielen Schiffen und Toten, die auf seinem Grund liegen. Das Meer wird nicht müde zu erzählen und hält beim Erinnern die eigene Gesundheit auf Trab.

Meine Seekarte, herausgegeben im Mai 1947 vom Deutschen Hydrographischen Institut «mit Ermächtigung des Alliierten Kontrollrates Deutschland», verzeichnet ein von fünf Warntonnen umgrenztes Wrackgebiet im Nordwesten der Geltinger Bucht. Auf der Karte sind die Tonnen mit einem Strich verbunden, und man liest: «Zahlreiche Wracke. Ankern und Fischen gefährlich.» Auch die Seekarte vom «Hydrographischen Dienst der DDR» verzeichnet in ihrer ersten Ausgabe vom Oktober 1952 dieses Wrackgebiet.

Ich bin an die Abbruchkante herangetreten und überrage den Meeresspiegel um zehn Meter. Die Küste verändert sich. Der Steilhang zerbröselt und sieht Jahr für Jahr anders aus.

Land vergeht, Land entsteht auch ohne Sturmflut. Tiere graben Gänge. Bäume treiben Wurzeln. Regenwasser sickert in den Boden. Wasser gefriert zu Eis. Eis bricht die Erde auf. Das Eis taut, und die gefrorene Erde verwandelt sich in Schlamm. Schlammlawinen wälzen sich an den Strand und nehmen Bäume, Steine, Blumen- und Getreidesaat von oben mit. Raps und Roggen sehen Land, wachsen neben Strandhafer und Stranddistel. Alles, was unten liegt, wird irgendwann vom Wasser geschluckt. Nur die großen Findlinge kann das Meer nicht schlucken. Die anderen Steine werden im Wasser glatt und klein gerieben und zerbrochen. Sie zerbrechen oft an der Stelle, wo Fossilien eingelagert sind. Unten im flachen Wasser ist das Paradies der Fossiliensammler. Sie sammeln Stein gewordene Seeigel, Meeresschnecken und Korallen.

Fossilien – ein fernes Land.

Wie bitte? Ich habe nicht richtig gehört und frage das Meer: «Kolonilien? Petersilien?» Als das Meer meinen Irrtum aufklärt, fällt mir Liège in Belgien ein. Dort hatte ich während einer Durchreise nach Frankreich, halb im Wachen, halb im Schlafen, draußen neben der Bahnsteiguhr Liege statt Liège gelesen, hatte es so in den Halbschlaf gesprochen, war drüber eingeschlafen. Und auf Kreta, beim Betreten der mächtigen Markthalle von Chania, hatte ich gemeint, Klavier- und Fischmusik in den Ohren zu haben. Von all meinen Reisen hatte ich Hörgebar erzählt. Und er mir von all seinen.

Ich drehe mich um. Der Steilküste angeschlossen ist das Hügelland, das sich nach Westen hin erstreckt. «Einen wilden Mohnacker lieben, da durchgehen zu den Hundsrosen und Herbstzeitlosen und Kondolenzrosen hin», sage ich und setze mir die Brille zurecht. Das Küstenland verbirgt etwas. Auch das einzige Erbstück meines Freundes Hörgebar verbirgt etwas: die gut gefüllte Sammelmappe, die eng und nicht so eng bedrucktes und mit der Hand beschriebenes Papier enthält, dickes Briefpapier, dünnes Bibelpapier, auch Fotos und Zeitungsartikel. Die Landschaft ist der Umschlag. Hörgebars letzter Wille: «Winter weiß, Frühling grün, Sommer rot, Herbste braun.»

Dieser bis ins hohe Alter durchtrainierte Mann, der im Kanu durch Kanadas Wildnis fuhr, später Afrika zu Fuß und per Fahrrad kennen lernte, ist vor einem Jahr gestorben. Auf seinem Sterbebett hat er mir die Sammelmappe wortlos in die Hand gedrückt. Einen Großsegler namens Buéa hatte er mit feinem, schwarzem Stift auf den Umschlag gezeichnet und darunter, dick unterstrichen, «Ein See- und Nachtstück» geschrieben.

Noch vor seinem Tod fing ich an, in der Mappe zu lesen, und zwischen der Lektüre fuhr ich immer mal wieder an die Geltinger Bucht. Ließ an der Steilküste vorübergehend meine alten Wurzeln treiben und bedachte das Schicksal meines sterbenskranken Freundes. Bedachte das auch, während ich – die Zeit wollte gedehnt werden – manchmal bei einem Erdbeer- und Himbeerbauern in der Selbstpflücker-Plantage Erdbeeren und Himbeeren pflückte, zuckersüße Früchte für den Mund und für den Korb. Dann fuhr ich zurück, ließ mir von der Krankenschwester die Tür zum Sterbezimmer öffnen und sah den Freund.

Der zupfte an der Bettdecke, bewegte unermüdlich den Kopf. Ständig legte er Falten in die Stirn, glättete sie wieder, faltete sie erneut. Über seinen Grimassen schwebte der Tropf wie ein Ballon, der langsam Ballast abwirft, um zu steigen. Hörgebar lag hochgebettet, Mund offen, bleckte die Zähne. Offensichtlich wurde hier Schwerarbeit geleistet. «Kein Besuch. Kein Besuch», stieß er hervor, mir ein Beispiel zu geben jedoch war sein letztes Begehren: Her kommt der Tod. Bedenke dein Ende und verzeih mein Sterben. Bis auf zwei Meter hatte ich mich inzwischen an den Sterbenden herangearbeitet. Aus dieser Entfernung sah ich ihn zum letzten Mal, und er sah mich und sagte mir mit seinem Blick: «Gustav, es wird nix mehr.» Hoffentlich stirbt er bald, war der von mir herausgearbeitete Wunsch. Ich nahm krumme Haltung an, ging krumm die Treppe runter. Keine Tränen, das spürte ich. Ich gab mir einen Schubs hinaus aus dem allen. Bloß weg von hier, zur nächsten Telefonzelle. Einen Menschen anrufen. Ich wusste keinen.

Ich wusste etwas anderes. Hörgebar kämpfte seinen Todeskampf während der Solsbüller Markttage. Wir waren in den letzten Jahren regelmäßig dort gewesen. Zuletzt hatte ich ihn im Rollstuhl durch den Trubel geschoben. Manchmal schob ich ihn an einem bekannten Gesicht vorbei. Wir aßen eine Thüringer Bratwurst vom Holzkohle-Grill und tranken ein kaltes, frisch Gezapftes. Dann begaben wir uns zum Riesenrad, das jedes Jahr neben der alten Turnhalle steht.

Da fuhr ich nun langsam und über einen Umweg hin. Ich wollte mir selber noch einen Lohn auszahlen für diesen Krankenbesuch. Jede rote Verkehrsampel kam mir gerade recht. Ich genoss die Stehzeit hinter einem Mähdrescher, der mir viel zu schnell weiterfuhr. Die Kornfelder und die kleinen Wälder links und rechts der Straße luden mich zu einem Besuch ein. Tatsächlich hielt ich, um der Einladung zu folgen. Ich bestimmte die Farbe der Kornfelder und schätzte die Höhe der Hügel. Das Wetter war weniger gut, als man es sich nach schwerer Arbeit verdient hat. Die Sonne hatte sich verkrochen. Schatten zogen mit. Westwind blies Schaum auf die Schlei. Ich sah Segelschiffe unter vollen Segeln in Richtung Ostsee fahren. Wo wollten die hin? Vielleicht nach Flensburg? Vielleicht nach Bornholm, um Mittelmeerklima und einen Hauch von Sizilien zu schnuppern?

Bornholm und Sizilien änderten meinen Plan und lockten mich ans Meer. Ich ließ das Riesenrad Riesenrad sein, ich fuhr zur Steilküste. Bei der Telefonzelle stieg ich aus. An der Abbruchkante schloss ich die Augen und atmete Ostseeluft ein.

«Fährt da draußen etwa ein weißes Schiff?» Nach genauem Hinsehen erkannte ich: «Da fährt tatsächlich ein weißes Schiff.» Hatte es schon Anker geworfen für eine Ballnacht an Bord? Nein, es zog hellschäumendes Kielwasser hinter sich her. Ein Segelschiff mit tausend geblähten Segeln. Sah es nicht wie der Großsegler auf Hörgebars Sammelmappe aus? Inmitten der Segel stand ein nach hinten geneigter, dicker Schornstein, und neben dem Schornstein lag das Rettungsboot. Am Bug hing der Anker fest an seiner Ankerkette. Ich kniff die Augen zusammen: Kein Zweifel, das Schiff hieß Buéa.

Hier, so dachte ich, könnte es gut auf Reede liegen. Hier wäre der ideale Ankerplatz. Es war nicht kalt, es war nicht warm. Graublau schimmerte das Wasser, das der Wind mit unzähmbar vielen, kleinen Wellen kräuselte. Neuronenblitze wetterleuchteten durch das untermeerische Nervennetz und zuckten über die Bilder längst vergangener Ereignisse. Die Wellen erinnern sich, dachte ich. Richtig: Sie kamen wieder und wieder, mal hell, mal dunkel. Jede Welle neu.

«Keinen Hintern in der Hose, aber einen Bauch im Hemd», rief jetzt eine Stimme.

War ich gemeint? Ich mit meinen Turnschuhen, meinen

Jeans und meinem roten Pullover? «Zu viel Apfelkuchen mit Sahne in mich reingestopft», rief ich zurück.

Da fuhr das Schiff über den Horizont. Oben im Mastkorb, über den tausend Segeln, selbst für mein inneres Auge nahezu unsichtbar, saß ein Eisvogel. Der hatte gerufen. Würde das Schiff mit Kapitän, Mannschaft und Eisvogel in die Tiefe stürzen auf Nimmerwiedersehen?

In diesem Augenblick wusste ich, dass Hans Hörgebar gestorben war.

Eines Tages, es war schon in seiner Rollstuhlzeit, hatte ich ihm einen Freundschaftsdienst erweisen wollen. Ich fuhr mit ihm zur Steilküste und parkte mein Auto auf dem vorderen Parkplatz des Hotels Windvogel, hob den Rollstuhl heraus, schob ihn zur Beifahrertür, wo der alte Mann bereits stand, um ihn sich unterschieben zu lassen. Ich rollte Hörgebar den Fußweg am Wasser entlang bis zum Kinderschiff, seiner und Klaras alter Wirkungsstätte. Das Kinderheim war größer geworden, es war längst an die zentrale Brauch- und Abwasserversorgung angeschlossen. Neben dem Spielplatz stand ein halbfertiges, zweistöckiges Holzhaus, am Dach hing noch die Richtkrone. Dahinter lagen der alte Pferdestall, die alte Laube und das Rhabarber-Beet.

Ich sprach ein paar Worte mit den Heimkindern, die auf dem Hof Volleyball spielten, fragte ein Mädchen nach seinem Namen. Judy. Ich wollte wissen, woher sie komme. Judy lief weg und holte die Erzieherin, die mich freundlich fragte, ob man mir weiterhelfen könne.

«Darf man auch Ihren Namen wissen?», fragte sie.

«Gustav Hasse. Ich bin hier selber mal als Kind gewesen», sagte ich, «und mein Freund im Rollstuhl hat das Ganze mal geleitet.» Ich ließ meine flache Hand einen Hundertachtzig-

Grad-Bogen über die Kinderschiff-Erde streichen. Hörgebar holte tief Luft. Auch ich holte tief Luft. Dann schob ich ihn über den Sandweg am Campingplatz vorbei bis zum Hotel und noch ein Stück weiter auf die Steilküste. Wir nahmen den Ausblick in Empfang.

Ich musste an die Carl Peters denken, die, als sie fünf Tage nach Kriegsende in der Geltinger Bucht den Anker gelichtet und Kurs auf Flensburg genommen hatte, über eine Grundmine gelaufen und mit einem großen Loch im Rumpf gesunken war. Hörgebar hatte den Untergang des Schiffes mit seiner Schmalfilmkamera festgehalten und mir später vorgeführt: Das Schiff liegt mit Backbord-Schlagseite im Wasser; vier, fünf, sechs Schnellboote halten an beiden Seiten Stellung, um Schiffbrüchige zu bergen. Andere Schnellboote zischen durch das Bild. Gerettet wurden alle. Vierzehn Verletzte notierte die Seekriegsleitung in Flensburg-Mürwik in ihr Tagebuch.

Hörgebar, eine Baseball-Mütze auf dem Kopf, sah mich mit seinen guten Augen an.

«Du willst doch nicht etwa schon nach Hause?», fragte ich.

«Iwo.»

Im Mai 1945 lagen hier noch mehr Schiffe. Neben U-Booten und Schnellbooten waren es weitere Begleitschiffe der Kriegsmarine mit Namen aus kaiserlich-kolonialer Zeit: Hermann von Wissman, Tanga, Tsingtau und Buéa, das Schiff, das Hörgebar auf der Sammelmappe verewigt hatte. In seinem Schmalfilm gleitet es eine Sekunde lang vorbei.

«Das Schiff kenne ich», hatte ich damals gesagt. Es war mir im Sommer 1970 begegnet, als ich mit dem Luftbildmeister der zweiten Staffel unseres Geschwaders am Leuchttisch stand und ein Aufklärungsfoto betrachtete. Abgebildet war ein Kriegsschiff, das ich in einem dänischen Ostseehafen aus der Luft fotografiert hatte, ein Depotschiff der Königlich Dänischen Marine. Name: Henrik Gerner, Nato-Nummer: A-542, früher gefahren unter folgenden Namen: Hammershus und Buéa. Mit der Buéa sei irgendetwas nicht ganz koscher, das wusste der Luftbildmeister. Mehr wusste er nicht. Und als ich Hörgebar davon erzählte, sagte er: «Besorge mir das Foto.» So kam mein Bild, fotografiert mit der Luftbildkamera eines Starfighters, in Hörgebars Sammelmappe.

Ich war müde geworden und musste lange gähnen. Ein heißer, schwüler Sommertag ging zu Ende. Wir saßen unter meinem Sonnenschirm. Ich hatte einen Korb Erdbeeren, Schlagsahne und Kaffee in der Thermoskanne mitgebracht. Zehn Meter unter uns, am Strand, sahen wir ein Paar ins Wasser gehen. Der Mann ging voran. Beide staksten und balancierten über den steinigen Meeresboden, der am Anfang zu überwinden war. Südwestwind blies Gewitterluft über die Bucht. Tatsächlich war ein Gewitter hinter uns aufgezogen. Ob es herkommen und weiter über die Ostsee treiben würde? Schwarze Wolken hingen über den Feldern hinter der Steilküste. Bald würden sie unsere Sachen nass regnen, dann uns.

Unten war das Paar bis zum Hals ins Wasser gegangen; es kehrte der Steilküste den Rücken zu. Mein Blick sprang über das Paar bis nach Dänemark. Da, irgendwo an der Küste, stand mit ihren Zwillingstürmen die Kirche von Broager. Eine Sage erzählt ihre Geschichte. Ich vergaß sie immer wieder. Hörgebar wusste, wie sie ging. «Erzähl mir die Geschichte von den Zwillingstürmen», bat ich ihn.

«Du mit deiner Kindergrausamkeit.»

«Dann eben nicht», sagte ich und steckte ihm eine Erdbeere in den Mund.

«Auch Schlagsahne und Kaffee», sagte er. Da fiel mir die Sage von den Zwillingstürmen wieder ein.

Das Königspaar küsste sich. Es zog sich, im Ostseewasser schwimmend, aus. Der König musste strampeln. Die Königin erledigte das spielend; sie profitierte von den Trainingsstunden bei der Ballett-Truppe am Hofe. Sie schlang die Beine um ihres Königs Hüfte. Er hielt seine Königin mit den Armen am Rücken, während sie sich in seinen Armen zurücklehnte. Das Königspaar versank nicht, weil es festen Boden unter den Füßen hatte. Die Königin wog an Land sechzig Kilo. Im Wasser wog sie fast nichts. Auch ihre Brüste, jede eine kleine für sich, schwammen nun leichten Busens im Auftrieb, den die Ostsee mit dem hier vor der dänischen Küste herrschenden Salzgehalt bereit hielt.

Erste Regentropfen schlugen auf den Sonnenschirm. «Graf von Tröpfelt-Schon begrüßt uns», sagte Hörgebar da. Wir saßen sicher. Schwarzblauschwarz schimmerte der Himmel über der Steilküste. Ob die Mähdrescher noch Ernte einfuhren? Davon hörten und sahen wir nichts. Dänemark, Steilküste, Förde waren verschwunden.

Auch das Königspaar hörte und sah nur noch Millionen Tropfen auf die Ostsee klatschen. Der liebe Gott goss Ströme von Wasser aus. Wie durch ein Elektronen-Raster-Mikroskop sahen König und Königin die Meeresoberfläche. Sie staunten über das Bild, das man ihnen bot, und sie fühlten sich wie Adam und Eva: einziges Paar im Mikroskop. Oder lagen sie unterm Mikroskop? Oder sahen sie etwa durch das Okular ins Mikroskop? So, wie die Meeresoberfläche gerade neu erstand, wollten sie selber neu erstehen. «Und auch in die Zukunft sehen», dichtete der König. Es war der liebe Gott, der durch das Okular blickte, um nach dem Rechten zu schauen. Er drehte an einer Schraube und ließ noch mehr

Regen niederprasseln. Er wusch dem Königspaar die Haare mit süßem Prasselwasser und ließ beide in der Wunderwelt des Wassers wohnen. Das Wasser war Hüter des Gleichgewichts. Im Wasser lag der Königsgedanke des Schwebens. Sie nahmen den Gedanken auf und schwebten königlich. Am nächsten Morgen musste der König fort mit seinen Reitern. Er wisse nicht, wann er wiederkommen werde. Die Königin möge in Ruhe und Gesundheit das Kind zur Welt bringen. Sollte ein Mädchen geboren werden, dann möge sie eine schlichte weiße Kirche errichten. Bei einem Knaben solle sie einen Turm an die weiße Kirche bauen lassen. Die Königin möge seinem Wunsch folgen, dann wisse er beim Heimkommen schon von fern, was das Schicksal ihm in die Wiege gelegt habe. Neun Monate später ließ die Königin eine weiße Kirche mit weißen Zwillingstürmen errichten; sie hatte Zwillinge zur Welt gebracht: zwei Knaben. Der König kam nicht wieder. Ein einziger Reiter kehrte heim und meldete den Tod seines Herrn und Königs. Die Königin verwand den Tod ihres Gatten nie. Eines Tages, die Söhne regierten bereits klug und gemeinsam das Land ihres Vaters, ging sie ins Wasser. Gekleidet war sie in ein eisenblau glänzendes, langes Gewand. So ging sie, mehr und mehr im Wasser verschwindend, dem Gatten entgegen. Ob sie ihn jemals wiedersah, das erzählt die Sage nicht. Die Wahrheit ist: Nie kehrte sie zurück.

Jetzt, nach Hörgebars Tod, denke ich, wenn ich oben auf der Steilküste stehe: Hier ist vieles unentdeckt. Andererseits: Vieles ist schon entdeckt, nur ist nicht alles bekannt. Was bereit liegt: Lehm und Löß, Findlinge aus der Eiszeit, Äxte aus der Eisenzeit, Getreidekörner im Topf, Steinmesser, Steinbeile, Steinscherben. Schweine- und Hühnerknochen,

Wagenräder, Kuhhörner, Fingerringe, Bronzebroschen, Halsketten. Gräber mit Skeletten und mit Wegzehrung für die Skelette. Hingerichtete, nunmehr Moorleichen, mit Strick um den Hals. Gewehre, Seitengewehre, Pistolen, halbe Panzer und halbe Militärlaster. Soldatenschädel, Stahlhelme, Gasmasken, Brillen.

Alles entströmt der Steilküste mit Geräuschen, Gerüchen, Farben, Stoffen, Molekülen, Atomen und Elektronen, weht bei Westwind übers Wasser, und die Wellen schnappen zu und lassen es verschwinden. Oder alles fließt, nach einem Regen, von der Abbruchkante in die Ostsee. Die Wellen holen es sich vorne am Strand, indem sie es auflecken und schlucken. So kommt die Erinnerung vom Festland ins Meer, und das Meer mischt sie mit den Stimmen vom Geisterschiff, das der Eisvogel unter einem magermilchblauen Himmel dahinsteuert, und alles geschieht, wenn man wie ich da oben steht und es bedenkt, Wort für Wort.

Abends fangen sich die Gedanken. Der Tag geht zu Ende und will einen ordentlichen Abschluss haben. Ein Ergebnis, das notiert werden kann. Ich knöpfe mir die Sammelmappe vor und blättere sie durch. Hörgebar hat die Namen der Schiffe und die Nummern der U-Boote notiert, die in der Geltinger Bucht zu sehen waren, er hat Fotos geschossen, Soldaten gezählt, das Wetter beschrieben und Geschichtliches erklärt. Jedes Blatt, jede Silbe ist unentbehrlich. Bei Einbruch der Dunkelheit soll das Durchblättern beendet sein. Im Sommer ist Eile geboten. Da komme ich ins Schwitzen. Nicht alles muss Kante auf Kante liegen, nur stimmen muss es – damit man sehe, wie und was es war. Dann darf sich zur Ruhe begeben der brave Mann, das Abendgebet sprechen und, wohlbehütet vom alten Fährmann, im Schlafkahn Platz nehmen. Er tritt die Fährfahrt nach drüben an. Unter Mohn, Männertreu und Mädchenaugen aufzuwachen ist der Wunsch vieler. Solche Wünsche vergehen nicht.

Die eiserne Faust

Und dann war der Krieg aus. Trotzdem stampfte die deutsche Kriegsmarine in der dänischen Hafenstadt Svendborg noch ein deutsches Marine-Infanterie-Bataillon aus dänischem Grund und Boden.

Für den Kampf um Berlin!

Für den Sieg!

Folgendes wurde den Marine-Infanterie-Soldaten eingetrichtert: Wir, die Kriegsmarine, werfen den Feind um fünf Minuten nach zwölf zurück, lassen ihn umkehren und nach Hause marschieren. Tommys zurück auf die Insel. Amis zurück nach Amerika. Russen zurück hinter den Ural. Deutschlands Zukunft kann sich die Kriegsmarine nur als eine nationalsozialistische vorstellen. Man wird Kriegsmarine bleiben.

In dieser Zukunft winkte Belohnung – das Eiserne Kreuz erster und zweiter Klasse. Einigen steckte es schon vorn am marineblauen Hemd. Gleich neben dem linken der zwei ledernen Schulterriemen, die unten am Koppel mit einer Aluminiumschnalle eingehakt waren und oben unterm Marinekragen verschwanden, auf dem Rücken wieder aus dem Marinekragen hervorkamen und hinten wie vorne festklemmten.

Auf einem Foto der Zeit fallen Reste von Eierschalen an der Ohrmuschel eines Marine-Infanteristen auf, Geburtsabfall, der jedem jungen Menschen in der Wiege beiliegt. Grün und unverdorben dringt der Blick aus dem Schatten der Augenbrauen hervor. Und wer den umgekehrten Weg antritt und tief in seine Augen eindringt, bemerkt darin ein Lächeln, das von der Marinemütze wie von einer Wolke überschattet ist. «Kriegsmarine» steht da geschrieben, und ein Adler mit Hakenkreuz in den Krallen fliegt der Stirn voran.

Die Kriegsmarine kratzte ihre letzten Reserven für den Landkampf zusammen. Auch zwei Marinesoldaten von der 6. Schnellbootflottille, die in Grenaa an der dänischen Ostseeküste stationiert war, wurden in den ersten Maitagen 1945 mitgekratzt: die Matrosen Fredy Cherobino und Fritz Ehrmann. Sie wurden nach Svendborg verlegt, an die Südküste der Insel Fünen, wo alte Kameraden sie schon erwarteten. Der idyllische Ort liegt am Svendborg-Sund, hundert Kilometer von der Kirche mit den Zwillingstürmen entfernt.

Am 2. Mai war der Kommandeur des zukünftigen, bunt zusammengewürfelten Bataillons nach Svendborg befohlen worden. Er schiffte sich in Sonderburg auf dem Schnellbootbegleitschiff Buéa ein. Das Schiff legte ab und fuhr los. Gemischte Gefühle bewegten den neunundzwanzig Jahre jungen Mann, Sohn eines Arbeiters, verheiratet, drei Kinder: Dreihundertsechzig unerfahrene Marinesoldaten sollten unter seiner Führung in den Kampf um Berlin eingreifen. Noch am 25. April hatte Großadmiral Dönitz auf des Führers Bitte dreitausend Marinesoldaten nach Berlin in Marsch gesetzt, um die Reichskanzlei zu verteidigen. Unter ihnen befand sich auch ein Bataillon junger Seekadetten, die gerade ihre Grundausbildung abgeschlossen hatten. Zu Fuß, auf Lastwagen und in Flugzeugen waren sie aufgebrochen, nur eine Hand voll von ihnen kam zurück. Wo waren sie geblieben?

Allen Unkenrufen zum Trotz wollte der Kapitänleutnant den Disziplinlosigkeiten, über die in den letzten Monaten wieder und wieder berichtet worden war, mit eiserner Faust entgegentreten. Kein Problem; er sagte: «Ich habe die eiserne Faust.» Es gab Untergebene, die sich umdrehten und ins Wasser spuckten oder demonstrativ die Hände in die Hosentaschen steckten, wenn Offiziere an ihnen vorbeigingen.

Na wartet, Kameraden, sagte er sich.

Da erwachten Erinnerungen an den Matrosenaufstand, November 1918: unendlich langer Stachel im Fleisch der Kriegsmarine. Das war Meuterei gewesen. Meuterei – für die Kriegsmarine eine Schande. «Nie wieder Meuterei!», hieß es seitdem. Deshalb war die Kriegsmarine nicht zimperlich und griff hart durch. Sie wollte die eigenen Disziplinarfälle nicht an den Volksgerichtshof nach Berlin wegschwimmen sehen, sondern selber anklagen, verurteilen, vollstrecken. Man musste kein Nationalsozialist sein, um hart durchzugreifen. Man musste allerdings mutig, hart, entschlossen durchgreifen und Führer, Volksgerichtshof und Reichskriegsgericht zeigen, was eine Harke ist: Seht, es geht auch ohne euch.

Wie viele Todesurteile hatte die Wehrmachtsjustiz im Zweiten Weltkrieg vollstreckt? Neuntausend? Elftausend? Sechzehntausend? Wie viele davon gehen auf das Konto der Kriegsmarine? Die Forschung tappt im Dunkeln. In den letzten Kriegsmonaten hat die deutsche Militärjustiz die verhängten und vollstreckten Todesurteile nicht mehr vorschriftsmäßig dokumentiert. Es waren zu viele, es fehlte die Übersicht. Im Ersten Weltkrieg, zu Kaisers Zeiten, hatte man damit keine Probleme gehabt: Von einhundertfünfzig verhängten Todesurteilen wurden achtundvierzig vollstreckt. Hierzu äußerte sich Adolf Hitler in seinem Buch «Mein Kampf»: «Dass man im Krieg aber praktisch die Todesstrafe ausschaltete, hat sich entsetzlich gerächt.»

Gerade jetzt, in diesen ersten Maitagen des Jahres 1945, galt es, den Krieg anständig zu Ende zu bringen: Ruhe und Ordnung bewahren und Verstöße gegen die Manneszucht unnachsichtig bestrafen. Manneszucht – die Liste ihrer Eigenschaften war lang: Gehorsam, Ordnung und Sauberkeit, Tapferkeit und Mut, Zuverlässigkeit und Pünktlichkeit, Ehrgefühl und Pflichtbewusstsein. Und alles zusammen war die Kriegsmarine. Der zukünftige Kommandeur wollte ganz Kriegsmarine sein. Er hatte von der Pike auf gelernt, er war als Heizer eingetreten. Wer einmal tief unten im Schiff an den Heizkesseln sein Päckchen durchgeschwitzt hatte, der wusste, was Manneszucht und Kriegsmarine waren.

In Nordnorwegen hatte er Gefallene und Verwundete gesehen; er selber war heil davongekommen. Dort, in Narvik, hatte er an Land gekämpft, nachdem sein Zerstörer gesunken war. In Italien hatte er sich als Divisionsingenieur bewährt. Er kannte sich aus mit Mensch und Technik, mit dem Kampf zu Wasser und an Land. Und nun war ihm ein Auftrag erteilt, der den ganzen Mann forderte: das Ruder noch ein allerletztes Mal herumreißen. Retten Sie Berlin, Herr Kapitänleutnant! Und wenn erst Berlin gerettet ist, dann machen wir mit den Angloamerikanern gemeinsam gegen die Bolschewisten Front.

Der frisch berufene Kommandeur des Marine-Infanterie-Bataillons, das Berlins Karre aus dem russischen Dreck ziehen sollte – dann sehen wir uns in Kurland, und dann sehen wir weiter –, stand im Steuerhaus der Buéa und sprach mit sich selbst, während der Posten Maschinentelegraph zwölf Knoten Fahrt auf dem Fahrtmesser ablas und der Rudergänger verschiedene östliche Kurse um Alsen und um Aero herum steuerte. Angenehmes Vibrieren, das aus dem Maschinenraum kam, fuhr in die Knochen, angenehmes, himmelfernes Tosen berührte des Kommandeurs abstehende Ohren mit Samtpfoten. Das Fenster der Steuerhaustür leuchtete im Mai-Sonnenlicht wie eine Kinoleinwand – schwarze Kondensstreifen vor einem weißen Himmel. Schwarze Kondolenzstreifen? Deutsche Jagdflieger in Trauer? Bleiben wir sachlich: Es waren Streifen, gezogen von einem deutschen Scheuerbesen, auf dem das rechtzeitig zur Walpurgisnacht 1945 verstorbene, nunmehr verkohlte Ehepaar Hitler ritt. «Allerletzter Schriftverkehr des Führers auf Hochzeitsreise», meinte das deutsche Volk in seiner gemütvollen Art aus diesen Hieroglyphen herauszulesen. War es ein Durchhaltefilm?

Er begann in Flensburg, der Residenzstadt von Reichspräsident Dönitz, der als Großadmiral zum letzten Marine-Infanterie-Gefecht aufgerufen hatte. Hier wandte sich das besenreitende Paar enttäuscht ab, denn in Deutschlands neuer Hauptstadt war in der Topfreparaturwerkstatt Ipsen Unbegreifliches geschehen: Leute holten ihre reparierten Töpfe nicht ab. Daraufhin schrieb der Scheuerbesen eine schlechte Note in den Himmel.

Ein Blitz-Mädel las das schlechte Zeugnis am Himmel über der alten Reichshauptstadt Berlin. Sie bat ihren Kompaniechef: «Erschießen Sie mich.» Der tötete sie auf Verlangen und nach einigem Zögern auch sich selbst, während die Flak auf den Türmen am Zoo noch heftig feuerte. Im Zoo, bei den ausgebombten Straußen und Fledermäusen, erregten und begatteten sich zwei Tierpfleger. «Du du du, immerzu», sang der Tierpfleger, und die Tierpflegerin antwortete mit schöner Sopranstimme: «Duidu, duidu, lalala lalalala.» Dann trennten sich die beiden. Jeder ging seiner Wege. Vergessen haben sie sich nie. Ob der Führer, der für Musik stets ein Ohr offen hielt, das beobachtet hat? Jedenfalls war am Himmel ein doppelter Kohlestrich zu sehen, möglicher Hinweis auf einen Eifersuchtsanfall.

Dann, in der dritten Szene, schäumte Heckwasser von Schnellbooten übers Bild. «Immer fahrbereit bleiben, Männer!» Das rief der Sprecher unter Bäckerwolken, bei ruhiger See und klarer Sicht. Alles dick untermalt von des großen Liszt Triumphmusik. Schokoladengesichter zeigten sich von der besten Seite: Soldaten, die mit Kakao aus Amerika, Schneeweißbrot aus England und roter Marmelade aus Frankreich winkten. Hell rufende Engelszungen jubilierten: «Hark! The angels sing.» Da schrieben Herr und Frau Hitler an den Himmel: «Auch eine Schokoladenflut kann uns den Glauben an das Reich nicht nehmen.»

Dabei war längst dies passiert: «Texi, a little sixteen year old American girl, weilte hier with her mother, kann schön tanzen und trägt very much zur Unterhaltung bei.» Erste Umschulungsfrüchte des besiegten deutschen Volkes waren reif geworden.

Anna, eine russische Zwangsarbeiterin, hielt nun für einen Augenblick die Weltuhr an. Sie gab ihren deutschen Herrschaften eine russische Weisheit mit auf die Flucht: «Nichts hinausfegen, nicht sauber machen, sonst kommt man nie zurück.» Die Herrschaften aber verließen ihr Haus erst nach gründlichem Reinemachen und zogen danach mit großem Schlurfen übers Land. Mutlos hingen die Köpfe. Auch die Ohren hingen und meldeten dem Gehirn, was die Spatzen von den Dächern pfiffen: «Woina kapuut! Chitler nix gutt! Alle nach Chause!»

Schließlich, in der siebenten und letzten Szene, ein Ausblick in die ferne Zukunft des Jahres 2945: Herr und Frau Hitler entsteigen der sagenumwobenen Wüstenkulisse vom Untersberg. Just den haben sie nach der Hochzeitsreise bezogen, wohnen daselbst unter ihresgleichen, der Führer immer noch mit Heißhunger auf Kuchen, wenn er mit seiner Frau von den Höhenflügen heimgekehrt ist. Dann knabbert man Kekse, trinkt Champagner und wagt ein Tänzchen nach Schallplattenmusik: «Heimat, deine Sterne.»

Der Film war am Kommandeur des Marine-Infanterie-Bataillons, das bisher nur auf dem Papier existierte, wie ein Traum vorbeigeflimmert und hatte in ihm Verwirrung gestiftet. Er murmelte: «Keine Erfahrungen im Landkampf? Und was bitte schön hab ich in Narvik gemacht?» Er griff mit der Rechten zum Mützenschirm, dann fühlte er nach dem Orden auf der Brust. «Ich trage doch schließlich das ‹Narvik-Schild›, Herr Kommodore!»

«Das hatte ich glatt vergessen, mein Lieber», dachte er sich die Antwort seines Vorgesetzten, des Führers der Schnellboote, des obersten Gerichtsherrn aller Schnellbootflottillen.

Im Sonderburger Stab hatte man geunkt. Keine Erfahrung als Einheitsführer und Disziplinarvorgesetzter? Keinen Einheitsführerlehrgang absolviert? In Ermangelung eines besser geeigneten Offiziers sei er zu diesem Posten wie die Jungfrau zum Kind gekommen? Das Unken hatte ihn gekränkt. Er wusste als Seemann, wie man sich in solchen Lagen über Wasser hält. Er träumte sich als Passagier der ersten Klasse auf einen schönen weißen Dampfer der Woermann-Linie, «versetzungsbedingt eingeschifft». Dienstreise von Bremerhaven nach Buéa an der Küste Kameruns, am südöstlichen Hang des Kamerunberges gelegen, 985 Meter über dem Meeresspiegel, kühles, nebelreiches Gebirgsklima, mittlere Jahreswärme 21 °C, frei von Malaria, deutsche Kolonialverwaltung bis 1915, Sitz eines katholischen Bischofs – einer Stadt, in der «ich als Disziplinarvorgesetzter bei der deutschen Kolonialverwaltung einen wilden Haufen von sechshundert Negern regierte und die Schwarzen mir auf Pfiff gehorchten».

Der Kommandeur kniff oben auf der Brücke der Buéa die Arschbacken zusammen wie beim Stillgestanden, wenn es nicht auf Zeit und Geschichte und Wahrheit ankommt. Er hätte eine Goldmark mit seinen zwei Arschbacken auf einen halben Millimeter zusammenquetschen können. Ihm fiel schon der Hafen von Svendborg ins Auge. Das ehrliche Heckwasser gurgelte und schäumte. Davon sah und hörte er nichts. Schnell rief er sich die sehr guten Beurteilungen und den «Flottilleningenieur» ins Gedächtnis, er bedachte Narvik und die Auszeichnung, Neapel, die Schnellboote und die Schnellbootmotoren und nickte zufrieden über seine Ach-wäre-es-doch-so-gewesen-Zeit bei der deutschen Kolonialverwaltung in Kamerun. Er zog an seiner Pfeife. Er befühlte seine Ohren. Keine Eierschalen. Er hatte sich zwar zum Nationalsozialismus bekannt, aber in seinem Herzen war er Kriegsmarine geblieben: wie Dönitz vorbildlich rasiert, seine Wangen zart wie ein Kinderpopo. Bevor er an Bord gegangen war, hatte er noch seinen dänischen Friseur aufgesucht. «Lebhaft, vielseitig interessiert, sehr begabter Mensch, tadellose Berufsauffassung, gute Charaktereigenschaften, den Untergebenen ein Vorbild an Pflichterfüllung und Dienstauffassung …» All das stand in seinen Personalpapieren. Es fehlte nur der Hinweis auf eine Dienstzeit im fernen Afrika.

Die meinte er in den Stiefeln zu spüren. Die meinte er, den Erschütterungen, die tief ins Leder gedrungen waren und sich im Dreiertakt des Wortes Kamerun auf die Planken übertrugen, abzuhorchen. Die Buéa – damals schon ein Geisterschiff?

Sie wurde am 12. Juli 1935 in Kopenhagen auf Kiel gelegt. Am 8. Februar 1936 war Stapellauf; eine Flasche schlug gegen den Bug und zerbrach, Sekt lief über Schiffswand und Taufnamen: Hammershus. Knapp vier Monate später stach das elegante Schiff, dem die Zeitungen Ähnlichkeit mit der Queen Mary nachsagten, in See. Ein Fest für Besatzung und Passagiere: Die Jungfernfahrt der «Lille Queen Mary» führte an der alten Pirateninsel Christiansoe vorbei. Im Speisesalon standen gestärkte, spitz gefaltete Servietten auf den Tellern, der Rauchsalon war mit dunklem Holz getäfelt, die Kabinen hatten fließend Warmwasser. Die Bullaugen waren gewöhnliche Fenster: viereckig. Das Luxusschiff machte in Rönne, dem Hafen der Eigentümerin «Dampfreederei Bornholm von 1866», fest, lud Postsäcke und Kisten und Fässer aus. In der Hochsaison beförderte es neunhundert Passagiere. Kopenhagen ab: 10.25, Rönne an: 17.30. Oder die Hammershus ging mit hundertfünfzig Fahrgästen auf Kreuzfahrt in der Ostsee und fuhr durch die aus über fünfhundert Eilanden bestehende dänische Inselwelt.

Am 16. März 1944 beschlagnahmte die deutsche Kriegsmarine das dänische Schiff. Die dänischen Eigentümer retteten, was zu retten war, und räumten aus: Teppiche, Betten, Tische, Sessel, Stühle, Servietten, Messer, Gabel und Licht. Die Kriegsmarine sagte: «Sabotage.» Sie rüstete die Hammershus um, sie ließ das Schiff streichen und «Buéa» auf den neuen Anstrich schreiben. Als Begleitschiff der Schnellbootlehrdivision mit über zweihundert Mann Besatzung versorgte es nun die deutschen Schnellboote mit Treibstoff und Torpedos, Essen und Trinken, Kantinen- und Kolonialwaren. Fünfzehn Monate lang erschallte der deutsche Kriegsmarineton an und unter Deck und rief die Männer zu gewissenhafter Pflichterfüllung auf. Schlosser und Schneider arbeiteten in den Werkstätten, Torpedomechaniker testeten Torpedos, Heizer schmierten die Lager im Maschinenraum und gossen Öl in die Motoren. Köche kochten und backten in der Kombüse, der Proviantmeister zählte Mehl- und Zwiebelsäcke im Proviantraum. In der Wachtmeisterei saß der Schreibstubenbulle und tippte den Speiseplan für die kommende Woche in die Schreibmaschine.

Nun, oben im Steuerhaus, blickte der Kommandeur in den Spiegel und überprüfte den Sitz seiner Mütze: Schirm fest nach vorne gezogen und ein bisschen schief, so saß sie richtig. Wachoffizier und Rudergänger hatten die Buéa sicher in den Hafen von Svendborg manövriert. Vor dem Ruderhaus ragte der große Mast mit Mastkorb und Antennenwald in den Himmel der dänischen Hafenstadt. Es knatterte leise in den Drähten. Nachrichten flogen in den Antennenwald und bauten ein Nest.

Der Kommandeur ließ sich ins Hauptquartier des 2. Marine-Infanterie-Bataillons fahren, in die beschlagnahmte «Byskole», die städtische Schule. Unterwegs sperrte er die Ohren auf und bedachte die Lage. Würde sein Bataillon genug Waffen für den Kampf um Berlin erhalten? Panzerfäuste müssten her. Gab es noch welche? Man müsste die Zwei-Zentimeter-Kanone der Schnellboote ausbauen und auf Lastwagen montieren. Gab es geeignete Fahrzeuge? Keine Frage: sofort mit der Ausbildung beginnen und die Männer zusammenschweißen zu einer beseelten, kampfbegeisterten Truppe. Während er sich schon Befehle ausdachte und Gehorsam erwartete, legten die Heizer tief unten im Schiff die Zange aus der Hand und ließen Schaden Schaden sein. Am Sockel der ausgeschalteten Burmeister-&-Wain-Dieselmaschine schliefen sie ein Extra-Nickerchen. Zweitausendzweihundertfünfzig schlummernde PS wiegten sie in Morpheus' Armen.

Am 5. Mai 1945, 8.00 Uhr deutscher Sommerzeit, hatten Heer, Kriegsmarine, Luftwaffe und Waffen-SS gegenüber den Truppen des Feldmarschalls Montgomery die Waffen niederzulegen. Das galt für alle deutschen Soldaten in den Niederlanden, in Friesland einschließlich der West- und Ostfriesischen Inseln sowie Helgoland, in Schleswig-Holstein und in Dänemark. Seetransporte liefen weiter. Zerstörungen und Schiffsversenkungen waren von jetzt an streng verboten. Vorräte sichern. Gehorsam und Disziplin mit eiserner Strenge aufrechterhalten. Alle Geheimsachen vernichten. Hierzu wurden die Kesselhäuser befeuert und in Betrieb gelassen. Von der Vernichtung ausgenommen waren Geheimsachen, deren Vorhandensein für die zu erwartenden Aufgaben der Marine nach Beendigung der Feindseligkeiten benötigt wurden, zum Beispiel Minenkarten. Die durchgeführte Vernichtung war schriftlich zu melden. Die schriftlichen Meldungen über die durchgeführte Vernichtung waren von der Vernichtung ausgenommen.

Am selben Tag lautete der Befehl für die Wehrmacht: Raus aus Dänemark. Heer, Luftwaffe, Waffen-SS nahmen zu Fuß in Knobelbechern oder per Auto Kurs nach Schleswig-Holstein, ihr Ziel war der Kaiser-Wilhelm-Kanal. Vorläufig blieben alle Angehörigen der Kriegsmarine, alle Verwundeten und Kranken mitsamt dem Pflegepersonal, alle deutschen Flüchtlinge, alle Hilfswilligen, alle Kriegsgefangenen, alle fremdländischen Truppen, alle fremdländischen Arbeiter.

In dieser Lage griff der Außenminister der Regierung Dönitz in Flensburg-Mürwik unterstützend ein und telegraphierte an den Reichsbeauftragten für das besetzte Dänemark: Er, der deutsche Außenminister, bitte den deutschen Gesandten in Kopenhagen, mit der neuen, vom dänischen König ernannten Regierung in Verbindung zu treten und um Hilfestellung bei der Durchführung des oben genannten Befehls nachzusuchen, damit der Abzug friedlich und reibungslos vonstatten gehen könne. Er erhoffe sich in den ersten Maitagen 1945 für Deutschland und Dänemark einen reibungslosen Übergang in normale diplomatische Verhältnisse und weise hiermit den Reichsbevollmächtigten an, sich die Stellung und Vorrechte eines Diplomaten zu erhalten. Von diesbezüglichen offiziellen Schritten möge der Reichsbevollmächtigte jedoch vorerst Abstand nehmen.

Was Reichspräsident Dönitz außerdem wollte: Millionen Deutsche, die auf der Flucht vor dem Terror der sowjetischen Soldaten waren, sollten vor der Vernichtung bewahrt werden. Dazu hatte er sich spät entschlossen, denn bis zur Einstellung des U-Boot-Krieges am 4. Mai 1945 galt der Befehl: «Evakuierung der Zivilbevölkerung kann nur soweit erfolgen, als der militärische Aufmarsch nicht beeinträchtigt wird. Militärische Transporte haben unbedingten Vorrang.» So hatten der Führer und sein Großadmiral entschieden. Als die Seekriegsleitung diese Zeilen am 22. Januar 45 ins Kriegstagebuch schrieb, waren drei bis vier Millionen Ostdeutsche mit ihrer Angst vor den Gräueltaten der Roten Armee auf der Flucht. Erst nach dem 4. Mai floss der notwendige Treibstoff aus den U-Boot-Reserven in die Flüchtlingstransportschiffe. Zwei Tage später war alles, was Laderaum hatte, nach Kurland und in die Danziger Bucht unterwegs.

Alles, was Laderaum hatte?

Die Buéa lag in Svendborg, die Hermann von Wissmann und die Carl Peters waren unterwegs von Sonderburg in die Geltinger Bucht. Die Tanga hielt ebenfalls Kurs dahin. Die Tsingtau lag im Hafen von Libau/Kurland und wartete ab. Obwohl also Laderaum für zehntausend Flüchtlinge ungenutzt in der Ostsee blieb, rettete die Kriegsmarine innerhalb von drei Tagen mehr als hundertzwanzigtausend Soldaten, Verwundete und Flüchtlinge. Doch zum Zeitpunkt der bedingungslosen Kapitulation am 9. Mai um 0.00 Uhr warteten in Kurland und Ostpreußen immer noch Hunderttausende auf Rettung. Am 14. Mai gingen dort über dreihunderttausend deutsche Soldaten in sowjetische Kriegsgefangenschaft.

Als ich im Ostseebad Damp meinen beschädigten ersten Lendenwirbel zum zweiten Mal vier Wochen lang behandeln lassen musste, bin ich, zusammen mit Hörgebar, zur Erinnerungsstätte «Rettung über See» marschiert. Der alte Ausflugsdampfer Albatros hatte einst als Flüchtlingsschiff gedient und diente nun als Museum, eingebuddelt im Sand am Strand von Damp. Fotos, Texte, Dokumente, Kriegsmarine-Stücke. Das Museum erzählte von der Untergangs- und Rettungszeit 1945, erzählte auch von zwei Millionen Geretteten.

«Zwei Millionen?», sagte Hörgebar. Die Zahl stimme nicht. Es seien nur zirka eins Komma zwei Millionen gewesen. Ein Teil der Flüchtlinge, die aus den Häfen von Pommern hätten weiterfliehen können, habe man doppelt erfasst. Und wer dreimal sein Schiff gewechselt habe, sei eben dreimal in die Statistik gekommen. Zweitens seien viele der aus dem östlichen Ostpreußen in die Danziger Bucht

Transportierten keineswegs im rettenden Westen angelangt, sondern im Danziger und pommerschen Raum der Roten Armee in die Hände gefallen und Opfer der sowjetischen Soldateska geworden. Ob die Kriegsmarine geschummelt habe oder schlicht und einfach falsch Buch geführt, das müsse man sich heute fragen. Er habe jedenfalls ausgerechnet, dass die Kriegsmarine über vier Millionen Menschen hätte retten können, wenn sie ab Januar 1945 das Tempo der letzten drei Rettungstage gefahren wäre.

An der Bordwand der Albatros hing ein Schwarzweiß-Foto im DIN-A4-Format: Großadmiral Dönitz in Uniform und mit Großadmiralsstab in der Hand. Blick gerichtet auf den Horizont. Er sah uns nicht an. «Hitlerjunge Dönitz», sagte Hörgebar.

«Hat große Ohren», sagte ich.

«Je älter man wird, desto größer die Ohren.»

«Wie alt ist er auf dem Bild?» Wir wussten es nicht. «Ich schätze, er war etwa so groß wie der Führer», sagte ich stattdessen.

«Wie groß war Adolf Hitler?»

«Keine Ahnung.»

«Klein waren sie beide nicht.»

Wir hörten, wie der Ostwind heulte und wie eine Bö gegen das Museum prallte. Eine Tür schlug zu. Hier unten war es kalt und feucht.

«Warm und trocken», sagte Hörgebar, «das brauchen wir jetzt.»

Wir verließen das alte Flüchtlingsschiff. Es war März. Sand wehte mir zwischen die Zähne. Wenn ich sprach, spürte ich harte Krümel auf meinen Lippen. «Ostwind und schlechte Lüüd – beides döcht nix», zitierte ich eine Weisheit von der Steilküste.

«Krieg ist nur was für Männer ab fünfzig», sagte Hörgebar mit Zögern zwischen den Worten. Ich ging an meinem Handstock bereits Richtung Wellenbad-Café. Hörgebar folgte mir in schlotternden Jeans und ausgebleichter, gelber Segeljacke, Schal um den Hals, keine Mütze auf dem Kopf. «Dann können die Jungen nämlich zu Hause bleiben, einen anständigen Beruf lernen, heiraten, Kinder zeugen und in Ruhe alt werden», hörte ich ihn sprechen. Mit Krieg sei es dann aus und vorbei.

«Warum bist du eigentlich damals kein Soldat gewesen?»

«Du weißt doch, 1933 nach der Machtergreifung schlug die Stunde des Soldaten. Aber da glich Deutschland dem Alkoholiker, der endlich wieder saufen konnte. Kein Bedarf. Leute wie mich, mit angeblichem Herzfehler, brauchte man im Kinderschiff.»

Schwimmen im Wellenbad kam an diesem Tag nicht noch einmal in Frage. Mein Therapiebad war gleich nach dem Frühstück gewesen: eine halbe Stunde Rückenschwimmen für den ersten Lendenwirbel. Wir gingen die Treppe zum Café hoch. Es herrschte der übliche Kaffee-und-Kuchen-Nachmittagsbetrieb. Wir erwischten einen Fensterplatz und schauten aufs Becken. «Zwei Cappuccino und ein Stück Schwarzwälder Kirschtorte für den jungen Mann», das sagte Hörgebar zum Ober. Dann suchten wir uns die schönste Schwimmerin aus und beobachteten sie.

«Erzähle mir die Sage von der Kirche in Broager», bat ich.

Hörgebar erzählte sie mir. Ich konnte von der Sage nicht genug kriegen. Unsere Schwimmerin tauchte mit ihrem Kopf immer wieder unter Wasser. Brustschwimmen schien ihre Leidenschaft zu sein. Sie bahnte sich einen Weg, der auf dem Schwimmbadboden durch die Bodenfliesen vorgezeichnet war. Sie schwamm einen Rhythmus, in dem ich Torte kauen und Cappuccino trinken konnte. Der Sand zwischen meinen Zähnen war schon runtergespült. Wie herrlich kann die Weite des Meeres sein, wie frei der Mensch in ihr. Das ging mir durch den Kopf. «Nur nicht zu dick auftragen», das sagte ich dann laut.

«Was hast du gesagt?»

«Nur nicht zu dick auftragen.»

Der Kopf unserer Schwimmerin tauchte unter und wieder auf. Im Wasser gezeugt, im Wasser geboren. Im Wasser aufgewachsen? Es sah so aus, als hätte sie ihr ganzes Leben im Wasser verbracht. Königin ohne Badekappe. Sie würde das Haar föhnen müssen. Und sich dann mit trockenem, noch warmem Haar zu uns setzen und Apfelkuchen mit Sahne und einen Cappuccino bestellen.

Die Flucht

Das Ruder, das der Kommandeur noch einmal herumreißen wollte, wollte er als Patriot und Kriegsmarinemann herumreißen. Wusste er, wo das Ruder stand? Glaubte er an Ruderkräfte? Der Führer hatte die Kriegsmarine geliebt, mehr geliebt als Luftwaffe und Heer, die er von Verrätern unterwandert glaubte. Auch darum hatte Hitler den Großadmiral, den Treuesten der Treuen, zum Erben bestimmt. Der hatte am Abend des 1. Mai über die Mittelwellensender Hamburg, Flensburg, Oslo und Prag in seinem Tagesbefehl an die Wehrmacht verlauten lassen: Mit Hitler «ist einer der größten Helden in die deutsche Geschichte eingegangen. In Stolz, Ehrfurcht und Trauer senken wir vor ihm die Fahnen.» Danach ging «ernste Musik» über die Sender. In seinen Erinnerungen von 1958, «Zehn Jahre und zwanzig Tage», ließ Dönitz beim Zitieren des Tagesbefehls diese beiden Sätze, und später auch andere, weg.

Jetzt, anno 45 in Svendborg, dachte der Kommandeur wie der Großadmiral und gelobte: jeden Tag dem Verstorbenen eine Gedenkminute widmen. Ihm, der in seinem Befehlsstand der Reichskanzlei bis zum letzten Atemzug gegen den Bolschewismus gekämpft habe, gelte die Treue über den Tod hinaus. Noch ein Stück Kuchen gefällig, mein Führer? Das habe mit Nationalsozialismus nichts, aber auch gar nichts zu tun.

Auf diesem Fundament stand der Kommandeur. Mit

diesem Fundament im Kopf begrüßte er sein Marine-Infanterie-Bataillon am Abend des 5. Mai 1945: «Soldaten des Führers.»

Das waren, aufgeteilt in drei Kompanien mit jeweils drei Zügen, dreihundertsechzig Mann, die bisher als Stützpunktsoldaten oder Angehörige der Lehrdivision gedient hatten. Unter ihnen die beiden aus Grenaa: Funker Fredy und Torpedomechaniker Ehrmann. Sie waren einquartiert in einem Kabuff, das einmal Kartenraum in Svendborgs Byskole gewesen war. Andere schliefen auf dem Fußboden im Klassenzimmer, im Lehrerzimmer, im Flur unter den Kleiderhaken. Auch ein Hotel war von den Deutschen beschlagnahmt worden. Wer Glück hatte, schlief in Hotelbettwäsche, weich und warm. Mit Blick auf den malerischen Svendborg-Fjord.

Erfahrung im Landkampf hatte keiner. Magere Kenntnisse stammten aus der Rekrutenzeit und von Lehrgängen. Gefechtsübungen fanden nicht statt. «Kuchen gekauft, soweit es die Dänen zulassen», schrieb einer ins Tagebuch. Ein anderer, der als Militärpfarrer von Travemünde herkommandiert worden war, notierte: «Es gibt nur zwei Gesprächsthemen: 1. das herrliche dänische Essen und 2. die militärische und politische Lage. Es sieht katastrophal aus.» Viel zu tun gab es nicht. Einen geplanten Ausmarsch, um Gleichschritt zu üben, immer schön ausgerichtet auf Vordermann und Nebenmann, sagte der Kommandeur auf Anraten der deutschen Militärpolizei in Svendborg wieder ab: Jetzt noch die Dänen zu provozieren sei nicht ratsam. Der Dienstplan sah Wachdienst, Zeugdienst, Sachenempfang, Sachentausch, Putz- und Flickstunden vor – Stichworte für ein maßgeschneidertes dänisches Tuwort: gammeln.

Die Bewaffnung war dürftig bis schlecht. Einige hatten

eigene Gewehre mitgebracht, andere erhielten lange französische Beutegewehre oder uralte holländische Knarren ohne passende Munition. Wieder andere standen mit leeren Händen da. Jeder Zug erhielt eines der Maschinengewehre, die man von den Schnellbooten abmontiert hatte. Die Zwei-Zentimeter-Geschütze auf Selbstfahrlafette und Lastwagen waren dem Kommandeur angekündigt worden, aber noch nicht geliefert.

Am Vorabend war Einkleidung gewesen. Eine schöne Maibrise hatte das Kriegsende durch die Luft geweht und war mit bloßen Händen zu greifen. Übermut wollte über die Stränge schlagen. «Auf Klamotten für den Landkampf können wir verzichten, weil der Landkampf kein Marinekampf ist», riefen die Männer von den Schnellbooten. Die Klamotten waren nicht marineblau, sie waren feldgrau, und es waren auch nicht genug Klamotten da. Die fehlenden und die falschen Klamotten räumten die aufgeräumte Stimmung wieder ab.

Matrose Ehrmann riss zuerst die Klappe auf. «Alles Scheiße», brüllte er.

«Genau», fiel Funker Fredy ein, der ihn wegen seiner Courage bewunderte und deswegen gern in seinem Fahrwasser schwamm. Fredy sei gerade so für den Landkampf geeignet, das meinten die Vorgesetzten. Ehrmann wiederum wurde wegen seiner Unerschrockenheit und Standfestigkeit, auch gegenüber den Offizieren, für aufsässig gehalten, für einen Kommunisten. Er war sechsundzwanzig Jahre alt und stammte aus Leipzig. Sein Ruf war der eines schwer zu lenkenden Soldaten; mal starrsinnig, mal überheblich. Dickschädel unterm Kopfhaar mögen Vorgesetzte nicht. Wegen Ungehorsam hatte er schon sechzig Tage Arrest abgebrummt, und degradiert hatte man ihn vom Obergefreiten zum einfachen Matrosen. An ihm schieden sich die Geister, wenn er sagte: «Ich gehe nicht in Gefangenschaft. Ich habe den Stacheldraht schon in Afrika erlebt. Ich will schlicht und einfach nach Hause. Ich hab noch eine Mutter und nur noch den jüngsten Bruder, nachdem der mittlere im Lazarett an seinen Granatsplittern im Bauch krepieren musste. Die brauchen mich.»

Ehrmann schrieb Tagebuch. Es war eingebunden in einen blau-gelben Webstoff. Manchmal las er Fredy daraus vor, und dann fühlte Fredy die schützende Hand eines älteren Bruders über sich: «Handle so, dass die Maxime deines Willens jederzeit zugleich als Prinzip einer allgemeinen Gesetzgebung gelten kann.» Das hatte er am 14. Januar 1943 auf Sizilien notiert.

Drei praktische Löschblätter beweisen, dass er dagewesen war: Linienpapier auf der einen, italienische Postgebühren auf der anderen Seite. Über die Zeit in Italien schrieb Ehrmann wenig. Wann er in welchem Hafen gewesen war, erzählte er nicht. Er gab Auskunft über seine Stimmung, über Briefe, die er geschrieben und erhalten hatte. Er suchte Antwort auf philosophische und politische Fragen. Mehrere Frauen nannte er mit Namen. Namen von Vorgesetzten und Kameraden erwähnte er nicht. Den manchmal schwer zu entziffernden Notizen hatte er eine Art Präambel vorangestellt: «Der Name Tagebuch ist nicht und soll auch nicht der richtige Name dafür sein. Sondern vielleicht auch nur die Verwirklichung eines Namens. Zufallsgedanken. Vielleicht nur die Sammlung eines gewissen Gedankenüberschusses. Oder die Niederschrift einiger Gedankensplitter. Die Zeit wird es lehren, was aus den paar geduldigen Bogen Papier noch werden kann. Es ist die einzige Materie, der man getrost alles anvertrauen kann. Schade, dass es nicht solche

Menschen gibt.» Darunter steht seine Unterschrift: Fritz Ehrmann; kein Datum. Der erste darauf folgende Eintrag ist geschrieben am 22. November 1942: «Man wird zurückwollen in das Gestern der Erinnerung, die Zeit hat ihr Übriges getan, sie hat eine Kluft in das Leben gelegt.»

«Kluft reimt sich auf Schuft, und ich heiße Ehrmann. Merkt euch das», rief Ehrmann in das marineblau-feldgraue Durcheinander vor der Kleiderkammer.

«Maxime reimt sich auf Marine, und ich heiße Fredy», rief Fredy.

«So ungefähr, ihr Tränentiere von Kammerbullen», rief Ehrmann, als er die Kleiderkammer stürmte, weil ihm die Geduld während der schleppenden Abfertigung ausgegangen war. Fredy, wie immer, gleich hinterdrein. Viele schwammen im Fahrwasser von wenigen Stürmern und Dränglern. Die Kleiderkammerbullen sprangen beiseite und ließen den Mob passieren. Der riss aus den Regalen, was die Regale hergaben. Fredy nahm sich ein Päckchen und roch am Stoff: parfümiert mit dem schweren, süßen Duft, der den Krieg gewinnen helfen und gegen Wind und Wetter schützen sollte. Neu. Die Klamotten waren zwei Nummern zu groß. Er strahlte Ehrmann an: «Wird schon passen.»

«Fredy, was hast du nur für dünne Lippen über deinen schiefen Zähnen», sagte Ehrmann in seinem aufmüpfigen Ton. Es war der Ton, der die Vorgesetzten ärgerte, nun auch Fredy ärgerte und verletzte. Ehrmann hielt seine Kleidergröße in der Hand.

Fredy strich sich über die Lippen, um zu fühlen, ob sie tatsächlich dünn und die Zähne tatsächlich schief waren. Rot schoss ihm die Scham ins Gesicht, weil offensichtlich mit ihm etwas nicht stimmte. Immerhin sagte er: «Idiot.» Meinte er sich? Meinte er Ehrmann? Cherubino lautete sein

Familienname, den er immer buchstabieren musste, wenn ihn jemand danach fragte. Sein Vater stammte aus dem italienischen Carrara-Marmor-Gebiet. Der war gleich nach dem Ersten Weltkrieg zu einer langen Reise aufgebrochen. Seine Stationen: Zürich, Genf, Lyon, Montpellier, Narbonne, Toulouse, Tarbes und Bagnère, wo er dem Adour flussaufwärts folgte, um dann im Campaner Tal in den Marmorbrüchen zu arbeiten. Nach Kassel kam Fredys Vater, weil er einen Eisenbahn-Marmor-Transport begleitete. Dort lernte er Fredys Mutter kennen. Am 8. Februar 1925 war Fredy in Kassel geboren worden, er war jetzt also zwanzig Jahre alt.

Schwere Verstöße gegen die Disziplin bei der Einkleidung: Der Kommandeur hätte sich die Übeltäter greifen können; die waren bekannt. Er griff sie sich nicht, sondern wandte einen Führungsgrundsatz an: «Der Soldat muss unter der Bedingung des Gehorsams Gelegenheit haben, sich Luft zu verschaffen. Das war schon so bei meinen Negern in Afrika, die mir allerdings auf Pfiff gehorchten.»

Wie der Herr, so der Knecht. Selbst der liebe Gott kann es nicht allen recht machen, also sahen auch die Offiziere des Bataillons darüber hinweg und dachten: «Saustall.» Die Unteroffiziere, die mit ihrer gekränkten Unteroffiziersehre Mannschaftsdienste tun mussten, schlurften mit schlechter Stimmung in den Knobelbechern über dänischen Grund und Boden und ließen den Saustall ebenfalls durchgehen, ja sie hatten selber kräftig am Saustall mitgewirkt und schadenfroh gelacht. Die Kammerbullen, die beiseite geschubst worden waren, konnten nur noch gute Miene zum bösen Spiel machen: «Bei der ungewissen Zukunft ist das ja irgendwie zu verstehen.»

Die hatte längst begonnen. Am 5. Mai muckte das besetzte Dänemark schon auf. Ein Trupp bewaffneter dänischer

Miliz fuhr unter dänischer Flagge durch Svendborg und brachte sich vor der Byskole in Stellung. Im ersten Stock öffnete sich das Fenster, und zwei deutsche Marine-Infanteristen hoben ihr MG auf die Fensterbank. Unten nahm Marine-Infanterist Ehrmann den vorwitzigen Mannen die Gewehre aus den Händen: «Noch sind wir hier die Herren, meine dänischen Kameraden!» Die verstanden Deutsch und zogen verdattert ab. Und Fredy befahl er: «Bring die Flinten rein; die können wir gut gebrauchen.»

Als der Kommandeur nun seine Begrüßungsansprache in der Turnhalle begann, die in der Byskole zuweilen als Festsaal diente, waren auch einige Marinehelferinnen anwesend; der Kommandeur hatte sie als «Gesellschafterinnen» eingeladen. Kriegs- und Signalflaggen hingen an Nägeln und Balken. Vorne, am Podium, prangte das mit Eichenlaub bekränzte Führerbild an einem Notenständer. Auf dem Notenständer lagen Notizen, dahinter stand der Kommandeur. Über allem schwebte die Festsaaldecke.

«Ich habe mich zu diesem Kameradschaftsabend entschlossen, damit wir uns alle besser kennen lernen. Und, Kameraden: das Ruder herumreißen! Eine bequeme Unterbringung ist das hier ja nicht gerade, das kennen wir von unseren S-Booten. Genug Vorräte aber haben wir!» Der Kommandeur zeigte mit beiden Händen auf die üppig gedeckten Tische im Saal. Trotz des Mangels an Klamotten, Waffen und Munition: Essen und Trinken, Schnaps und Zigaretten lagerten reichlich in den Magazinen. Kurz vor Toresschluss sollte das Bataillon noch einmal kräftig feiern. Etliches hatte der Kommandeur «zur Vernichtung» freigegeben: eine Flasche Wein pro Nase, für je fünf Mann eine Flasche Schnaps, Sekt, auch Bier. Juno, Eckstein, Overstolz stand auf den Zigarettenschachteln. Kekse, Schokolade, Lakritz lachten auf Wehrmachtstellern. «Auf meinen Befehl sind nur die Besten herkommandiert worden», sagte er nun, obwohl es sich in Wahrheit um das allerletzte Aufgebot gehandelt hatte. «Und weil unsere Sache brandeilig ist, sind noch nicht alle Personalpapiere beim Bataillon eingetroffen. Hauptsache, ihr seid hier, Kameraden! S-Boot-Leute sind rasante Leute. Wir sind offensiv wie unsere Boote. Wir sind hart und schnell, wir sind eiskalt und wendig. Wir siegen. Das haben wir sozusagen mit der Muttermilch eingeatmet beziehungsweise getrunken.» Der Kommandeur ließ seinen Waffenstolz für jeden sichtbar werden, sein Waffenstolz sollte sich im Herzen seines Bataillons ausbreiten. Er sagte also: «Das ist der Stoff, aus dem die Marine-Infanterie geschnitzt ist, jawohl, dies möchte ich mal in Bildern gesprochen sagen. Hat jeder was zu trinken? Dank an all diejenigen, die geholfen haben, diesen Abend vorzubereiten.»

Und er fuhr fort: Vielleicht gehe es nach Süden. Man werde dann mit dem Schiff dort hinfahren. Vielleicht bekomme man mit den Dänen Schwierigkeiten; es habe sich ja inzwischen die Waffenruhe rumgesprochen. Kapitulation wolle er in diesem Zusammenhang nicht gesagt haben. Könnte sein, dass man geschlossen in die Gefangenschaft marschiere, vielleicht werde man noch in Kämpfe mit den Dänen verwickelt. «Kameraden» – er spreche ausdrücklich von der Möglichkeit des Kampfes.

Der Kommandeur betonte «Möglichkeit». Er betonte auch seine «ganz persönliche Erwartung»: Er sehe alle im Osten stehen, denn im Osten sei der Feind. Das hätten mittlerweile auch die Anglo-Amerikaner begriffen.

In der ersten Reihe saßen drei Offiziere, an ihrer Seite die Marinehelferinnen. Die Offiziere prosteten dem Kommandeur zu, einer rief in den Saal: «Wir werden weitermarschieren.»

«Ich habe die Metzeleien satt und quittiere.» Das sagte Ehrmann wie «Die Rechnung bitte» nach einem guten Essen im Restaurant.

Die Wein-, Sekt- und Schnapsrunde vor dem Hitlerbild erstarrte. Eine Stecknadel fiel zu Boden, und jeder hörte, wie sie auf dem gebohnerten Parkett aufschlug. Mannschaftsdienstgrade und Unteroffiziere, bunt gemischt, froren mit der Hand an ihren Lieblingsgetränken fest. Ein Stapel Juno, ein Stapel Eckstein, ein Stapel Overstolz standen unangetastet neben vollen Aschenbechern. Zigaretten- und Zigarrenqualm zog in marineblauen Schwaden über die Tische. Da lag sie, die Stecknadel auf dem Fußboden.

«Fritze, du Idiot, sei still», zischte Fredy seinem Stubenkameraden in die Seite. Ihm war nach Lachen zumute, schon grinste er hinter vorgehaltener Hand.

«Ein für allemal: Für dich, Fredy Cherubino, bin ich nicht ‹Fritze›.» Ehrmann herrschte die Tafelrunde an: «Und auch für alle anderen: Ich heiße Ehrmann.»

«Wat hett de Jung för Grappen in'n Kopp», sagte eine plattdeutsche Seemanns-Stimme und griff beruhigend ein: «Nich lang schnacken, Kopp in Nacken, Prost, Kameraden.» Der hatte die Lacher auf seiner Seite.

Der Kommandeur ließ sich nicht beirren. Jeder müsse weiter seine Pflicht tun, rief er kurz vor Beginn des gemütlichen Teils in den Saal. Ein Wiederaufbau im nationalsozialistischen Geiste «winke uns allen». Treue, Disziplin und Einsatz fürs «teure Vaterland» seien unvergängliche, nationalsozialistische Werte. «Nationalsozialismus, dieses wichtige deutsche Wort», bleibe Balsam für die Ohren. So waren, fand er, deutsche Soldaten am besten zu ködern. Zum allerletzten Schluss belud er sie noch mit einem schlechten Gewissen und sagte aus flatternder Kehle: «Es hätte alles siegreich und besser kommen können. Bis hierher haben uns all jene gebracht, die ihre verdammte Pflicht und Schuldigkeit nur halb getan haben. Mich persönlich ärgert es gewaltig, dass die ewig Gestrigen, die diese Lage herbeigeführt haben, nun auch noch Recht bekommen.»

Dann ließ der Kommandeur den Offizier, der «Wir werden weitermarschieren» gerufen hatte, ein Lied anstimmen. Seemannslieder ließ er nicht singen, weil darin immer von Mädchen und Sehnsucht die Rede ist. Drei, vier, alle sangen «Es zittern die morschen Knochen» und trampelten mit den Knobelbechern, sogar die Unteroffiziere hatten jetzt Tritt gefasst. «Wir haben den Schrecken gebrochen, für uns war's ein großer Sieg.» An dieser Stelle kriegten sich der musikalische Offizier und ein Truppenzahnarzt, der zwischen den Offizieren saß, einer Marinehelferin wegen in die Haare. «Wenn alles in Scherben fällt», sang der besoffene Saal zum laufenden Geschehen. Der Oberleutnant schlug dem Truppenzahnarzt zwei Zähne aus. «Denn heute gehört uns Deutschland und morgen die ganze Welt.» Die Marinehelferin flüchtete in die Arme des lachenden Dritten. Der war ebenfalls ein Offizier. Derweil aus dem Staub gemacht hatten sich Ehrmann und Fredy.

Sie hatten noch zwei, denen sie über den Weg gelaufen waren, zum Mitgehen bewegen wollen. «Begreift das doch, wir haben vor dem Engländer kapituliert», redete Ehrmann auf die beiden ein. Einer von ihnen, ein Oberbootsmann, kam wie er aus Leipzig. «Wenn du mit nach Hause willst, dann musst du dich beeilen.»

«Man kann aber jetzt nicht einfach abhauen», antwortete dieser eine.

«Lust hätte ich schon, aber ich bin Soldat», das sagte der andere.

«Habt ihr nicht gehört: Unsere Personalakte ist noch gar nicht da», sagte Fredy.

«Die Papiere sind unterwegs. Das weiß ich», sagte der Oberbootsmann.

«Das hier ist doch nur ein Gammelhaufen, ein einziger Scheißhaufen. Und Waffen haben wir auch keine», sagte Ehrmann.

«Ja, richtig fauler Zauber. In Kassel wartet meine Verlobte. Für mich ist der Krieg aus», pflichtete ihm Fredy bei.

«Ich rate ab, der Engländer ist im Anmarsch», gab der Kamerad aus Leipzig zu bedenken.

«Ich habe aber keine Lust, hinter Stacheldraht zu gehen», sagte Fredy.

Ehrmann zog sein Tagebuch aus der Brusttasche und schlug eine Seite auf. «Hört mal zu», sagte er und las vor: «Attacked from the front. Cut off from behind. Written off by Hitler. Sehr schlau, was die Engländer uns damals runterwarfen.»

«Und was heißt das?»

«Hitler hat uns schon damals im Stich gelassen, mein Lieber. Hitler ist tot, und wir sind vom Elend, na, vom Eid entbunden. Deshalb und weil der Krieg aus ist, gehen wir.»

«Und wie wollt ihr das machen?», fragte der eine.

«Der Plan ist längst im Kopf», sagte Ehrmann.

«Ich habe eine Dänemark-Karte», lockte Fredy.

«Nee, lasst man, aber keine Sorge, wir halten dicht.»

In der Bude breitete Fredy die Karte auf dem Fußboden aus und leuchtete mit seiner Taschenlampe darüber. Ehrmann zeigte mit dem Zeigefinger auf die Hafenstadt Grenaa, Hafen der 6. Schnellbootflottille.

«Da hat alles angefangen», sagte er und erinnerte sich an den ersten Abend. Der Chef hatte sie wie ein guter Kamerad begrüßt. Nun hieß die Richtung grob: nach Süden. Zunächst hieß sie allerdings: nach Norden, denn sie wollten den Kleinen Belt auf der Beltbrücke überqueren, dann erst Richtung Süden übers dänische Festland weiter. «Nach Hause.» So lautete dieser Marschbefehl.

Zu dem Grauzeug, das sie trugen, packten sie eine blaue Hose, Unterwäsche und Schinkenbrote vom Kameradschaftsabend in den Rucksack, und sein Tagebuch legte Ehrmann zwischen Hose und Unterwäsche. Auf das Tagebuch legte er die Mundharmonika. Eckstein und Juno verschwanden in der linken und rechten Brusttasche. Ehrmann hatte eine Pistole, die Nullacht, dabei, Fredys kleinkalibrige Sechs-Millimeter-Pistole war ein Beutestück vom Vortag: «Hab ich den Dänen weggenommen und behalten.»

Dann deckten sie sich mit einer Wolldecke zu. Kein Schlaf. Den wollten sie jetzt nicht. Bloß nicht einschlafen. Hindämmern, Alkohol ausatmen, Krieg Krieg sein lassen. Sollte doch das Bataillon marschieren, so weit die Füße trugen. Und sei es bis nach Hela oder Kurland. Wie würde es da riechen? Da roch es an der Mole bestimmt genau wie hier in Svendborg. Im fernen Osten Deutschlands sollten tapfere Deutsche gegen tapfere Russen ruhig um den wunderbaren Molengeruch weiterkämpfen. Da würde es noch Tote geben. Auch hier würde es noch Tote geben. Bis zum letzten Atemzug würden sie Molengeruch in der Nase haben. Dann aber wäre es aus mit dem Molengeruch.

Fredy fror und zitterte. Im Traum sah er Kälte, Wind und Wetter, eine schwere Stunde für den kommenden Tag voraus: dreiundzwanzig Tote und sechsundfünfzig verwundete Marine-Infanteristen mit Kaiser-Wilhelm-Kanalwasser-Geruch in der Nase, alle mit Eierschalen an den Ohren. Er sah, was erst geschehen würde. Tatsächlich gab es am folgenden Tag bei einem Tieffliegerangriff auf die Grünentaler Kanal-Hochbrücke dreiundzwanzig tote Marine-Infanteristen. Die Überlebenden schämten sich ihrer Tränen nicht. Sie hatten nämlich zum letzten, wirklich allerletzten Mal den Reichssender Hamburg mit dem Deutschlandlied gehört. Auch Fredy, der sich aufgerichtet hatte, schämte sich seiner Tränen nicht. Sie liefen über die von Ehrmann kritisierten dünnen Lippen und dann in den Mund. Der schluchzte einen Brief, der mit den Worten begann: «Meine innigst geliebte kleine Paula.»

Eine stille Mainacht hatte an der Insel Fünen geankert, das Nachtlicht reichte weit. Alle Horizonte lagen da wie frisch geschnitten. Die Luft war erfüllt von sauerstoffreicher Sorge. Bis nach Berlin und Kopenhagen und darüber hinaus ging der Blick des Eisvogels, der oben am Mastkorb saß und nach Beute Ausschau hielt. Krank? Glanzloses Federkleid bedeutet mangelndes Wohlbefinden. Die letzte Mahlzeit hatte er wegschwimmen lassen. Nur zu, Eisvogel, stürz dich in die Fluten, fang einen Fisch!

«Trotz allem Ungemach soll man sich die Freude an der Natur nicht nehmen lassen, die sich uns in dieser Jahreszeit in verschwenderischer Fülle bietet, denn die Natur ist im Kleinen wie im Großen eine unversiegbare Quelle der Kraft. Wir müssen nur verstehen, aus ihr zu schöpfen. Die Zeit wird kommen, in der Deutschland zum Fortschritt der Zivilisation wieder wird beitragen können.» Diese Worte hatte der Stadtarchivar von Flensburg in weiser Voraussicht auf eine deutsch-dänische Maiwolke geschrieben. Für seine Flensburger Mitbürger verfasste er einen Extra-Absatz: «Es wird darauf hingewiesen, dass es notwendig ist, dem Kaufmann seine Arbeit und sein Wirken hinter dem Ladentisch zu erleichtern, dass knapp und klar Wünsche vorgetragen werden müssen und gute Kenntnis der Lebensmittelkarten selbstverständlich ist.»

Unter dieser Wolke verließen Ehrmann und Fredy ihre Bude, schlichen an schlafenden und schnarchenden Kameraden vorbei und verließen die Schule. Riefen da nicht welche aus dem Schlaf in die frische, frohe Luft? Viel Glück. Wir verraten nichts. Ihr lasst uns im Stich. Feine Kameraden. Einige lernen es nie. Jeder ist seines Glückes Schmied. Ehrmann öffnete und schloss das große schwere Gartentor. Der Unteroffizier vom Dienst pennte und merkte nichts. Erst mal raus aus der Stadt! Maiglöckchen blühten und dufteten und läuteten. Löwenzahn leuchtete. Als sie Svendborg im Rücken hatten, folgten sie dem Porthusvej, einer unbefestigten Nebenstraße, durchquerten einen Wald und fanden nach zwei Kilometern einen Heuschober. Dort warfen sie sich ins Heu.

Kaum lag Ehrmann, stand er gleich wieder auf. Er ging raus, setzte sich vor einen Pflug am offenen Eingang, lehnte sich zurück und legte seinen Kopf auf die Pflugschar. Klarer Sternenhimmel. Keine Wache, Gott sei Dank. Er rauchte eine Zigarette und blies den Rauch in die Mundharmonika, die er leise erklingen ließ: Heimat, deine Sterne. Die standen zu Millionen über dem Heuschober. Er zog die Hose höher und steckte das Hemd tiefer hinein. Dann klappte er den Hemdkragen hoch und ließ ihn fest am Nacken anliegen. Die Mundharmonika wärmte er in der Hand. Die Hand steckte in der Hosentasche. Fredy schlief nebenan im Heu den Schlaf, den er in der Byskole nicht hatte schlafen wollen.

Das Kinderschiff

«Immer wenn wir Fredy dahaben, ist Leben in der Bude.» Wer sagte das? Hans Hörgebar. Der neunjährige Fredy war nun schon zum dritten Mal im Kinderschiff an der Geltinger Bucht und begeisterte die Heimeltern Hans und Klara Hörgebar, die selber keine Kinder hatten. Der Kachelofen im Speisesaal war kalt. Im Sommer kühlte er, im Winter wärmte er. Hörgebar, der im Speisesaal an der Spüle stand, nannte das Heim «Meine Schule am Meer», während Klara lieber «Kinderschiff» sagte. Er spülte mit seinen großen Händen Teller und Tassen vom Abendbrot, sie bügelte mit ihren kleinen Händen nebenan im Bügelzimmer und rief: «Und immer ist er als Letzter im Bett.»

Spül- und Bügelgeräusche kamen aus Fredys Mund, und Hörgebar, der die ihm anvertrauten Jungen Dorsche und Heringe nannte, sie im Handumdrehen bezirzte und an seinen Lippen und Augen hängen ließ, lächelte. Fredy füllte das Kinderschiff noch kurz vor der Geisterstunde mit seiner blühenden Phantasie, und Hörgebar, Laienschauspieler, Theatermann, Lehrer, fraß ihm aus der Hand. Er nahm eine sauber gespülte Tasse, die Fredy ihm mit den Worten «Noch einmal spülen» in die Hand gedrückt hatte, und rief von der Bühne herunter: «Mit dieser Tasse in der Hand habe ich alle Tassen im Schrank, Herr König.»

«Bei einem Wirte wundermild, da war ich jüngst zu Gaste, ein goldener Apfel war sein Schild an einem langen

Aste.» Das sang der fünfzehnjährige Fritz Ehrmann durch die Speisesaaltür. Er war hier der Oberdorsch, ihn hatte Heimvater Hörgebar sich als Helfer zur Seite gestellt. Auch an diesem Abend trug er für gehorsames Befolgen des Kinderschiff-Zapfenstreiches die Verantwortung. «Schluss mit dem Theater. Das gilt auch für den Luftikus», rief er Fredy zur Ordnung.

Der war schon wieder im Nachthemd unterwegs, sang: «Rums bums schuftikuss», schwieg gleich wieder, barfuß auf leisen Bohnerwachs-Sohlen.

«Zieh dir deine Hausschuhe an, du hoffnungsloser Fall», rief Ehrmann ihm nach und ging die Treppe hoch, erste Tür rechts, da war sein Zimmer, das er ganz für sich allein hatte. Er wollte noch im letzten Juni-Licht Tagebuch schreiben und setzte sich an den Tisch. Auf dem Fensterbrett lag ein nagelneues Buch: «Carl Peters erobert Ostafrika», Geschenk seiner Mutter für die Zeit im Kinderschiff.

Ehrmann notierte: «Heute war Abreisetag. Nach einer großen Kuchenschlacht brachen alle auf. Nur Fredy und ich sind noch da. Auch unsere Zeit hier geht zu Ende. Mein Zentimetermaß meldet noch zwei Tage. Gestern Morgen um sechs Uhr taufte unser Heimvater seine Dorsche und Heringe, indem er sie dreimal eintauchte. Mittags machten wir Mutproben in der Halle des Eisvogels, so wird der zugewucherte Bach hier genannt. Wir mussten ihn auf einem dicken Schiffstau überqueren, das Hörgebar zwischen zwei Bäume gespannt hatte. Als Einziger fiel Fredy rein. Klatschnass. Alle haben gelacht. Fredy hat erst mitgelacht, dann hat er geweint. Dann hat er wieder gelacht. Nach dem Abendessen haben wir mit den Heimeltern einen großen Kreis gebildet. Auf Heimvaters Kommando mussten wir den Kopf in den Nacken legen und die nun in Erscheinung tretenden

Gestirne ‹ruhig verehren›. Dann mussten wir den Kopf wieder senkrecht stellen, und Klara stimmte ihr Lieblingslied an: ‹Innsbruck, ich muss dich lassen.› Kaum geeignet für die Mundharmonika. Jetzt, wo alle weg sind, hat Fredy wieder Narrenfreiheit. Er geistert mit Sondergenehmigung durchs Heim.»

Breit, schmal, tief, flach, reißend, still, das war Hans Hörgebars Welt im Kopf. Klaras Welt hatte er auch im Kopf: den Bach und die Hügel, den Himmel und die Wolken, die Häuser und die Straßen. In diesen Tagen fuhren die Bauern zur Heuernte in die Wiesen. Staub wirbelte hoch von den Rädern, die Pferde ließen, während sie den Wagen zogen, Pferdeäpfel fallen, ein guter Pferdeäpfelgeruch flog mit dem Staub durch die blühenden weißen und violetten Fliederhecken, der Flieder duftete auch, herrlich wehte Fliederduft zum Garten herein, wo in der frisch beschnittenen Lebensbaumlaube die Verwandtschaft der Kinder an einer weiß gedeckten Kaffee- und Kuchentafel gesessen hatte. Da hatten der Kaffee und der Apfelkuchen geduftet, und der Besuch hatte weiblicherseits Kölnisch Wasser und männlicherseits Zigarrengeruch aus dem Sonntagsstaat verströmt. Und was verströmten die Kinder? Lammfromm hatten sie zwischen Eltern, Großeltern, Onkeln oder Tanten gesessen. Nicht schwer zu erraten: Es war der Duft ihrer zwei Tage zuvor gewaschenen Haarschöpfe gewesen.

Ich will den Fluss wiederfinden, der durch Waldlust floss. Hügel, Haus und Straße, Pferdeäpfel und Flieder, Gartenlaube: alles wie damals. Kinderheim, Kaffee und Kuchen und Hotel Windvogel. Von einem Fluss aber kann an dieser Steilküste keine Rede sein. Nur Rinnsale und Bäche münden hier oben in die Ostsee. Früher spiegelten sich Wald und Kinderschiff im Eisvogelbach. Das Kinderschiff lag wie eine Burg auf einem Berg. Waldlust umfasste fünfundzwanzig Hektar. Heute ist der Wald nicht kleiner, aber die Bäume sind mehr als fünfzig Jahre älter geworden. Es gab glänzende Sumpfstellen und glänzende, kleine, tiefe Teiche im Wald. Ich hatte Tiere gesehen, die trockenen Fußes übers Wasser liefen. Ich hatte gefragt, wie sie heißen. «Insekten, Insekten! Winzige, langbeinige Viecher», war die Antwort gewesen.

Nun, während ich in meinen Springerstiefeln durch Waldlust stapfe, stehen die Bäume auf Luftwurzeln wie im Urwald. Kein Sumpf, kein Teich. Vielleicht liegt es am Sommer? Moosbewachsene Baumstümpfe schimmern in grünem Samt und laden zum Sitzen ein. Drei entwurzelte Eichen haben sich mit ihren Kronen ineinander verheddert, Efeu und Knöterich schlingen sich um die drei herum. Jelängerjelieber duftet so herzhaft aus den langen, gelben Blüten, dass ich mich frage: Warum hat noch kein Parfümfabrikant seine Nase in Jelängerjelieber gesteckt und sein Parfüm danach benannt?

Wo der Bach damals am südwestlichen Waldrand, einen Bogen schlagend, zum Forst hereinkam, hatte er eine sandige Uferböschung, strömte unter Schwarzerlen, Ilex und Holunder weiter und legte eine schöne Schleife um das Kinderschiff, verschwand in einem schilfüberdachten, gleichsam unterirdischen Gewölbe und mündete beim Schöpfwerk, östlich von Schneckenholm, in die Lippingau, die ihren Namen dem lippenförmig geschwungenen Verlauf verdankt und bei einem Ort, dessen Name weniger vielsagend ist, in die Geltinger Bucht plätschert. Hier sprudelt die Lippingau auch heute noch als kleiner Wasserfall über natürliche Stufen runter. Das Wasser ist unverhofft klar. Ich greife hinein und hole einen schönen roten, glatt geschliffenen Brocken heraus, Rest eines Ziegelsteins. Ich sehe die poröse Oberfläche und fühle das Glatte. In meiner Hand ist er nur halb so schön wie im Wasser. Dann balanciere ich über die Findlinge in der Mündung. An dieser Stelle, wo das süße Lippingau-Wasser in die salzige Ostseebucht fließt, ist der südlichste und zugleich östlichste Punkt des Waldlust-Gebiets.

Am Strand gehe ich wieder zurück, lasse den Wald links liegen, folge der ansteigenden Küste, erklimme langsam das Steilufer, komme zum Windvogel-Restaurant. Solide Preise. Ideal für Familien auf Sommerfrische. Nerven kitzelnde Pferdewagenfahrten in herrlicher Hügellandschaft. So steht es im Prospekt.

Keiner da. Zwei Biertische im Biergarten hat der Wirt folgendermaßen zusammenbauen lassen: Vier sechzig Zentimeter lange Flacheisen wurden an den Enden zu stumpfen Winkeln gebogen, dann jeweils zwei Enden unten auf ein Fass geschraubt, die anderen beiden oben unter eine dicke Holzplatte. An eine Holzplatte stelle ich mich, stütze meine Ellenbogen auf, lege das Gesicht in meine Hände und murmele mir den Schrecken, die Schmerzen und das Ende vom Sterben am Kreuz in den Bart. Dann hole ich Luft. Die Aussicht genießend, sage ich an diesem windstillen Sommertag, der sich langsam neigt: «Was einem als Kind widerfährt, vergisst man nie.» Wohin mit diesen Worten? Sie übers glatte Wasser schweben und drüben landen lassen, auf der anderen Seite der Bucht, wo der Wald von Düstnishy mit leichter Hand gepflanzt wurde? Die Wälder von Waldlust und Düstnishy stecken mit ihren Wurzeln tief in der Erde und halten die Küste fest, wenn im Herbst die Stürme toben. Dahin also mit den Worten.

«Mit Fredy ist diese eine Stunde vorm Zubettgehen die schönste am Tag», trällerte Hörgebar, noch immer beim Abwasch.

Aufgepasst!

Ein Spiegel zerbrach. Spiegelscherben bringen Unglück. Wer war das gewesen? Fredy etwa? Ehrmann konnte es nicht gewesen sein; der saß oben in seinem Zimmer und schrieb Tagebuch, oder er saß inzwischen am Fenster und schaute abwechselnd in den langen Juniabend und in sein Afrika-Buch. Musste jetzt eine teure Reparatur bezahlt werden? Musste gespart werden? Musste aus eigener Tasche zugezahlt werden?

Klara erinnerte sich an einen in Kassel abgestempelten Brief von Fredys Eltern. Darin stand: «Liebe Klara, geben Sie mir ja Obacht, damit der Junge nicht ungezogen und unfolgsam wird; denn das könnte mich ganz auseinander bringen. Er kann so viel als möglich lustig und lebhaft sein; aber ungezogen soll er nicht werden. Geben Sie besonders Acht auf seine Folgsamkeit, wenn Sie unter fremden Leuten sind.»

Doch Fredy hatte sich in den Pferdestall geschlichen und den Wallach Max losgebunden, ihm Zaumzeug und Geschirr angelegt und ihn vor den Erntewagen gespannt. In vollem Galopp war er vorgefahren. Die Räder waren übers Kopfsteinpflaster gerasselt, hatten Haus und Hof erbeben und den Spiegel von der Wand fallen lassen. Es war der Garderobenspiegel im Flur, der in tausend Scherben zerbrochen war. Die Scherben fielen, fielen, fielen. «Morgen werde ich sie zusammenfegen», sang unverdrossen Hans Hörgebar.

Oben auf dem losen Brett im Erntewagen saß das Kind, ein Lockenkopf mit den sprühenden, vom Vater geerbten italienischen Augen, die mütterlicherseits auch verträumt blicken konnten. Neben ihm saß Ehrmann, den Fredy aus der Afrika-Lektüre gerissen und zum zweiten Kutscher ernannt hatte. Und Ehrmann, das Buch in beiden Händen, war gefolgt. Er hatte es in den Erntewagen geworfen, war wie eine Katze hinterhergesprungen und hinaufgeklettert. Oben setzte er sich auf das Buch.

Auch Klara sprang gerade so noch auf. Sie setzte sich auf frisch gebügelte Wäsche hinter Fredy und Ehrmann.

«Erst mal nur eine Ehrenrunde», rief Fredy seinen Fahrgästen zu. Waldlust, Sommerfrische, Inbegriff aller Wonnen – das gute Pferd zog die drei weiter und weiter, hinein in viele Kurven und nochmals Kurven mit den Knicks, lief Galopp am lockeren Zügel, vorbei an Brennnesseln, Holunder, Hagebutten.

Judas hängte sich an einen Hagebuttenstrauch und hauchte seinen letzten Hauch, so dichtet der Volksmund. «Schnell am Selbstmörder vorbei», riet Ehrmann, der nun seine Hände zwischen Buch und Hintern geschoben hatte und dachte: Hätte der Verräter Judas nur seine Gefühle geordnet und anschließend zu Papier gebracht! Dann hätte man ihn nicht vom Strick abschneiden müssen, und der Hagebuttenstrauch hieße nicht Judasbaum.

Schon näherte sich der Wagen in rasender Fahrt wieder dem Kinderschiff. «Spring sicherheitshalber auf, lass den Abwasch Abwasch sein.» So zitierte Klara ihren Hörgebar herbei. Einen Lidschlag später saß der neben ihr in der Wäsche. Fredy hatte es wieder mal geschafft: Alle hörten auf sein Kommando!

«Rasch den Oberkörper zurücklehnen, wenn du das Pferd piano haben willst», schrie Hörgebar Fredy von hinten zu. Der hörte endlich auf Kommando und tat, was er sollte. Das Pferd fiel in Trab.

«Gott sei Dank.» Das sagte Klara.

Aus der Nacht war ein lieblicher Morgen geworden, aus der Ostsee ein Glattwasser-Meer. Der Horizont lag unendlich weit, noch hinter dem Hinten. Die Räder knirschten im Sand des Uferweges. Fredy hörte die Meeresstille an den Strand schlagen. Steine am Strand. Darüber der Himmel. Das Pferd ging Schritt. Sein Fell dampfte in der Morgensonne, als es in den Wald von Waldlust einbog und Pferdeäpfel spendierte. Da standen hohe Bäume in vollem Grün.

«… und durchzog mit den Seinen nun Gebiete wilder Völkerschaften.» Das und anderes las Ehrmann mit kühnem Forscher-Lächeln vor, «denn eines Tages möchte ich Forscher werden.» Er blickte auf.

Wo der Bach zum Wald hinausfloss, lag die Wiese, die später gemäht werden sollte. Hier hielten sie. Der Heimvater sah seinem Oberdorsch ins Forscher-Lächeln; auch er würde gerne Forscher sein. Diesen Wunsch wollte er nicht vergehen lassen. Er legte eine Decke ins Gras, während Fredy das Pferd ausspannte. Dann ließen sich alle am Picknickkorb nieder. Das Pferd stellte sich in die Sonne und hielt sein Fell zum Trocknen hin. Es beugte den Kopf, rupfte mit seinen weichen Lippen frisches Grün, begann zu fressen. Fredy und Ehrmann tranken heißen Kakao gegen ihr dauerndes Bauchweh. «Ich wusste gar nicht, dass du auch immer Bauchweh hast», sagte Fredy zu Ehrmann. Hörgebar und Klara tranken heißen Kaffee gegen ihre dauernde Müdigkeit. Weiche Brötchen mit Erdbeermarmelade aßen sie alle gegen ihren Hunger.

«Mir geht der Wannseestrand nicht aus dem Sinn, aber wie schön es doch heute auch hier ist», sagte Klara in Sommerpicknick-Laune. Sie war gerade in der Hauptstadt gewesen. «In Berlin, im Frühjahr 1934, ging ein Frühling über die Erden, der so voll verschwenderischer Fülle war, dass die Enkel davon noch reden werden.» Das war in der Zeitung gedichtet worden. Im März lag in Berlin die Lufttemperatur um eins Komma neun Grad Celsius über dem langjährig gemessenen Mittelwert. Im April hatte die Sonne sommerlich zu brennen begonnen und die Temperatur um zwei Komma zwei Grad über das Monatsmittel angehoben. An einem ungewöhnlich schwülen Apriltag hatte Klara sich im Tiergarten verlaufen. «Immer neue, exotische Düfte zogen mich fort», erzählte sie und blickte nacheinander Fredy, Ehrmann und Hörgebar an. Hinter ihnen stand das Gras, das gleich unter Hörgebars Sense fallen sollte, um ein gutes Heu zu werden. Klara hatte eine mit Wasser und Cognac gefüllte Trinkflasche aus Aluminium mitgenommen. Bei Kreislaufschwäche waren davon ein paar Schlucke zu nehmen.

«Komm, Klara, die Heuernte ruft. Wir holen schon mal Sense und Harke», unterbrach sie Hörgebar, reichte ihr die Hand und zog sie hoch. Sie hoben das Werkzeug vom Wagen und gingen zur Wiese.

Fredy und Ehrmann blieben zurück. Das Pferd hatte sich aufs rechte Ohr gelegt. Ehrmann setzte sich mit seinem Buch unter den Wagen. Fredy stieg barfuß in den Bach, balancierte auf den glatten Kieseln, die dem Eisvogel ins bunte Federkleid schillerten.

«Ich wünsche mir ein Vogelfängernetz», rief Fredy übermütig.

«Und ich wünsche mir Pfeil und Bogen, Helm und Säbel, und eine Buschtrommel wünsche ich mir auch.» So antwortete Ehrmann, der von seinem Buch aufschaute. «Wenn jetzt ein Löwe kommt, dann schieße ich ihn mit meiner Henry-Martini-Büchse tot. Zur Verstärkung brauche ich sechsunddreißig mit Speeren bewaffnete Träger und als persönliches Gefolge fünf Diener mit Vorderladern.»

Als der Löwe kam, stand das Pferd wieder auf. Die Tiere beschnupperten sich. Das Pferd ließ seinen dicken Schweif lang runterhängen. Der Löwe zog seinen Schwanz zwischen die Hinterbeine ein. Ehrmann ließ seine Büchse sinken. Fredy zog die Nase kraus und ging zwei Schritte rückwärts.

«Liebe Eltern, jetzt stehe ich Auge in Auge mit einem Löwen. Soll ich ihn streicheln oder totschlagen?» Das sagte er in die Richtung, wo er Kassel vermutete.

«Lieber Sohn», riefen die Eltern aus Kassel da. «Lern du erst mal was. Dann darfst du Löwen streicheln oder totschlagen. Du stehst mit bloßen Füßen im Wasser und auf kalten Steinen. Wer mit Löwen zu tun hat, der muss gesund sein. Krieg du uns bloß nicht wieder Halsweh. Bauchweh hast du sowieso schon.»

«Liebe Eltern, ich hätte fast vergessen, dass ich euch sagen soll, wie es mir geht. Was die Gesundheit betrifft: ausgezeichnet!»

«Du solltest früh ins Bett, damit du dich ausgeschlafen auf den Hosenboden setzt.»

«Liebe Eltern, wisst ihr, wie man einen Eisvogel fängt?»

«Auf den Hosenboden mit dir.»

Platsch saß Fredy bis zum Bauch im Nassen, saß auf dem Hosenboden im klaren, sprudelnden Bach. «Guten Morgen», so begrüßte er den Eisvogel, der fünfzig Meter weiter von seiner Sitzwarte aufgeflogen war, um an einem ruhigeren Platz seiner Lieblingsbeschäftigung nachzugehen: kleine Fische fangen.

«Die fang ich mit der bloßen Hand», haute Ehrmann auf den Putz. Er war ans Ufer getreten, hatte eine Forelle im Auge und berechnete wie ein Eisvogel die Lichtbrechung im Wasser. Vielleicht aber war für den Eisvogel die Lichtbrechung gehüpft wie gesprungen? Mit der Rechten nahm Ehrmann Maß. Dann schlug er aus heiterem Himmel mit seiner Löwenpranke zu und fing einen silbernen Fisch. Den hielt er sich über den Kopf. «Das gibt ein gutes Essen», rief er Fredys Eltern nach Kassel zu, und aus Kassel kam die Antwort: «Jedenfalls verhungert er uns nicht.»

Schatten wanderten übers Gras. Unter Hörgebars Sensenschnitten fiel es zu Boden. Klara und die achtjährige Pflegetochter Paula, Adoption war nur noch eine Frage der Zeit, zogen hinter ihm her, harkten das Gras zusammen und schichteten es zu Haufen.

Paula war alleine gekommen. Sie war wie jeden Morgen aufgestanden, als die Sonne in ihr Fenster schien. Dann hatte sie sich angezogen und war den Pferde- und Wagenspuren bis zur Heuernte gefolgt. Von Fredys Unsinn nach dem Abendessen hatte sie sich nicht anstecken lassen. Jetzt warf sie dann und wann Blicke zu den Jungen rüber.

«Irgendwann einmal werde ich nach Afrika reisen. Ich werde reiten und Rad fahren. Mit Pferden und Fahrrädern kenne ich mich aus. Ich werde in einem Einbaum den Sambesi befahren, ich werde Afrika von den Arabern befreien, mit den Negern werde ich Blutsbrüderschaft trinken.» So sprach Ehrmann in der Halle des Eisvogels, und Fredy hörte zu. Er packte die geschlachtete Forelle in Zeitungspapier, legte das Paket in den Schatten und ging, gefolgt von Fredy, zu den anderen ins Heu.

«Das ist ein gutes Heu, sprach der Esel, als er vom Lebkuchen fraß», sagte Ehrmann. Es gab nämlich Lebkuchen für Klara und Paula und warme, dickflüssige Mehlgrütze für Hörgebar. Als Ehrmann den schmelzenden Butterkloß auf der Grütze sah, griff er sich einen Löffel, nahm eine

Löffelspitze geschmolzene Butter, tauchte den Löffel in die Grütze und steckte sich den vollen Löffel in den Mund. Dann gab er Fredy den Löffel. Fredy mochte keine Grütze. Grütze machte Würgen im Hals. Er langte nach den Lebkuchen und ließ sich den Schokoladenguss auf der Zunge zergehen.

Nach der Mahlzeit legten Hörgebar und Ehrmann sich ins Gras. Hörgebar legte sich den Hut über die Augen. Ehrmann legte seinen Kopf auf das Buch, und eine Hand voll langes, frisch gemähtes Gras legte er sich über Nase und Augen. Klara aß den Rest Grütze und gab Paula den Grützetopf in die Hand. Paula hüpfte auf dem rechten Bein, Topf in der rechten, Löffel in der linken Hand, zum Fluss, um das Geschirr zu spülen. Fredy hatte einen Kiesel in der Hand und zielte genau. Der Topf ging in Scherben. Alle Scherben im Bach. Fredy, der Übeltäter, schnitt Paula Grimassen. Sie übersah offenbar den Übeltäter, denn der hatte sich versteckt. Paula kam mit leeren Händen zurück. Mit hängendem Kopf baute sie sich vor Klara auf, während die beiden anderen mit offenen Ohren dösten.

Verstehe, wer will, warum die Stimmung nach einem so kleinen Unglück so schnell kippen musste, warum so viele Tränen flossen, warum der Schaden wirklich so hoch zu veranschlagen war.

Keiner sagte ein Wort, jeder hielt etwas zurück. Hing etwa der Heuernte-Segen schief? Da rief Heimvater Hörgebar von unter seinem Hut hervor: «Los. An die Arbeit.» Nun schnitten zwei Sensenmänner das Gras. Und weil die Stimmung noch immer nicht gut war, schnitten sie gefährlich schnell. Sie pfiffen nicht, niemand sang ein freches Lied im Sensentakt. Klara und Paula schufteten und hatten schon viele Heuhaufen gebaut. Sie hatten dicken Heuduft in der

Nase und mussten niesen. «Gesundheit», rief der Heimvater über die fast zu Ende gemähte Wiese. Ehrmann sagte nichts, weil er sich gerade überlegte, wie er ein gewisses Fernweh wohl beträsten konnte. Klara richtete sich auf, stemmte beide Hände in die Hüften, presste die Schulterblätter zusammen und machte ein Hohlkreuz. Paula tat es ihr nach und sagte: «Das tut gut.»

Die schlechte Stimmung über den eingebüßten Grützetopf war längst verflogen. «Gleich sind wir fertig», rief der Heimvater, und Heimvatergehilfe Ehrmann prüfte mit dem Daumen, ob seine Sense noch scharf genug war.

«Einmal noch», sagte er, nahm den Wetzstein, strich damit ein Kratzen und Klingen aus dem Sensenblatt heraus, «auf dass meines Messers Schneide scharf werde». Sein Sense-Schleifen hallte unter blauem Himmel über die leuchtende Natur.

«Nimm einen Schluck», sagte Klara und reichte ihm die Flasche. Da erschien, mitten am Tag, die Göttin der Heuernte auf der Mondsichel und begann zu singen: «Vor euch neigt die Erde sich und bewundert eure Werke.» Sie sang und sang so bis ins Unendliche fort. Als Hörgebar «Feierabend!» rief, spannte Fredy wieder an. Alle nahmen auf dem Erntewagen Platz. Das Pferd begann zu traben. Pferde auf dem Heimweg sind kaum zu halten. Sie riechen den Stall. Dieses Exemplar hatte besonders feine Nüstern und besonders weit ausgreifende Vorderbeine. «Zurücklehnen und die Zügel anziehen, Herr Kutscher», empfahl Ehrmann. Ehrmann hatte das Kutscher-Handwerk in Leipzig gelernt, beim Nachbarn seiner Familie, einem Fuhrunternehmer. Der wohnte parterre und hielt sich zwei, manchmal drei Pferde im Stall hinterm Mietshaus.

«Der Gaul will volles Orchester», rief Fredy und lachte.

Auch da, wo es bei den Hagebutten gefährlich um die Kurve ging, ließ er dem Gaul volles Orchester. Zu spät übergab er an Heimvater Hörgebar die Zügel. Der Wagen kippte auf die Seite. Zwei Räder oben drehten sich, die beiden unten standen still. Die Zuggurte hatten sich gelöst. Das Pferd lief mit seinem schlechten Gewissen langsam weiter. Fredy stand unversehrt mit seinem schlechten Gewissen dicht neben einem sich drehenden Rad. Die anderen saßen im Graben; Hörgebar hatte sich den rechten Knöchel verstaucht.

«Komm, Fredy, zieh mich hoch», rief er. «Hilf mir, allein schaffe ich es nicht.»

«Ich zieh. Aber nur unter einer Bedingung!»

«Die wäre?»

«Du kaufst ein Klavier und stellst es in den Speisesaal.»

«Abgemacht.»

Der Junge hatte einen kräftigen Zug und zog den Heimvater aus dem Graben.

Der Heuernte-Tag hatte alle müde gemacht. «Zeit, ins Bett zu gehen», rief mit energischer Stimme Heimmutter Klara nach dem Abendbrot. «Jawohl, schwimmt ab», rief der Heimvater, «alle Heringe und Dorsche ins Bett.» Als die Heringe und Dorsche abgeschwommen waren, sagte Hörgebar zu seiner Klara: «Du, pass auf, aus den beiden Jungen wird mal ganz was Besonderes.»

Am folgenden Tag saßen Fredy und Paula bei den kleinen Kaskaden der Lippingau-Mündung. Paula trug ein rotes Halstuch, weswegen sie im Kinderschiff auch «die Rote» genannt wurde. Stechender Tanggeruch war in den Kindernasen, und die Kinderohren hörten das Wasser über die Steine plätschern. Fredy erzählte vom Löwen und vom Pferd. Da unterbrachen Schwäne mit gereckten Hälsen und aufgeplustertem Gefieder die Pferde- und Löwengeschichte.

«Lass uns woanders hingehen», sagte Paula. Sie gingen den schmalen Weg am Strand entlang, an Schilfwiese und Waldlust und am Kinderschiff vorbei. Langsam erklommen sie das Steilufer. Am Hotel Windvogel legten sie eine kurze Pause ein; da wollten sie nicht bleiben. Nur einen Blick warfen sie auf die spiegelglatte Ostsee, und sie schätzten – zum wievielten Mal? –, wie tief es da hinunterging.

«Zehn Meter», sagte Fredy.

«Wie viel sind zehn Meter?», fragte Paula.

«So viel», antwortete Fredy und zeigte mit der Hand über den Holzzaun auf den Strand.

«Wenn du da runterspringst, dann bist du tot.»

In der Halle des Eisvogels suchten sie die Stelle, die unsichtbar macht. Im Schatten von Erlen, Ilex und Holunder, dessen weiße Blüten Klara gerne von den Dolden abzupfte, um sie auf ihrer Frühlingsbowle schwimmen zu lassen, herrschten Kühle und Dämmerung. Viel sehen, ohne selbst gesehen zu werden, so lautete eine alte Weisheit, die Hörgebar in seinen Pfadfinderzeiten bei der bündischen Jugend mit auf den Weg bekommen hatte. Diese Weisheit gab er weiter an seine Heringe und Dorsche. Bachaufwärts leuchtete die besonnte, sandige Böschung des gegenüberliegenden Ufers. Da hatte der Eisvogel seine Höhle; irgendwo saß er und wartete auf Beute: Fische, Kaulquappen, Käfer, Krebse.

Als die Kinderaugen sich an das Dunkel in der Halle gewöhnt hatten, griff Paula hinter sich. Sie holte einen Briefumschlag hervor, den sie zwischen Gürtel und Kleid gesteckt hatte. Sie öffnete ihn und zog ein Schwarzweiß-Foto heraus. Es stammte von einem Wanderfotografen, der in die Schule gekommen war und jedes Schulkind geknipst hatte.

«Komm du mal nach vorn und setz dich hier in die erste Reihe auf diesen Platz, mein Kind», hatte der Fotograf gesagt. Das Kind war aufgestanden und nach vorn gegangen, hatte sich wie befohlen hingesetzt und war den Anweisungen des Wanderfotografen gefolgt.

Auf dem Bild trug Paula einen schnurgeraden Scheitel links und zwei Zöpfe, die auf die Schulter fielen und hinter ihrem Rücken verschwanden. Sie hatte eine hohe Stirn, ihre Nase war gerade, ihre Oberlippe schmaler als die Unterlippe. Sie lächelte in die Kamera, sie lächelte also Fredy an.

«Der Pullover gefällt mir», sagte er.

«Hat Klara gestrickt.»

Klara hatte helle und dunkle Streifen ins Vorderteil gestrickt. Wahrscheinlich waren einige davon mohnrot, weil Klara Mohnrot so mochte. Paula hielt den rechten Arm angewinkelt, der Unterarm lag auf dem aufgeklappten Schullesebuch. Von der rechten Hand sah man vier Finger, der Daumen lag unsichtbar dahinter. Die linke Hand ruhte im rechten Winkel zur rechten Hand auf dem linken Schulbuchrand. Ringfinger und kleiner Finger waren gekrümmt und also kaum zu sehen.

«Löwentatzen», sagte Fredy.

«Gibt es in Afrika überhaupt Löwen?», fragte Paula.

«In Afrika, da spannen die Neger Löwen vor ihre Wagen und fahren durch die Wüste.» Das hatte Ehrmann ihm erzählt. «Wenn ich groß bin, will ich auch nach Afrika», fuhr Fredy fort. «Kommst du mit? Du als Königin, ich als König?»

Ja, aber dann müssten auch Klara und Hans mitkommen.

Nein, die seien dann zu alt.

Alleine dürfe sie aber nicht.

Er werde sie heiraten, dann könne sie mitkommen ohne die beiden.

Sie müsse über alles erst mit ihren Pflegeeltern reden.

In dem Moment rief Klara. Aus dem Kinderschiff? Sie rief mit ihrer schönen Stimme, die eigentlich ungeeignet war für größere Entfernungen. Die Stimme trug aber weit und war von weit her zu hören. Der Grund: die Klarheit, gepaart mit Freundlichkeit, Zwillingsschwestern, unzertrennlich. Diese Stimme erreichte Paula und Fredy am 18. Juni des Jahres 1934 nachmittags um vier.

Die Kinder gehorchten. Koffer wurden gepackt. Am nächsten Morgen würde es zuerst mit dem Pferdefuhrwerk zum Bahnhof gehen. Da würden Fredy und Ehrmann in die Kleinbahn nach Flensburg steigen, und Paula würde ihnen vom Bahnsteig aus mit ihrem roten Tuch zuwinken. Hörgebar würde etwas von Dorsch und Hering sagen. Klara würde Gesundheit und gute Reise wünschen und dabei das Abschiedslächeln lächeln, das man nie vergisst. Dann würde die Dampflok mit den angehängten Personen- und Güterwagen über Hügel und durch Täler fahren und an kleinen Wäldern vorbei. Von Flensburg würde Fredy weiter nach Kassel fahren, Ehrmann nach Leipzig.

Der Kuckuck rief. Entschied sich jetzt, ob die Kinder glücklich oder unglücklich würden? «Sie werden glücklich werden», sagte Klara, die am Tisch Kartoffeln schälte und ein Mädchenauge in der Schürze liegen hatte. Mädchenaugen waren ihre Lieblingsblumen. Die blühten spät, sie blühten noch ein zweites Mal im Jahr, sehr spät, bis in den November hinein, dann ging das Blühen langsamer; vorsichtig kamen sie aus ihren Knospenverstecken heraus und blickten mit ihrem strubbeligen, dottergelben Blütenschopf in Klaras Welt. Manch einer tippte auf Löwenzahn und lag falsch: Löwenzahn war längst verblüht. Diese hier blühten mit ihrem Blumenleben gegen den kommenden Winter an, blühten gegen Kälte, gegen Wind und Wetter.

«Aus Mädchenaugen soll man Leben saugen.» Das hatte Hörgebar zu Klaras Ärger in ihr Blumenbuch geschrieben.

Der Ausflug

Der Kiosk war mit Brettern vernagelt. Raureifüberzogene Wohnwagen auf dem Campingplatz standen still und starr: neben- und hintereinander aufgereihte Gefriertruhen mit Eisblumen an den Fenstern und tiefgefrorenen Vorräten hinter den Gardinen; Erdbeeren, Petersilie, Weihnachtsgänse, auch Bruchstücke von einem alten Treppengeländer lagen darin.

Ab minus achtzehn Grad stürben Holzwürmer den Holzwurmtod, sagen die Fachleute. Nach der Gefriersaison nehme man die Bruchstücke aus der Kälte heraus, passe sie wieder ein ins Treppengeländer und leime sie fest.

Unten am Strand spazierte ein Paar an der Steilküste vorbei. Die Frau trug einen langen Fellmantel mit Kapuze. Die Kapuze lag nach hinten umgeklappt. Im Kapuzenfell schimmerten Eiskristalle. Auch in ihrem Haar schimmerten Eiskristalle. Wie viele? Der Mann trug eine Russenmütze, einen roten Anorak und einen langen, weißen Schal. Schwarze Handschuhe sah ich an den Händen und schwarze Mondschuhe an den Füßen. Beide waren angezogen, wie es der Volksmund empfiehlt.

Wo das Blut die meiste Wärme finde, dort ziehe es hin. Merke: Einzelne Körperteile besser nicht zu warm verpacken!

Die Frau hatte sich bei dem Mann eingehakt. Sie gingen im Gleichschritt am Wasser entlang. Suchten sie vielleicht

Fossilien? Der Sand war ein schöner, harter Marschierboden geworden. Die Stranddisteln standen hart und vertrocknet zwischen den Steinen. Das Wasser in der Geltinger Bucht war jetzt auch hart, bewegungslos und glatt. Von Wellen keine Spur. Auch von Fossilien keine Spur. Immer wieder kam die Frau aus dem Tritt. Dann hieß es für sie: Ausfallschritt und wieder Tritt fassen.

Ich lief unter dem eisgrauen Himmel bis zum Windvogel-Hotel. Da, an einem der Fenster, legte ich die Handkanten an die Stirn, drückte sie gegen das Glas, hauchte dreimal gegen die beschlagene Scheibe und blickte ins Restaurant. Weihnachtssterne zierten die Tische, und auf der Bar brannten Kerzen. Ich sah drei Stapel: Prospekte, Speisekarten und Bierdeckel. Hinter der Bar spülte ein Ober Gläser ab.

Ja, wenn ein Kamin in der Gaststube gebrannt hätte, wenn blaugelb schimmernde Flammen aus dem teuren Buchenholz geschlagen wären, wenn es da drinnen nicht so verdammt leer und nach kalter Asche ausgesehen hätte, dann wäre ich reingegangen. Hätte ein einziger Gast schon dagesessen und gesagt: «Kommen Sie doch rein, hier ist es warm und gemütlich», ja dann hätte ich Lust gehabt hineinzugehen und hätte mich zu ihm gesetzt, um mit ihm über das bevorstehende Weihnachtsfest zu reden. Stattdessen ging ich zum Parkplatz und fuhr zurück.

Von der Steilküste nach Hause brauche ich dreißig Minuten. Zu gern wollte ich den Wohlgeruch meiner Töchter einatmen. Die waren schon längst aus dem Haus. Trotzdem, im Haus standen noch die alten Möbel in den Kinderzimmern: Kleiderschrank mit Kleidern, Bücherschrank mit Büchern, Schreibtisch mit Schreibtischstuhl, Bett neben dem Fenster, Bilder an jeder Wand. In den Büchern, die sie als

Kinder gelesen hatten, haftete ihr Geruch am stärksten, vorausgesetzt, ich steckte die Nase richtig rein.

Ich rede gern und laut mit mir selber. Am Steuer rede ich besonders gern und laut mit mir. Manchmal schimpfe ich sogar. Es war der 13. Dezember, der Tag, an dem in Schweden die Mädchen mit den Gesichtern meiner Töchter, weiße Gewänder, Kränze im Haar, brennende Kerzen in der Hand, durch die Straßen gehen und Licht ins Dunkel bringen. Alles im Namen der heiligen Luzia. Weil wunderbare Mädchenwesen Licht bringen, dürfen neben armen Schluckern und reuigen Dirnen auch kranke Kinder hoffen: Wer blind ist, wird sehend werden. Wer dahinsiecht, wird von seinem Martyrium erlöst.

Wir haben einen Garten. Im Frühling schlägt zuerst die Moorbirke aus. Ahorn, Eschen, Linden, Eichen folgen, auch die Traubenkirsche mit dem übel riechenden Holz. Im Sommer blühen Hunderte Margeriten auf der Wiese; die Mädchenaugen blühen dottergelb. Im Herbst weisen uns die Sternastern mit ihren neonlichtblauen Blüten den Heimweg, wenn wir spät nach Hause kommen. Im Winter rollt die Brandung, die der Nordweststurm aus dem nahen, neunhundert Hektar großen Waldmeer, dem Staatsforst, herausbläst, über unser Dach.

Türkentauben, Rotkehlchen, Zilpzalp, Zaunkönig und Zaunkönigin wohnen bei uns; auch Dompfaff und Goldammer. Sogar einen Kernbeißer habe ich schon gesehen. Nur der Eisvogel fehlt zum vollkommenen Vogelfreund-Glück, das die Amsel am schönsten besingt. Schon im März meldet sie sich mit «Ridikül, ridikül». An den ungeraden Tagen sagt sie uns mit «Egypt, Egypt» guten Morgen, an den geraden Tagen mit «Salat, Salat» – Erinnerungen an den polyglotten Hörgebar, der in den Vögeln weiterlebt. Einmal sagte er:

Der Eisvogel habe die gesammelte Schönheit in sein Federkleid gesteckt und lasse andere für sich singen.

Hörgebar war von Kanada nach Afrika zum Kilimandscharo gereist, um Eisvögel zu zählen. Klara blieb in Kanada zurück, weil sie das Innu-Volk in Labrador weiter erforschen wollte. Der eigentliche Grund für die Trennung lag tiefer. Hörgebar hatte sich in eine junge Innu-Frau verguckt, als sie von Klara eines Vormittags interviewt worden war: Wie alt bist du? Wie alt sind deine Eltern? Wie viele Geschwister hast du? Diese Fragen hatte sie gestellt. Hörgebar hatte gesagt: «Reizendes, zum Verlieben schönes Mädchen.»

«Ich hab keine Lust mehr auf deine Geschichten», war Klaras Antwort gewesen.

Hörgebar spürte ihren Blick deutlicher als die Worte. Er sagte: «Ich liebe dich nicht mehr.»

Ewig betrunken, ewig verliebt, das pfiffen Kanadas Spatzen von den Dächern. Die Spatzen waren ungerecht, denn Hörgebar war überzeugter, wenn auch nicht immer praktizierender Asket. Trotzdem: Er zog den Kopf ein, als ihm das Vogelgezwitscher in die Ohren kam.

In der Sammelmappe fand ich über die Trennung nichts, Hörgebar hatte mir während unserer letzten Riesenradfahrt davon erzählt. Was ich aber fand: seinen Bericht mit der Überschrift «Buch der guten Taten», in dem er die Besteigung des Kilimandscharo schildert. Auf dem Gipfel hatte er die unablässig ordnende Hand geschüttelt und in die allzeit blauen Augen geblinzelt. Engel hielten im Flug inne, um die unbeschreibliche Gipfel-Schönheit in Ruhe zu studieren. Überglücklich und mit viel mehr Lungenkraft als der einheimische Bergführer sprang er mit der Biologin Dr. Karoline in tollen Sätzen über Geröll und Lava-Asche die Falllinie hinab. Hand in Hand wäre es zu gefährlich gewesen. Ihre Kräfte erlaubten, sich mit jedem Satz weiter vom Boden zu lösen. Flugträume wurden wach, erstmals geträumt in einem Wasserflugzeug über der Wildnis Kanadas. Fast meinte Hörgebar Flügel zu haben, Karoline fühlte sich ans Tauchen im Victoriasee erinnert. Während ihnen unansehnliche Gestalten – Amerikaner, Engländer, Franzosen mit violetten, von Sauerstoffmangel gezeichneten Gesichtern – entgegenwankten, erzählte Karoline von der «fassungslos machenden» Artenvielfalt der Viktoriasee-Barsche.

Beide waren in Kanada gewesen, beide hatten um Helgoland herum getaucht. Karoline arbeitete über Tang und Plankton, Hörgebar suchte das sagenhafte Atlantis. Als sie sich am Kilimandscharo begegneten, war das für beide ein zweiwöchiges Glück. Zuerst hatte Hörgebar sich in sie verliebt, dann hatte Karoline sich in ihn zurückverliebt. Sie fühlten und sie wussten das.

Pustekuchen. Beim Abschied blieb die Liebe in den Kinderschuhen stecken. Sie standen an dem Ort, den die Kataloge der Reiseveranstalter so beschreiben: «Am Fuße des Kilimandscharo». Hörgebars Fahrrad stand zwischen ihnen, beladen mit Sack und Pack. In seinem rechten Mundwinkel klebte noch ein Rest vom Frühstücksei. Karoline sah das, nahm ihren Zeigefinger, feuchtete ihn mit der Zunge an und strich das Gelbe vom Ei aus seinem Mundwinkel. «Schon weg», sagte sie. Danach reichte die Liebe nur noch für ein kurzes Aug' in Auge und ein «Mach's gut», das sie sich über das Fahrrad hinweg leisteten. Hörgebar stieg auf, Karoline schaute ihm nach; in drei Monaten wollte er in Kapstadt sein. Dort hat er das Kilimandscharo-Erlebnis in einer Ballade verdichtet.

Ballade vom Kilimandscharo

Es lebte ein Mann in Afrika
Der biss in eine Pafrika
Zu blöd, dass er die Frucht nicht kannte
Und sich damit den Mund verbrannte

Da lief er weiter zum Kilimandscharo
Mit einem Hündchen namens Karo
Zum Zweck der Kühlung seines Mundes
Im Schnee im Beisein dieses Hundes

Alsbald in luftiger Bergeshöh
Tat ihm das Mundwerk nicht mehr weh
Jedoch nun fehlte Sauerstoff
Was auch Hund Karo mitbetroff

Die beiden Wesen atmeten tief
Es nützte nichts, es ging was schief
Der Mann und sein Hund gerieten in Not
Sie fielen hin und waren tot

In einem Berliner Antiquariat habe ich drei Exemplare der Zeitschrift «Der Kilimandscharo» gefunden. In dieser Publikation der Kameradschaft Hermann von Wissmann, einer Abteilung des Nationalsozialistischen Deutschen Studentenbundes, veröffentlichte Hörgebar regelmäßig Artikel über Sonne, Mond und Sterne «unter besonderer Berücksichtigung der Südhalbkugel von Mutter Erde». Darin fand ich auch das Gedicht. Den Titel Heiliger Hörgebar hatte er sich meines Erachtens verdient. Zudem hätte ich ihm gerne den Kilimandscharo-Orden verliehen. Er hätte ihn nicht angenommen, er lehnte Orden ab. «Heiliger Bimbam, nicht auch das noch», wäre die Antwort gewesen, augenzwinkernd.

Am Morgen des 14. Dezember stand «Svendborg» in meinem Kalender. Selbstverständlich nahm ich Hörgebars Sammelmappe mit. Ich wollte mehr herausfinden über Svendborg im Mai 45, die Stadt, aus der Fredy und Ehrmann geflohen waren. Wie sah es dort damals aus? Was war da los gewesen?

Außerdem wollte ich dem Grab eines von den Deutschen abgeschossenen englischen Fliegers den längst fälligen Besuch abstatten. Seit Jahren war es Hörgebars Wunsch gewesen, einmal mit mir dorthin zu fahren. Er hatte während seiner Zeit in Kanada den Bruder des verunglückten Engländers kennen gelernt und ihm versprochen: «Wenn ich wieder zu Hause bin, dann fahre ich nach Dänemark und besuche ihn.» Nach Hause kam Hörgebar nicht so schnell, weil das Schicksal ihn lange in Afrika festhielt. Immer wollte er das Grab des Fliegers fotografieren, um dem Bruder das Foto zu schicken. Allein hat er es nie geschafft. Zusammen mit mir hat er es auch nicht geschafft. Nun, nachdem es eigentlich zu spät war, wollte ich dem toten Hörgebar noch den Gefallen tun. Und mir wollte ich auch einen Gefallen tun: Ich, der pensionierte Flieger, war neugierig auf das Grab des englischen Fliegers.

Die Pflicht rief. Den Anorak hatte ich schon angezogen. Der Diesel sprang an. Ich sah in den Rückspiegel und ließ das Auto langsam von der Auffahrt in die Straße rollen. Der Himmel mit seinen Wolken drückte aufs Dach. Es sollte wieder kälter werden. Vielleicht würde es noch einmal schneien? Der liebe Gott hatte sich verdrückt und seinen

Thron wohl wie üblich in die strahlende Sonne gestellt. Da saß er, glaubte ich zu wissen, das goldene, edelsteinbesetzte Zepter in der Rechten, während ich mit staatlich erlaubter Höchstgeschwindigkeit angenehm gepolstert über die verkehrsarme dänische Autobahn fuhr, zunächst über Kolding, Richtung Odense, später auf der Straße Nummer neun. Hier hatte der Wind die Wolken vertrieben, die Sonne stand tief im Süden und überstrahlte alles. Die Sonnenblende nützte nichts. Auch die linke Hand über den Augen nützte nichts. Das war der Winter kurz vor Weihnachten. Ich musste beim Fahren auf den Verkehr achten und wollte doch viel lieber mit den Augen spazieren gehen, eine Jungfrau suchen, die im Sonnenlicht von Arkadien badete.

Dänemark hat nichts von Arkadien, sieht man einmal von den Licht spendenden, gezackten Kreidefelsen am östlichen Rand der Insel Møn ab. Idyllisch sind die langen geraden oder krummen Sandstrand-Küstenstreifen und Steinstrand-Küstenstreifen an der Ostsee; auch die schmalen, gerade noch vor dem Verschlungenwerden bewahrten Strände an den Steilküsten. Die Steilküste von Tormai ist ein gutes Beispiel. Wer da in einer Sommernacht den Königskinderweg entlanggeht, der lausche und höre, wie die Ostsee mit einem leisen Patsch aus Arkadien die Wellen dem Ufer übergibt.

In einem längst vergangenen Sommer hatte diese Steilküste Wellen beim Schopf genommen und sie nachts ans Ufer patschen lassen. Das wurde gesendet in die Breite, Höhe und Tiefe. In das nächtliche, nachtlange Patsch aus Arkadien mischte sich rücksichtsvoll und leise, verwundert klingend, die über Kaskaden strömende Liebe eines selbstvergessen spielenden Paares. Es war das dänische Königspaar, in Fluten versunken. «Da liegt das vorgeburtliche Meer.» Eine Äußerung, die ich in den abfließenden Mittag hinein tat.

Svendborgs Archiv und Museum sind nahe am Stadtzentrum in vier weißen, zweistöckigen Backsteingebäuden gelegen. Da fuhr ich hin. Erbaut wurde die Anlage 1872 als Armen- und Arbeitshaus. Im ehemaligen Haus des Inspektors und Verwalters befinden sich nun die Lagerräume für das Archivmaterial. Im zweiten Stock hatte die Archivarin mir einen Arbeitsplatz an einem langen Tisch hergerichtet. Sie hatte mir Pappschachteln, Tüten, Zeitungen und Fotoalben draufgelegt. Dort stand auch eine Warmhaltekanne mit Kaffee. In einer Schale lagen dänische Butterkekse. Ich fing mit dem dicken, großen Fotoalbum an.

Hermann Göring in Svendborg! War er eingeladen worden? Fotos zeigen ihn auf seiner Yacht Carin II. Bis auf einen ärmellosen, dunklen Pullover ist er ganz in Weiß gekleidet: Schirmmütze, Hemd, Hose, Schuhe. Ein schweres Fernrohr hält er in der Linken, eine Zigarre mit Zigarrenspitze in der Rechten. Göring in typischer Fotografierpose? Scheues und Schüchternes lese ich aus seinem Gesicht. Unmilitärisch locker steht er da: Knick in den Knien, Knick in der Hüfte. Lässt ihn der Respekt, den man als Gast dem Gastgeber entgegenbringt, so respektvoll wirken? Jedenfalls sieht er stramm, gesund und munter aus. Unterschrieben sind die drei undatierten Fotos in gut lesbarer dänischer Handschrift: «Generalfeltmarschal Goering Inspiierer de Sydfynske Farvande (Generalfeldmarschall Göring inspiziert Südfünens Fahrwasser).» Göring also noch vor seiner Beförderung zum Reichsmarschall. Befand er sich auf Seelustreise, noch vor dem Polenfeldzug 1939?

Eingeklebt gleich hinter ihm war die Schlagzeile der Lokalzeitung «Svendborg Amtstidende» vom 9. April 1940: Dänemark und Norwegen besetzt von deutschen Truppen. Was darauf folgte, ist bekannt: Bilder vom Krieg. Bomben auf

Gudme, ein kleines Dorf nördlich von Svendborg; zerstörte Fachwerkhäuser, Scherben auf einem Tisch, ein geborstener Baum. Das war 1942. Während des Krieges gab es in Svendborg aber auch dies: «Regimentsmusikken», gespielt von uniformierten dänischen Musikern. Soldaten? Feuerwehr? Ich sah zahlreiche Männer und Frauen in langen Mänteln und mit Hüten hinter den Blasmusikern stehen.

Ich blickte auf, als die Archivarin in den Konferenzraum kam und mit drei Seiten vergilbtem Schreibmaschinenpapier an meinen Tisch trat. «Das wird Sie interessieren», sagte sie in ihrem fließenden Deutsch mit deutlich dänischem Akzent: «Die deutschen Besatzungssoldaten sind nicht in Feindesland, sondern zum Schutz Dänemarks eingerückt.» So begann ein Benimmschreiben für deutsche Soldaten in Dänemark. Es handelte sich um eine Schrift der deutschen Besatzungsmacht mit dem Titel «Instruktion für die Wehrmachtsangehörigen», die nur als bleistiftgeschriebene, dänische Übersetzung erhalten ist. Zurückübersetzt ins Deutsche, stand darin: Der deutsche Soldat möge alles unterlassen, was die nationale Ehre der Dänen kränke. Er möge nicht unnötig prahlen und herumalbern; so sinke er nur in ihrer Achtung. Die Dänen hätten keinen Sinn für Militär, Zucht und Ordnung, seien vielmehr durchtrieben und bauernschlau. Der Däne liebe ein behagliches, gemütliches Leben und sei durch kleine Aufmerksamkeiten zu gewinnen, hege Sympathien für England und sei gegen den Krieg. Folglich möge der deutsche Besatzungssoldat jeden Meinungsaustausch über den Nationalsozialsozialismus vermeiden. Der Däne habe diesbezüglich keinerlei Kenntnisse. Vorsicht sei geboten: Die deutsche Sprache werde von vielen verstanden.

Die Archivarin sah mich an und lächelte. Sie hieß Bente. Ich bot ihr von den dänischen Butterkeksen an. Sie nahm sich einen. Ich nahm mir auch einen und deutete mit dem Zeigefinger auf das Papier. «Ja», sagte sie, «wir Dänen sind da gut getroffen.» Sie werde eine Kopie zu den anderen auf ihren Schreibtisch legen.

Im Album war ich inzwischen beim 29. Dezember 1943 angekommen. Ich sah fünf Fotos mit düsterem Motiv. Drei deutsche Offiziere wurden beigesetzt, oder sie wurden zur Beisetzung auf den Weg gebracht. Drei Hakenkreuzfahnen auf drei weißen Särgen. Was da passiert war? Sie hatten sich am Heiligabend nach der Weihnachtsfeier bezecht in ein Auto gesetzt, waren im Svendborger Hafen gelandet und dort mit dem Wagen ins Wasser gestürzt. Man hatte sie noch aus dem Fahrzeug bergen können und ins Krankenhaus transportiert, doch es war zu spät gewesen. Was haben die Vorgesetzten den Angehörigen in ihren Kondolenzbriefen mitgeteilt? Hat man ihnen die Wahrheit gesagt? Welche Reden sind an den Gräbern gehalten worden? Wie groß waren die Trauergemeinden? Darauf fand ich im Album keine Antwort.

Es folgte dem Kalender, den Tagen, Wochen, Monaten, Jahren. Blättern musste ich, sonst nichts. Jetzt saß ich vor dem Foto eines toten Fliegers, der bäuchlings auf einer Leiter liegt. Den wollte ich mir etwas genauer beschauen. Gesicht auf den Sprossen, Kopf ohne Fliegerkappe, kein Haarschopf; lange schmale Streifen überziehen die blanke Kopfhaut. Ein Fallschirmgurt zerrissen, der andere heil. Die Metallschlaufen ebenfalls heil. Der rechte Fuß im Fliegerstiefel, der linke nackt; weiße Haut. Man hatte ihn im Ostseewasser gefunden, vor Vornaes Skov, einem Waldstück auf der Insel Tasinge, und man beerdigte ihn später auf dem Friedhof von Landet: Es war Hörgebars toter Flieger. Der ließ mich nicht kalt. Der ließ meinen Blutdruck in die Höhe schnellen, spendierte Wärme und gab mir ein Zuhause-Gefühl, der schloss mich kurz mit meinem alten Freund. Das musste ihm gedankt werden. Am besten gleich.

Aber erst mal dieses hier. Jeder Tag wollte betrachtet, jedes Album wollte in die Hand genommen, jede Seite wollte aufgeblättert werden, eine nach der anderen. Immer schön der Reihe nach. Nur kein Durcheinander. Jetzt kamen Bilder vom dänischen Widerstand: Bombenattentat auf den Dampfer Helen Clausen, Brandanschlag auf die Stahlschiffwerft, Brandanschlag auf Svendborgs Vinhus. Der Schiffsneubau Nummer achtundvierzig im Hafen versenkt, der Motor für einen weiteren deutschen Schiffsneubau vor der Werft gesprengt.

Dann, am 19. September 1944, übernahm deutsche Gendarmerie die Svendborger Polizeistation. Heimlich fotografierte ein Däne, was sich vor dem Präsidium tat: Ein Zug Soldaten marschierte ein. Ja, es war der Einmarsch, denn die Gesichter unterm Stahlhelm sind dem Präsidium zugewandt. Vor dem wuchtigen Portal stehen zwei schwarze Limousinen. Fahrer am Steuer. Männer in langen Mänteln neben und hinter den Autos, auch Frauen.

Ausgerechnet vom Mai 45 hatte ich bisher noch nichts gesehen. Unten, im Museumsladen, gab es einen Katalog, der die letzten Kriegstage in Svendborg beschrieb. Den kaufte ich und ging frische Luft schnappen. Noch war es nicht dunkel. Hell war es auch nicht mehr. Straßen und Schaufenster prangten weihnachtlich geschmückt. Glühwein mit Rosinen und Hot Dogs mit Senf, Ketchup und Gurken wurden in Buden verkauft. Alter Schnee lag auf den Budendächern und am Rinnstein der Fußgängerzone. Vor der Eingangstür einer Bäckerei stieß ich mit einem dänischen Nikolaus zusammen. Ich sagte: «Tut mir Leid.» Die

Ladentür stand offen, ich betrat den Bäckerladen, in dem hinter einer weiteren Tür ein Café lag. Da fand ich in der rechten Ecke einen freien Tisch, bestellte mir schwarzen Tee und schlug den Katalog auf.

Am Freitag, dem 4. Mai 45, feierten die Dänen in Svendborg den Tag der Befreiung. Die Nachricht von der deutschen Teilkapitulation mit Wirkung vom 5. Mai um 8.00 Uhr war auch hierher gelangt. Noch befanden sich hundertzehntausend Deutsche in Dänemark, darunter fünfundzwanzigtausend Soldaten der Kriegsmarine. Mindestens fünftausendfünfhundert Kinder, die einen deutschen Soldaten zum Vater und eine Dänin zur Mutter hatten, waren während der Besatzungszeit und noch danach in Dänemark zur Welt gekommen: «Kriegskinder.» Wahrscheinlich sind es mehr als zehntausend gewesen. Viele Däninnen schützten sich mit der Behauptung, ihr Kind sei gezeugt von einem dänischen Mann. Als Vaterlandsverräterinnen wollten sie nicht dastehen. Vielleicht war diese deutsch-dänische Bindung der eigentliche Grund, warum der Abzug in Ordnung und Disziplin abgewickelt werden konnte. Wehmut und Liebeskummer steckten dahinter.

Bereits am 4. Mai trugen dänische Männer ihre Waffen wieder öffentlich. Pistolen und Karabiner in der Faust, Koppel um den langen Mantel, grimmiges Gesicht unter dem Stahlhelm, so schauten sechs Getreue einem Fotografen in die Kamera. Am 5. Mai zitierte die Zeitung «Svendborg Avis» einen Beschluss der Deutschen: «Die deutschen Truppen werden nicht von unseren dänischen Kräften entwaffnet, sondern sie bleiben, wie im Radio schon mitgeteilt, in der Kaserne. Wir wollen nicht Volkes Herren, sondern seine Helfer sein.» Außer zu dienstlich notwendigen Zwecken durften deutsche Soldaten ab sofort ihre Unterkunft nicht mehr verlassen. Um unnötiges Blutvergießen zu vermeiden, wurden sie von ihren Vorgesetzten aufgefordert, alle in Verbindung mit der Besetzung stehenden Aktivitäten einzustellen und weitere Befehle in den Kasernen abzuwarten. Etwaigen dänischen Forderungen, die Waffen niederzulegen oder keine Wache mehr zu schieben, sollten sie allerdings nicht Folge leisten. Sämtliche Wehrmachtsangehörigen, hieß es, müssten sich korrekt und diszipliniert verhalten, ohne zu provozieren. Im Fall dänischer Widersetzlichkeiten seien jedoch alle zu Gebote stehenden Gewaltmaßnahmen anzuwenden. Das Ansehen und die Würde des deutschen Soldaten und Volkes seien unter jeglichen Umständen zu wahren.

Derweil waren die dänischen Milizen auf «Stikkerjagt», der Jagd nach Verrätern. Sie jagten «Haandlangerne», Landsleute, die sie in deren Verstecken aufstöberten. Hände hoch über dem Kopf, so liefen die vermeintlichen Handlanger der Deutschen vor Gewehren durch die Straßen, und jeder, der einen Apparat hatte, knipste sich sein Bild: diese junge Frau, ein Nazi-Liebchen? Und die da, Mutter eines Kriegskindes? Und die, entblößt auf einer Parkbank, eine Hure? Man hatte ihr ein Hakenkreuz auf die nackte Haut gemalt. Genaues Prüfen ergab: Es handelte sich um ein nachgestelltes Foto.

Wo ich auch hinsah – verstörte, verängstigte, verlorene Gestalten. Ab auf den Lastwagen mit ihnen. Welchem Schicksal würden sie entgegenfahren? Auch den schönen, blonden, dänischen SS-Mann Henning Brondum hatten die Milizen gefasst. Sein Motto: «Lieber Herzog in der Hölle als Sklave im Himmel.» 1947 wurde er zum Tode verurteilt und von einem Erschießungskommando hingerichtet.

Während die Dänen in Dänemark Recht und Rache walten ließen, bewahrten die Deutschen Ruhe und Ordnung.

Nur keine Wellen machen. In Christiansminde, altes Ausflugslokal, Anlegebrücke, Ferienhotel, Veranda- und Gartenwirtschaft, umgeben von Buchenwald, packten sie ihre Siebensachen. Eile war geboten. Sie hatten die teure Liegenschaft am 18. April 1944 beschlagnahmt und als Kasino, Unterkunft, Depot genutzt. Im Sommer hatten sie hier vor der Haustür gebadet. Das Hotel umfasste «cirka 70 gemütliche und komfortable Zimmer, Lesezimmer, Konversationszimmer, Billardsalon; ferner Pferd-, Fahrrad- und Automobilstall nebst Dunkelkammer für Amateurfotografen. Lawntennis, Croquet und Ruderboot stehen ebenfalls den Gästen zur Verfügung. Das Hotel liegt zwanzig Minuten Spazierweg von Svendborg entfernt. Zimmer mit erstklassiger Pension 4 bis 6 Kronen pro Tag. Zimmer ohne Pension werden ebenfalls empfohlen. Jede Anfrage wird umgehend beantwortet. Saison vom 1. Mai bis 1. Oktober.» Wo ist dieses Hotel geblieben? Im Prospekt. Der Prospekt lag in einer Pappschachtel. Bente, die Archivarin, hatte ihn mir gegeben.

Mein Teeglas war noch halb voll. Ich blätterte weiter. Vier Jahre Dänemark, im Katalog «Deutschlands Speisekammer» – sie waren keine schlechte Zeit für die Deutschen: fern von Stalingrad und Sibirien, fern von Hamburg und Dresden, fern von Flucht und Vertreibung. Es war einmal. Nun wurden die Lager geräumt: Kommissbrot, Butter, Margarine, Käse, Wurst, Schinken, Eier, Fliegerschokolade, Bier, Wein, Champagner, Schnaps, Pralinen, Likör. Und die Deutschen gestatteten sich ein letztes großes Fressen. Ein Foto zeigte eine Schiefertafel an der Wand. «Heil Dönitz» stand da in Druckbuchstaben, wahrscheinlich mit Kreide geschrieben. Unter der Tafel befand sich ein gusseiserner Herd von der Svendborger Ofenfabrik Lange. Mit der Lupe entzifferte ich die Seriennummer: einhunderteinundvierzig. Auf dem

Herd lag ein Buch: «Mein Freund Marseille». Neben dem Herd stand ein Stuhl. Über der Stuhllehne hing die Jacke eines deutschen Kriegsmarineobergefreiten. Schmutziges Geschirr bedeckte den Tisch. Eine Bratpfanne sah ich. Eine weiße Suppenterrine – gefällige Form, zwei Knubbel an der Seite, Griffe zum Anfassen: So eine hatte ich schon einmal in Händen gehalten, von einer deutschen Porzellanmanufaktur, die für die Wehrmacht produzierte. Auf der Unterseite, grün eingebrannt, ein «M» für «Militär» und ein Hakenkreuz, sonst nichts. Gret besaß auch so ein Exemplar, damals, in der Entbindungsstation des Hilfskrankenhauses und später zu Hause in ihrer kleinen Küche.

Weitere Einblicke gewährte mir ein zweites Foto. Unter der Treppe in Christiansminde lagen Matratzen, Bettzeug, Sesselpolster, Kleiderbügel, Weinflaschen – alles wüst durcheinander. Wenn das kein Saustall war. Sah ich ein Bierfass oder eine Wasserspritze? Ich entschied mich für ein Bierfass. «Alkohol wird ausgegeben, und damit beginnt der offizielle Teil. Alles vergisst seinen Kummer und denkt nicht nach, was kommt. Es wird überall verlobt und geküsst und auf allen Stuben intern weitergefeiert», schrieb ein Zeuge. Ein anderer hat von «viehischer Betrunkenheit» berichtet.

Schon Kaiser Wilhelm hatte, im November 1910, bei der Einweihung der Marineschule in Flensburg-Mürwik seinen Fähnrichen den Zusammenhang von Alkohol und Krieg erläutert und ihnen mahnend ans Herz gelegt: «Die Nation, die das geringste Quantum Alkohol zu sich nimmt, gewinnt.» 1941 knüpfte der Inspekteur des Bildungswesens der Kriegsmarine am selben Ort an des Kaisers alten Faden an und sagte den versammelten Offiziersanwärtern: «Wer sich seiner Trunksucht so hingibt, dass er in seiner Trunkenheit Dinge macht, von denen er nichts weiß, der steht dann unter dem Tier.»

Unter dem Tier?

Nach dem Abzug der Deutschen im Mai 45 hieß es im «Svendborg Avis» über den Saustall von Christiansminde: Wie in einem Zoo.

Ich zahlte meinen Tee und verließ den Bäckerladen. Es war kälter geworden, winzige Flocken fielen. Vom Centrum-Pladsen ging ich in die Skolegade, kam am Theater vorbei. Gleich dahinter lag die Byskole. Hier, an der Ecke Skolegade/Bagergade, hatte das Marine-Infanterie-Bataillon Abschied von der Seefahrt genommen. Die Schule, ein dunkler Backsteinbau, duckte sich im Dezemberdämmer. Erdgeschoss, zwei Stockwerke, Dachgiebel, mächtige Schornsteine. Wer aus dem Haupteingang heraustritt, steht gleich auf der Straße. Ob die Marinesoldaten Fredy und Ehrmann, die ihre Truppe von diesem Gebäude aus verließen, weil sie nach Hause wollten, weil der Krieg aus war, durch diese Tür heraustraten oder von einem Fenster auf die Straße oder in den Schulhof sprangen?

«Jeweils zwanzig Soldaten waren in einem Raum der Byskole einquartiert», hat ein Zeuge zu Protokoll gegeben. Wein, Bier, Schnaps, Kekse sowie Schinken- und Wurstbrote stammten wahrscheinlich aus dem Depot von Christiansminde. Rollte noch am 5. Mai nach acht Uhr morgens der Nachschub für die Bataillonsfeier zwischen Schule und Hotel? Davon war auszugehen, denn er rollte zu dienstlichen Zwecken.

Über die Frederiksgade ging ich zur Jessens Mole weiter; die Straße führte in einem Linksbogen bergab zum Hafen. An welchem Molenplatz mag die Buéa gelegen haben? Der Svendborger Hafen, er ist groß. Ein- und ausfahrende Schiffe wurden im Schiffsjournal der Hafenmeisterei festgehalten. Vom 1. April 1944 bis zum Kriegsende 1945 notierte die Svendborger Hafenmeisterei neun Einträge mit «Tyske Marine» (Deutsche Marine) ohne Schiffsnamen. Der letzte Eintrag vor Kriegsschluss lautete «Fortschritt». Dieses Schiff aus Hamburg machte am 3. Mai 45 im Svendborger Hafen fest. Von der Buéa keine Notiz in den Hafenpapieren. Warum nicht? Warum wurden auch die vielen anderen deutschen Kriegsschiffe, Schnellboote und Begleitschiffe, die im Svendborger Hafen ein- und ausliefen, nicht notiert? Gab es ein Extrabuch, das die Deutschen mitnahmen und vernichteten?

Mein Auto war inzwischen mit einer dünnen Schneeschicht bedeckt. Die Kristalle glitzerten im Licht der Straßenlampen. Ich fegte Dach und Scheiben mit einer Handeule und fuhr los.

Drüben, auf der Südseite des Svendborg Sund, auf der Insel Tasinge, sausten Rodler mit ihren Schlitten einen Berg hinunter. Wolkengraues Licht beschwerte den Sund und die Insel. Irgendwo hinter dem Rodelberg lag der Friedhof von Landet, auf dem der arme englische Flieger zur letzten Ruhe gebettet worden war. Immer noch wartete er auf meinen Besuch.

Landets Kirche ist weiß getüncht wie die Kirche von Broager. Wieso weißt du nicht, warum dänische Kirchen weiß gestrichen sind?, fragte ich mich. Ich hatte es mal gewusst. Weiß gleich Reinheit? Weiß gleich Weisheit? Weiß, weil die Kirche zur Winterszeit zusätzliches Licht spendiert? Licht vertreibe die Zeit, hätte Hörgebar sagen können. Dunkelheit halte die Zeit fest. Die Zeit sei etwas Körniges.

Auf den Wegen zwischen den Gräbern lag eine dicke

Schicht Kieselsteine. Jeder Stein ein Zeitkorn. Jedes Zeitkorn eine Menge Zeit. Schon stand ich mit meinen Schuhen am Immergrün, das auf dem Grab des englischen Fliegers wuchs. Der dreiblättrige, durch und durch verbogene Propeller seiner Unglücksmaschine lag darauf. Zunächst sang ich, ohne den Mund zu öffnen – ich summte nicht einmal –, das Loblied auf die Erkennungsmarke, die allen Soldaten am Hals hängt. Sie dient der Zeit nach dem Leben. In diesem Fall gab sie folgende Auskunft: Arthur John Sayer, geboren am 22. Dezember 1911 in Sparham, Norfolk, England, Personen-Kennziffer: 70604. Mit den handschriftlichen Notizen aus Hörgebars Sammelmappe ergänzte ich: abgeschossen über dem Svendborg-Sund am 15. Februar 1944, begraben am 6. März 1944 auf dem Friedhof von Landet.

«Ruhe in Frieden», sagte ich, in Gedanken auch bei Hörgebar. Kaum hatte ich das gesagt, sprang ein Haar-Riss in meine Kehle, von dem ich, verdammt noch mal, nicht wusste, warum er mich zweimal husten ließ. Ich hob fünf Kieselsteine auf, drei für Hörgebars Grab, zwei für mich, und ging zum Auto.

Es fielen immer noch winzige Flocken. Manche standen drei Minuten in der Luft, bevor sie weiterfielen. Ich sah unseren Kamin zu Hause mit flackerndem, wärmendem Feuer. Ich bedachte die scheckernden, meckernden, um das Haus hüpfenden Drosseln. Eine von ihnen war unser Drosselmann. Er hieß Fiete. Der mochte Rosinen. Den fütterten wir jeden Tag.

Ich fuhr einen kleinen Umweg über Skovbostrand. Hier, in der Nummer acht, hatte Bert Brecht von 1933 bis 1939 gewohnt. Es war zu dunkel, um das Haus zu finden, und laut sagte ich zu mir: «Hier irgendwo.» Schließlich fand ich den

Porthusvej, der durch einen Wald führt, an der Kreuzung vor Heldager stand ein Buswartehäuschen am Wegesrand. Das könnte der Strohschober gewesen sein, dachte ich. Hatten Fredy und Ehrmann hier übernachtet? Sehr unwahrscheinlich, aber ich hielt an und stieg aus. Ich wollte den beiden, mehr als fünfzig Jahre nach den Ereignissen im Mai 45, eine Warnung mit auf den Weg geben. Vielleicht würde sie die beiden noch zur Umkehr bewegen und reumütig in die Byskole zurückkehren lassen? Sosehr ich auch überlegte, während ich auf dem Nachhauseweg Richtung Kaminfeuer und Wohnzimmerwärme war, mir kam keine in den Kopf.

Die Festnahme

In Zeiten des Untergangs behalten einige Wenige einen kühlen Kopf. Sie stehen auf festem Grund: Sie sind schon heimgekehrt und fühlen sich zu Hause. Sie brauchen kein Licht; sie kennen das heimliche Dunkel. Massenbesäufnis, Prügelei und hastige erotische Exzesse betrachten sie wie von einem anderen Stern. «Lassen wir doch die Damen in langer Abendrobe und die Herren in Gala-Uniform die letzten Stunden der Menschheit feiern», so murmeln sie in sich hinein. Ihr kostbarer Besitz: einmal Unterwäsche zum Wechseln im Rucksack und zweimal klare Gedanken im Kopf. Den Rucksack tragen sie schon auf dem Buckel. Den Kopf tragen sie noch auf dem Hals. Mit dem Daumenballen ihrer offenen linken Hand stemmen sie sich in den Trageriemen. Dann schließen sie die Hand zur Faust. Die Faust umschließt den Riemen und drückt ihn in die richtige Richtung: nach Süden. Die rechte Hand lassen sie mit drei Fingern am Schirm der Marine-Infanterie-Mütze, um Schatten aufs eigene Gesicht zu werfen. Der Schatten soll das Gewissen, das im Herzrhythmus pocht, beruhigen, und den dänischen Milizionären soll er die Sicht nehmen.

Unter blassblauem Himmel, der seine Kühle und Maimorgen-Helle in Südfünens Fahrwasser, auf Svendborg und Umgebung legte, waren die beiden Ausreißer Ehrmann und Fredy im Strohschober aus dem Heu gekrochen. Sie hatten die Arme den unsichtbaren Sternen entgegengestreckt, hatten die klammen Klamotten gespürt, hatten gefröstelt, und Fredy hatte beim Frösteln sogar mit den Zähnen geklappert.

«Angst?», fragte Ehrmann.

Fredy grinste sein Angstgrinsen, und jedermann hätte seine schiefen Zähne sehen können.

In Svendborg schlief derweil fast alles: Die Lider der jüngeren deutschen Soldaten lagen über ungetrübten Augen, die der älteren, die schon das Gelbe auf ihrer Bindehaut pflegten, bedeckten nicht ganz so viel Augenglanz. Schliefen sie überhaupt? Nein, nicht wenige wälzten sich, weit weg von Berlin, hellwach auf ihren Lagern in der Byskole und bedachten das Ende. «Erst müssen wir den Krieg gewinnen. Dann räumen wir in der Heimat mit den Braunen auf, damit die Jungen und das Vaterland nachts ruhig schlafen können.» Das flüsterte einer, der mit brennender Zigarette am offenen Fenster stand. Und der Kommandeur träumte von den Soldatenaugen und las aus ihnen das heraus: «Wir wollen selbst mit Malaria in den Knochen kämpfen und sterben für etwas, was zwar längst verloren, aber Herzenssache bis zum Tod ist.» Eine gründliche Augenuntersuchung ergab diesen Befund: Kampfgeist und Opfermut mit Malaria in den Knochen – negativ.

Kampfgeist und Opfermut waren dem Großadmiral immer noch Herzenssache. Erfüllt und überzeugt davon saß er an seinem Schreibtisch, Zimmer 101 der Marinesportschule, und sondierte mit seinem Adjutanten die Lage.

Der Kampf gegen die Westmächte habe seinen Sinn verloren.

Aber im Osten wird weitergekämpft, Herr Großadmiral?

Menschen retten. Das sei jetzt die Devise.

Weil das dem Kriegsende etwas Menschliches verleihe?

Menschliches sei Futter für den hungrigen Sieger.

Könne man, wenn man genug Futter habe, rein und unantastbar bleiben?

Ohne Zweifel.

Auch vor Gericht?

Zweifelsohne.

Nur so könne man vor den Opfern dieses Krieges bestehen und ihr Andenken in Ehren halten?

Nur so helfe man der Heimat in dieser schweren Stunde, und nur so könne man dem Gegner die Achtung abverlangen, auf die brave und tapfere Soldaten von jeher Anspruch hätten.

Ehrmann hielt inne und horchte auf. Er überlegte, ob er vorm Aufbruch noch drei Sätze ins Tagebuch schreiben sollte. Er schnallte seinen Rucksack ab, stellte ihn auf die Strohschoberwiese, griff hinein und fingerte nach der Unterwäsche. Da fühlte er das Tagebuch, groß und dick wie ein Poesiealbum. Er fühlte die Pistole, die Nullacht. Er fühlte seine Mundharmonika, die Hohner. Er fühlte nur; er schrieb nicht, er schoss nicht, er spielte nicht. Auch Fredy stellte seinen Rucksack ins Gras und suchte mit der Hand nach der Unterwäsche. Da war auch seine Pistole, die kleine, die organisierte. Da waren auch die Verlobungsringe, die er in Rotterdam bei einem Juwelier gekauft hatte.

Sie schnallten die Rucksäcke wieder um und marschierten los. Die Sonne stand zwei Finger breit über dem Horizont in Ostsüdost. Nun sah man die Farben richtig: Die beiden Soldaten trugen feldgraue Hosen. Feldgrauer Staub lag auf den Knobelbechern. Die Schotterstraße war trocken, auch sie trug Feldgrau. Das herrliche dänische Essen und der Krieg: Es war einmal. Fünens grüne Hügel leuchteten hellgrün. Hellgrün kamen auch die Buchenblätter zu den Knospen heraus. Die dicken Buchenstämme in den kleinen Wäldern schimmerten himmelblau im morgendlichen Licht. Fünf Krähen flogen mit Gekrächze von einem Baum auf. In der Ferne leuchtete ein Schloss sonnenhell wie in einem Märchen im Märchenbuch. Zwölf Kilometer Strecke und eine Bootsanlegestelle, die sie erreichen wollten, lagen vor ihnen. Das haben Zeugen gesagt. Ehrmann legte schnelles Tempo vor. Fredy folgte leicht und stumm. Gingen sie nach Lundeborg an Fünens Ostküste? Das wären ungefähr zwölf Kilometer. Noch war dieser dänische Hafen in deutscher Hand. Also in einem großen Bogen um Lundeborg herum, mögen die Ausreißer gedacht haben, als sie in Svendborg aufbrachen.

Da die Byskole nördlich des Stadtzentrums und nördlich des Hafens liegt, drohte Gefahr aber auch im Süden. Haben sich Ehrmann und Fredy darum nach Norden gewandt, um schnell aus der Stadt heraus zu sein, und sind dann den Bogen in westlicher Richtung gegangen, weil sie an Fünens Südküste ein Schiff nehmen wollten? Oder an der Westküste, im Fährhafen von Faaborg? Vorsicht war geboten, denn selbst deutsche Handelsschiffe konnten im Dienst der Kriegsmarine fahren. Die Kriegsmarine würde die beiden als Ausreißer erkennen und gefangen nehmen. Auch der Tommy würde sie gefangen nehmen. Der hatte bereits den Flugplatz Schäferhaus bei Flensburg erreicht, hatte die deutsch-dänische Grenze im Visier und wurde von dänischer Gendarmerie und dänischer Bevölkerung mit ausgestreckten Armen erwartet. Würde ein dänischer Frachter oder Fischkutter Wehrmachtsoldaten an Bord nehmen? Ehrmann wird das alles bedacht haben, und Fredy wird das mitbedacht und am Ende allen Überlegungen zugestimmt haben. Sie konnten sich nur auf sich selber verlassen und mussten die Flucht auf eigene Faust versuchen.

«Wir marschieren Richtung Kleiner Belt», so lautete die Entscheidung. Auch das haben Zeugen berichtet. Von der Byskole kommt am schnellsten in die freie dänische Natur, wer in nördlicher Richtung marschiert und den Süden, Osten und Westen der Stadt meidet.

Ich selber bin von der Byskole in Richtung Nordnordwest zum Museum gegangen, dann weiter im Auto Nordkurs bis zum Porthusvej gefahren, wo mich schon binnen kurzem der Wald von Graesholm empfing. Diese Richtung mag auch für Ehrmann und Fredy günstig gewesen sein. So hatten sie Svendborg schnell im Rücken, so konnten sie die dänische Maimorgenluft entspannter atmen, konnten die allernächste Zukunft sorgloser ins Auge fassen: «Wenn wir erst mal über den Kleinen Belt sind, dann haben wir die größte Hürde genommen.»

Der Weg über die Hängebrücke, die Ost- und Westufer des Kleinen Belt verbindet, war ein Umweg. Er bot jedoch einen Vorteil: Sie brauchten kein Schiff, sie konnten die Meerenge zu Fuß überqueren. Vielleicht konnten sie unterwegs ein Fahrrad auftreiben. Eines genügte. Ehrmann war ein trainierter Radfahrer. Er könnte Leichtgewicht Fredy mit den Rucksäcken auf dem Gepäckträger schnell und sicher durch Dänemark geradelt haben.

Immer nach Süden sollte es also gehen, nach Flensburg, zum Kaiser-Wilhelm-Kanal, wo Ehrmanns und Fredys kampferprobte Kameraden von der 2. Marine-Infanteriedivision sich ihrer Tränen gerade nicht schämten. Davon wussten Ehrmann und Fredy nichts. Hätten sie davon gewusst, dann wäre ihr Fluchtgedanke beflügelt und ihr schlechtes Gewissen um fünf Kilogramm Lebendgewicht erleichtert worden.

Dann hätte die rechte Hand an der Mütze nur einem einzigen Zweck gedient: der vollständigen Beschattung des Gesichts, um den Jägern, die in der Stunde des Umbruchs ihr Jagdglück suchen, das Jagen schwer zu machen.

Am Sonntag, dem 6. Mai 45, als in Flensburg die Panzersperren an verschiedenen Stellen der Stadt von der Bevölkerung «spontan beseitigt», Baumstämme und Tannenreisig ausgebuddelt und als Brennholz fortgeschafft wurden, notierte der Stadtarchivar: «Die gegenwärtige Reichsregierung, außer dem Vertreter des Führers, Großadmiral Dönitz, bestehend aus dem Reichsminister des Inneren, Chef des Heimatheers und Chef der Polizei, Reichsführer-SS Heinrich Himmler, Reichsleiter Rosenberg, Reichsgesundheitsführer Conti und anderen Persönlichkeiten, hält sich in Mürwik auf. Man sieht außerdem viele Führer der SS in und bei Flensburg. Während die Flensburger Bevölkerung und die der ländlichen Umgebung zu den vielen Angehörigen aller Wehrmachtsteile teilnehmend und freundlich sich verhält, macht sich der Unwillen gegen den Reichsführer-SS und seine Führerschaft immer stärker geltend. Mit Recht empört sich der gesunde Sinn der Bevölkerung gegen die Art und Weise, wie die politischen Gefangenen der Konzentrationslager von der SS behandelt worden sind. In Flensburg eingetroffene Mitglieder solcher Lager, die in einer Scheune untergebracht worden sind, befanden sich in halb verhungertem Zustand und erregten das Mitleid der Bevölkerung, als sie durch die Straßen geführt wurden. Gut ernährte SS-Männer waren die Begleitmannschaft.»

Jahre später – ich hatte gerade seine Autobiographie «Zehn Jahre und zwanzig Tage» gelesen –, bin ich in Gedanken zum Großadmiral nach Aumühle gefahren. Mich interessierte, ob er wirklich nichts von den Konzentrationslagern gewusst hatte.

Er könne sich da nur wiederholen: Als er in den ersten Maitagen 1945 in Flensburg-Mürwik von den KZ-Zuständen erfahren habe, da habe er sich die Frage vorgelegt, was von ihm aus in dieser Sache getan werden könne.

Die Kriegsmarine, Herr Großadmiral, habe mit diesen Lagern nichts zu tun gehabt?

Die Kriegsmarine sei von den Veröffentlichungen in Presse und Rundfunk nicht berührt gewesen.

Er habe, auch als Staatsoberhaupt, nichts von diesen Lagern gewusst?

Dieses ergebe sich aus seinen Erinnerungen. Man könne nachlesen. Im Übrigen habe er seine Augen im Seekrieg nach dem Wasser gehabt. Er sei immer nur Seemann gewesen, sonst nichts.

Er habe doch an der berühmt-berüchtigten Gauleitertagung am 6. Oktober 43 teilgenommen, im alten Kaiserschloss von Posen, das der Führer sich als Residenz habe ausbauen lassen. Himmler habe da ganz offen das Thema Judenvernichtung angesprochen.

Nein, nicht im Schloss, das in seiner Architektur, ähnlich wie die Marineschule Mürwik, der Marienburg des deutschen Ritterordens nachempfunden sei, sondern im Goldenen Saal des alten Posener Rathauses habe die Tagung stattgefunden. Das Schloss des Führers sei bekanntlich ewige Baustelle gewesen.

Also im Goldenen Saal habe er den Reichsführer-SS gehört.

Nein. Er habe am Nachmittag seinen Vortrag gehalten. Um 17.00 Uhr, genau nach einundvierzig Minuten, habe er geendet. Der Reichsführer-SS habe um 17.30 mit seinem eigenen Vortrag begonnen. Da sei er selbst schon wieder unterwegs gewesen.

Schnell hin, schnell wieder zurück, nur um den Vortrag zu halten?

Ja, wenn man so wolle.

Er, der Großadmiral, sei doch Einladungen zu Lagebesprechungen gewissenhaft gefolgt. Und von Anfang bis Ende habe er in der Regel teilgenommen, weil er sich umfassend habe informieren wollen. Für diese Dienstauffassung sei er von seinen Männern geradezu angebetet worden.

Immer gebe es Ausnahmen von der Regel. Das wisse doch gerade er als alter Soldat.

Ob er, Dönitz, sich nicht erinnern könne, dass er nach dem gemeinsamen Abendessen, das auf Himmlers Rede gefolgt sei, noch mit Goebbels über die U-Boot-Kriegslage gesprochen habe?

Das sei reine Lügenpropaganda des Reichspropagandaministers. Zum Abendessen habe man nur Parteigenossen gebeten. Bekanntlich sei er kein Parteigenosse gewesen.

Das Gespräch nach dem Abendessen sei aber im Goebbels-Tagebuch verbürgt.

Dieses Tagebuch lüge. Sein Herz, mein Herr, lüge nicht.

Auch wenn er, der Großadmiral, Himmler nicht persönlich in Posen zugehört habe: Er müsse doch wissen, was geredet worden sei.

Nein. Zweifelsohne nein.

Was er von den inzwischen bekannt gewordenen Kriegsverbrechen halte?

Die Sicherstellung von Berufsverbrechern im Kriege sei eine richtige Maßnahme gewesen. Die geschilderten Vorkommnisse und Verhältnisse in den Lagern – all die Misshandlungen und Übergriffe, die gegen die Hebräer und andere geschehen sein sollen – seien von ihm schärfstens verurteilt worden. Dies habe er auch allen Offizieren und der Truppe sofort bekannt zu geben befohlen. Im Übrigen habe er den Reichsführer-SS, Heinrich Himmler, schon am 6. Mai 45 aus allen Ämtern entlassen.

Immer weiter gingen Ehrmann und Fredy, unbefangen tuend und Mundharmonika spielend, in Richtung Beltbrücke. Ehrmann hatte die Mundharmonika aus dem Rucksack genommen und auf Fredys Fragen «Was machen wir, damit wir nicht erwischt werden?» und «Was machen wir, wenn wir erwischt werden?» kurz angebunden geantwortet: «Das wird sich finden, Moses.» Wie Handwerksburschen wollten sie unterwegs sein und sich hier und da mit Gelegenheitsarbeiten ein Butterbrot verdienen. Also nicht daherkommen wie lichtscheues Gesindel, das hinter Busch und Baum sein Versteck sucht und den hellen Maimorgen meidet, sondern aufrecht gehen wie brave Männer, die sich in einem schönen Land gut benehmen und, wenn gewünscht, mit Wassertragen, Gartenumgraben, Kartoffelnsetzen nützlich machen. Dafür würden eine warme Mahlzeit in der Küche und ein Schaffell als Schlafplatz über dem Kuhstall auf dem Heuboden fällig sein; vielleicht sogar ein kleines Liebesabenteuer. Sollten sie als Handwerksburschen in einem Obdachlosenheim mit der Bitte um Eintritt anklopfen, dann würde nach Holzsägen, Holzhacken und Hoffegen sauberes Bettzeug mit Wolldecke auf einer Pritsche in die Augen stechen. Erbsensuppe würde aus der Asylküche duften, das sesambestreute dänische Weißbrot würde in einem Korb liegen und einen dazu einladen, auch ja dicke Scheiben abzuschneiden, dann würden Bad und Handtuch winken und am Ende ein tiefer Schlaf.

Fast wie zu Hause. Fredy meinte von einem Taugenichts gehört zu haben, der mit Geige im Rucksack durchgekommen sei, indem er seinem Instrument für Übernachtungen mit Frühstück wunderbare Töne entlockt habe. Welches Lied blies Ehrmann auf seiner Mundharmonika? Deutsches Liedgut könnte verräterisch klingen. Darum spielte er «Komm, lieber Mai, und mache die Bäume wieder grün», ein Lied, das in Dänemark mit den Worten «Kom, Maj, du söde, milde» gesungen wurde. «Danach kann man nicht marschieren», maulte Fredy, und Ehrmann spielte etwas anderes: «Wozu ist die Straße da, zum Marschieren, zum Marschieren in die weite, weite Welt …» Fredy pfiff die Melodie mit und schnitzte, während er pfiff, ein paar kerzengerade Haselnuss-Stecken zu Wanderstäben zurecht.

Haselnuss-Wanderstäbe und Musik lagen in der Luft. Morgenfrische lag auch in der Luft. Es würde alles gut werden. Fredy hätte bis ans Ende der Welt pfeifen und marschieren können. Das war auch richtig so. So konnte das schlechte Gewissen, das sich mit dem Satz «Fahnenflucht ist ein todeswürdiges Verbrechen» meldete, kein Echo finden. Als ein dänischer Bauer seine Schaufel am ausgestreckten Arm senkrecht in die Luft hob und laut «Kapitulation» (dänische Aussprache) herüberrief, meldete das schlechte Gewissen nichts mehr. «Der Krieg ist aus, was kann uns noch passieren», jubelte Ehrmann.

Ehrmann (schwere Schritte, schnelles Marschtempo) und Fredy (leichte Schritte, schnelles Marschtempo) waren gute Marschierer. Sie hatten das von Kindesbeinen an gelernt. Schon mit zwei Jahren konnte Fredy den Fuß von der Ferse bis zur Zehe glatt abrollen. Ehrmann war damit entwicklungsbedingt später dran gewesen, holte jedoch schnell auf und ging als guter Marschierer mit neun, das war 1928, zur Bündischen Jugend. Er gehörte der Deutschen Freischar und dem Deutschen Pfadfinderbund an. 1934 lernten sich Ehrmann und Fredy im Kinderschiff an der «Keltinger Bucht» – so sprach Ehrmann die Bucht auf Leipzigerisch aus – kennen. Weil er die Bucht so aussprach, sprach Fredy, der sechs Jahre Jüngere, ihm die Bucht so nach. Und er schrieb sie auch so. Dann brachte Ehrmann es zum Scharführer bei der Hitlerjugend. Als diese durch die Nationalsozialisten von bündischen Umtrieben gesäubert wurde, schied er aus. Und besuchte Fredy in den Sommerferien mit dem Fahrrad. In Kassel ritten beide ihre Steckenpferde. Sie holten Bier für Fredys Großvater. Ehrmann begleitete auf der Mundharmonika, wenn Fredy Klavier spielte. Fredys Mutter hörte zu und summte mit. Morgens, nach dem Frühstück, «schwammen sie ab» in die Natur: Rudern auf der Fulda trainierte die Armmuskeln und das Gleichgewicht. Schnitzeljagd stärkte die Beinmuskeln, schärfte Forschergeist und detektivisches Gespür. Lagerfeuer wärmte die Kameradschaft und hielt die Träume wach. Gesang schulte den Kehlkopf und kräftigte die Lunge: «Wildgänse rauschen durch die Nacht mit schrillem Schrei nach Norden. Unstete Fahrt! Habt acht, habt acht! Die Welt ist voller Morden.» Das leuchtete Fredy nicht ein, und deswegen verstand er «Die Welt ist voller Norden». Er sang das auch so, und Ehrmann merkte es nicht. Sie waren sich einig in ihren Wünschen, die im Wunschbündel «Wenn ich mal groß bin» zusammengeschnürt waren und herausgezupft werden wollten: zur See fahren und in der Welt herumkommen.

Inzwischen kannten sie sich seit elf Jahren. Das Schnellbootschicksal hatte sie in Swinemünde zusammengeführt, und dann wurden sie mit der 6. Schnellbootflottille von Rotterdam nach Grenaa verlegt. Der Marschbefehl nach

Svendborg ereilte sie gemeinsam: «Macht euch schon mal auf die Socken, die Papiere kommen hinterher. Viel Glück bei der Marine-Infanterie.»

Die Marine-Infanterie war eine zur Verteidigung der heimischen Kriegshäfen gegen Landangriffe und zum Einsatz für überseeische Expeditionen bestimmte Truppe. Diese Auskunft gibt ein umfangreiches Werk: das Deutsche Kolonial-Lexikon in drei Bänden, ein Höhepunkt deutscher Geschichtsschreibung. Gründlich und umfassend. Fotos, Karten, Text. Lange betrachte ich ein Foto vom Palast des deutschen Gouverneurs in Buéa. Urwald im Hintergrund. Die Uniformen und Abzeichen der deutschen Kolonialsoldaten sind über mehrere Seiten farbig abgebildet. Ein Neger in der Uniform eines deutschen Unteroffiziers. Heia Safari. Und eben das Kartenmaterial! Man kann sich nicht satt sehen.

«Afrika hat mir unterm Strich gefallen», sagte Ehrmann zu Fredy in einer Marschpause, die sie an einem weiß blühenden Schwarzdornbusch einlegten. Er erzählte von seinem Kriegsmarine-Stützpunkt an der sizilianischen Südküste, Porto Empedocle. Hier hatte er einen getroffen, der am Hafen auf einem Klappstuhl saß. Er war wegen Mordes von Athen nach Kreta geflohen. Auf Kreta hatte der Mörder für sich und seinen Sohn Flügel entworfen, um zu fliehen. Einerseits Genie, andererseits komischer Kauz, dachte Ehrmann, der von hier aus die nordafrikanischen Küstenstädte in Augenschein nahm. In seinem Tagebuch hatte er notiert: «Es kann verflucht kalt sein im alten Sizilien.» Nach Tunis oder Bizerta war es mit dem Schnellboot nur ein Panthersprung. Gerne wäre er zwei Panthersprünge gesprungen, bis nach Ostafrika und Kamerun, Togo und Deutsch-Südwestafrika. Da kannte er sich aus, weil er die Bücher der

Afrikaforscher Carl Peters und Hermann von Wissmann gelesen und dabei diesen Wunsch aus dem Wunschbündel gezogen hatte: «Wäre ich doch sechzig Jahre früher geboren! Bursche bei Carl Peters, das wär's gewesen!»

Nun marschierten die beiden Burschen ohne Marschbefehl durch den dänischen Maimorgen mit diesem einzigen Interesse: bloß nicht erwischen lassen. Sie wurden enttäuscht. Weil sie den Grundsatz «Tags schlafen, nachts marschieren» missachtet hatten? «Haalt!», riefen schwerbewaffnete dänische Milizionäre und stellten sich ihnen in den Weg. Die Dänen trugen lange Mäntel und seltsame Stahlhelme, die dänische Kleiderkammerbullen aus einem ihrer Kleiderkammerverstecke rausgerückt hatten. Aller Blicke galten den zwei Deutschen. Auf einem Lastwagen hockten noch weitere Milizionäre unter Zeltplane, jeder mit seinem Blick, mit Schatten im Gesicht und Knarre in der Hand. Insgesamt waren es so viele, dass man sie gar nicht zählen konnte. Zwanzig? Sechzig? Die Ausreißer waren schon umstellt.

Die Dänen fingen zu diskutieren an. Einige plädierten dafür, die beiden laufen zu lassen. Andere wollten Dänemark davor bewahren, dass Scharen deutscher Soldaten dem Beispiel folgten und ihr Vaterland überfluteten. Wieder andere wollten sie einfach zu ihrem Haufen zurückschicken. So geschah es: «Nach Hause» (dänischer Tonfall) hieß das Kommando.

Ehrmann und Fredy setzten einen Stiefel auf die Trittstufe der hinteren Lkw-Ladeklappe und kletterten hoch. Oben wurden sie mit ausgestreckter, helfender Hand und vorgehaltenem Gewehr in Empfang genommen: «Setzen» (dänischer Tonfall). Da saßen sie mit ihren Rucksäcken zwischen den Beinen. Ehrmann nahm seine Mundharmonika aus der Brusttasche und stopfte sie wieder zwischen die Unterwäsche, fühlte auch nach der Pistole. Fredy öffnete ebenfalls seinen Rucksack und fühlte nach Pistole und Verlobungsringen. Dann strichen sich beide mit den Händen über Gesicht und Haar. «Scheiße», sagte Ehrmann. Fredy sagte nichts.

«Wo kommt ihr her?»

«Svendborg», sagten sie wie aus einem Mund und hofften wegen der wahrheitsgemäßen Auskunft auf gute Behandlung.

«Und wohin wolltet ihr?»

«Wir wollten nach Kurland, um unseren Kameraden beim Kampf gegen die Russen zu helfen. Als Soldaten haben wir so lange nichts erlebt. Grenaa war stinklangweilig.»

«Wie wolltet ihr denn um alles in der Welt nach Kurland durchkommen?»

«Wir hätten uns als Werwölfe durchgeschlagen und den Feind mit einer Ladung kochend Wasser aus dem Kochgeschirr kampfunfähig gemacht.»

«Das glaubt ihr ja selber nicht.»

«Genau das wollten wir aber!»

Ehrmann ein Starrkopf und Quertreiber, Fredy ein folgsames Kind, das am Rockzipfel des Quertreibers hängt.

Viele Tage unterwegs sein. Unendlich lange unterwegs sein. Der Lkw mit den dänischen Milizionären möge fahren bis ultimo. Der Sprit möge unendlich reichen. Das war jetzt der Wunsch, den Fredy aus dem Wunschbündel zupfte und für Ehrmann gleich mit: «Oder, lieber Gott, obwohl ich nicht mehr an dich glaube, schenke uns ein Paddelboot und lasse uns nach Hause paddeln.» Das wäre möglich gewesen: von Svendborg über die Ostsee nach Kiel, von Kiel auf dem Kaiser-Wilhelm-Kanal nach Brunsbüttelkoog, von Brunsbüttelkoog über die Elbe in die Nordsee, dann auf der Weser nach Hannoverschmünden – bei Höxter winkte schon Kloster Corvey –, bei Hannoverschmünden hinein in die Fulda und ab nach Kassel.

Ehrmann saß mit düsterer Miene da. Man wusste nicht, was dahinter gedacht wurde. Vielleicht dies: «Ich ging freie Bahn. Herrliche Sonne. Nachmittags am Sonntag. Quer durchs Gelände. Längs einer Infanteriekaserne. Will einen Kumpel besuchen. Mach das Schott auf. Schießt heraus ein Schwein. Ich hinterher. In die Stadt. Ich hinterher. Durch die Stadt. Aus der Stadt die Landstraße längs. Ich sehe, das Schwein bleibt stehen. Ich fasse es. Treibe es zurück. Die Landstraße längs. Schwein reißt aus. Ich hinterher. Brülle auch. Es geht der Kaserne zu. Ich brülle lauter. Das Schott geht auf. Man hält das Schwein. Denkt, es sei mein. In den Hof, großes Messer. Viel Blut. Einen Karren. Man lädt es drauf. Gibt mir den Karren. Ich schiebe los.»

Das hatte er am 30. Januar 1943 in sein Tagebuch geschrieben. Am späten Nachmittag dieses Kriegstages ging er an Bord. Fünf Schnellboote der 3. Schnellbootflottille verließen den Hafen von Porto Empedocle/Sizilien zum sechsten Minenunternehmen. Am Vortag war der Verband von Bizerta in Tunesien zum fünften Minenunternehmen ausgelaufen, war eine Nacht in Porto Empedocle geblieben und hatte dort Treibstoff, Minen und Sprengbojen für das nächste Unternehmen an der nordafrikanischen Küste übernommen.

Rückmarsch nach Bizerta, so hatte der Befehl gelautet.

Bizerta war einst im Besitz von Königin Dido gewesen. Sie hatte das Land vom damaligen Grundstückseigentümer mit ihrem berühmt gewordenen Stierhaut-Trick erworben. Die Königin durfte so viel Land ihr eigen nennen, wie auf eine Stierhaut ging. Dido schnitt die Stierhaut in schmale Streifen und sicherte sich mit diesem viele Kilometer langen Lederband genug Grund und Boden für eine Zitadelle namens Byrsa. «Ob Bizerta daher seinen Namen hat?», fragte Ehrmann in seinem Tagebuch. Das Kolonial-Lexikon gibt darüber keine Auskunft. Das Land um Byrsa hieß Karthago. In Zeiten großer Not opferten die Karthager ihre Kinder. Ehrlos wurde diejenige Mutter, die über den Tod des eigenen Kindes in Tränen ausbrach. Sizilien war zum Greifen nahe. In der Antike galt die Überfahrt von Sizilien nach Nordafrika als schwierig.

Ehrmann erledigte seine Arbeit als Torpedomechaniker tadellos: Torpedos überprüfen. Die Dinger würden funktionieren, sollten sie gebraucht werden. Sobald der Feind in Schussweite käme, würde man sie abfeuern, und der Feind ginge hoch. Ehrmann würde dann sagen: Na also.

Bei Minen-Unternehmungen kamen nur die Torpedos im Steuerbord- und Backbordrohr an Bord. Für die beiden Reservetorpedos war an Deck kein Platz; den brauchte man für die Minen, die auf einem extra montierten Schienenstrang lagen und von da geworfen wurden. Ehrmann sah Siziliens Küste kleiner und irgendwie dünner und zerbrechlicher werden und im Licht verschwinden. Endlich durfte er mal wieder mitfahren, wenn auch nur als Ersatz für einen erkrankten Lord.

Der Verband fuhr Kurs West. Ein Boot meldete: «Mittelmaschine unklar.» Die Treibstoffleitung war gerissen, die Mittelmaschine eine Viertelstunde lang auf Stopp. Dann hieß es: «Mittelmaschine wieder klar.» Um 22.20 lag die nordafrikanische Küste backbord bei Kap Bon fünf Seemeilen entfernt. In der Bucht von Tunis eröffneten feindliche Schnellboote das Feuer. Hatte der Feind Wind von der Unternehmung bekommen? Ein einziger Treffer könnte für die minenbeladenen deutschen Schnellboote zur Katastrophe werden. Sie wendeten auf der Stelle mit dreimal «Alle

Kraft» und eingedrehten Seitenrudern, warfen Sprengbojen und unscharfe Minen mit Törnknüppel und Hauruck über Bord. Ehrmann packte kräftig zu.

Bloß weg hier. Diese Minenkarrerei werde noch einmal sein Tod sein.

Die deutschen Boote feuerten aus allen Rohren. Eines der vier Feindboote sackte achteraus. Wahrscheinlich ein Treffer in der Maschine. Die Engländer fuhren Benzinboote; ein guter Treffer genügte, dann stand das Boot in Flammen. Dieselkraftstoff in den Tanks machte die deutschen Boote sicherer. Der Gegner hatte trotzdem sein Ziel erreicht, die Minensperre konnte nicht gelegt werden. Andererseits hatten die fünf Schnellboote keinen einzigen Treffer erhalten. Auch gut. Jetzt ab nach Hause. Der Hafen von Bizerta war schon vor über zweitausend Jahren für Karthagos Seefahrer ein sicherer Port gewesen. Über einen achthundert Meter langen Kanal fuhr man in den Hafen ein. Man pries ihn als «einen der besten und größten»; er bot Schutz vor feindlichen Flotten und vor dem ungeliebten Nordwestwind.

«Ich hatte es mir anders vorgestellt. Aber es ist so und muss so verbraucht werden, wie es kommt.» Dieser Gedanke mag Matrose Ehrmann damals schon durch den Kopf gegangen sein. Typisches Ehrmann-Denken, das er Weihnachten 1944 notierte und bestimmt auch am 6. Mai 1945 auf dem dänischen Lkw im Sinn hatte, während ein Milizionär das Fahrzeug Richtung Svendborg steuerte.

Ehrmanns Passfoto, das seinem geretteten Tagebuch beiliegt, strahlt dieses Denken nicht aus. Es zeigt ein Gesicht mit großer, gerader Nase, vollen Lippen, großen Ohren mit kleinen Ohrläppchen, die auf schnelle Auffassungsgabe und geistige Beweglichkeit hindeuten, es zeigt einen klaren, erwartungsvollen Blick. Zweifel und Fatalismus schauen nicht zu den Augen heraus. Ein Mann, der weiß, was er will. So wirkt er jedenfalls, sympathisch.

Sie wurden zur Ortskommandantur gefahren, die noch in deutscher Hand war. Die dänische Polizei stand schon Gewehr bei Fuß: zum Einzug bereit. Man übergab Ehrmann und Fredy den Deutschen. «Ja, die beiden haben wir schon vermisst», sagte der Unteroffizier vom Dienst in der Byskole, als man ihn anrief. Sein Vorgänger hatte die Ausreißer zwar als fehlend registriert, sie jedoch nicht gemeldet. Nun gelangte die Meldung an den Kommandeur, der seine Kompaniechefs und Adjutanten zu einer Lagebesprechung zusammenrief. So könnte es gewesen sein. Er sah kurz auf und sagte: «Sofort die Hanseln mit einem Lkw abholen.»

Sie wurden wie befohlen abgeholt und dem Kommandeur vorgeführt. Der Kommandeur fand sich als Angeklagter in Hörgebars Sammelmappe zitiert: Es sei ja ein infernalisches Durcheinander gewesen. Wie bei den Hottentotten. Eines schicke sich nicht für alle, diesen Goethe-Kanon kenne man doch. Einer müsse in solch schlimmen Zeiten das Bataillon sauber in der Hand haben. Ergo habe er die Soldaten einzeln vernommen. Sie seien sehr verstockt gewesen, und er habe sie etwas zurechtweisen müssen. Er selbst sei ungehalten und wortkarg gewesen. Auch enttäuscht über die Fahnenflucht der Weggelaufenen. Ja, menschlich enttäuscht. Einsilbig seien ihre Antworten ausgefallen. Sie hätten nicht in Gefangenschaft gehen und sich deshalb nach Kurland durchschlagen wollen. Auch vom Werwolf sei geredet worden. Die letzten beiden Sätze begleitete der angeklagte Ex-Kommandeur mit folgenden Vorkehrungen: Augenbrauen hochziehen, die rechte höher als die linke, rechten Mundwinkel hochziehen. Ungewollt erzeugten diese mimischen Maßnahmen noch ein Höherzucken des rechten Ohres, sodass im Gesicht eine gewisse Asymmetrie entstand.

Zeugen haben den Kommandeur in seiner Aussage bestätigt, wieder andere konnten sich nicht erinnern. Einer erinnerte dies: Die Flüchtigen seien gar nicht erst in den Besprechungsraum hineingelangt, so dick sei die Luft da drinnen gewesen. Sie seien schon in der Tür von der dicken Luft empfangen und «wüst zusammengeknallt», also scharf angeschnauzt worden. Der Kommandeur sei sehr erregt gewesen, habe zwei Zigaretten gleichzeitig geraucht und Fredy und Ehrmann als Feiglinge bezeichnet. Er werde einen Bericht wegen Fahnenflucht schreiben, habe er gebrüllt. Dann seien die beiden abgeführt und in Haft genommen worden.

Sie gingen die Treppen im Treppenhaus hinunter. Die Pistolen hatte man bereits beim Durchsuchen der Rucksäcke gefunden: «Fahnenflucht! Und dann noch mit geklauten Waffen! Und dann noch im Ausland!», rief ihnen der Kommandeur hinterher. Immer rund herum und abwärts gingen sie, Köpfe hingen von den Rängen, dreimal wechselten sie die Richtung, Nord und Ost und Süd und West zersplittern, bald haben wir euch hinter Gittern. Dann waren sie ein Stockwerk tiefer, und es kam das nächste Stockwerk dran. Wenn der Keller doch bloß unendlich tief in dieser Schule läge! Dann könnte man Vater, Großvater und Urgroßvater werden, auch ein guter Schwiegervater sein und alt und glücklich und, umringt von der Familie, eines natürlichen Todes im Bett sterben. Doch leider: Der Keller lag nicht unendlich tief, weil auch dänische Schultreppen im Keller ein Ende haben. Sie waren angekommen. Eine Tür wurde aufgeschlossen. «Da rein», sagte eine deutsche Stimme, traurig fast. Ein Raum ohne Fenster? Ein Raum ohne Licht? Ehrmann hatte immerhin noch sein Tagebuch und seine Mundharmonika bei sich. Ob Fredy noch seine Verlobungsringe hatte?

«Gab es eine Pritsche?», fragte der eine Ring.

«Keine Ahnung», sagte der andere.

«War es kalt?»

«Mai kalt und nass, füllt dem Bauern Scheun' und Fass.»

«Kalt und nass?»

«Vermutlich.»

«Gab's was zu essen?»

«Da waren genug Reste vom Kameradschaftsabend. Die Lager waren noch gut gefüllt.»

Sie blieben eine Nacht im Keller der Byskole. Am 7. Mai erging der Befehl zur Räumung Svendborgs. Auch die Ortskommandantur wurde geräumt. Die Dänen öffneten alle Fenster und ließen frische Luft herein. Es wurde gefegt und gefeudelt. Es wurde gestrichen, es wurde ausgebessert. Stimmen hallten durch die Flure bis tief hinein in die Gefängniszellen, die schon für eigene dänische Gefangene vorbereitet wurden. Noch sieben Tage, dann würde die Svendborger Polizei mit dreiunddreißig Uniformierten und Nichtuniformierten vor dem Hauptportal zum Gruppenfoto antreten, um den Wiedereinzug zu dokumentieren.

Für das Marine-Infanterie-Bataillon hieß der Befehl: Einschiffen auf der Buéa. Zusammen mit der Besatzung werden rund sechshundert Soldaten an Bord gewesen sein. Nach wie vor war die Disziplin schlecht. Die Soldaten nutzten die Gunst der ungewissen Stunde. Sie hatten die Kameradschaftsabende noch gut in Erinnerung und zwinkerten sich in diesem Sinne zu.

«Schwamm drüber» oder «Augen zu und durch», mag der Kommandeur gedacht haben, als er sah, dass es mit seiner und seiner Offiziere Macht und Herrlichkeit nun Essig war.

Augen zu, Schwamm in den Mund und Essig trinken, den Durst stillen und die Zügel schleifen lassen? Einen Triumph habe ich ja noch, dachte er. Er meinte Ehrmann und Fredy, seine Gefangenen-Trümpfe.

Der Kommandant der Buéa, ein fünfundzwanzigjähriger Oberleutnant zur See aus Berlin, gab am 14. März 1947 als Zeuge zu Protokoll: «Das Bataillon machte in seiner Haltung einen schlechten Eindruck. Ich hatte Schwierigkeiten, die an Bord notwendige Disziplin aufrechtzuerhalten.» Ein anderer Zeuge äußerte sich so: Das Bataillon sei ein «ziemlicher militärischer Sauhaufen» gewesen.

Ehrmann und Fredy wurden in eine Kammer unterhalb der Wasserlinie gesperrt. Die Kammertür wurde verriegelt. Vor der verriegelten Tür standen zwei Kameraden mit Karabinern Wache. Als am späten Montagabend des 7. Mai der Sechs-Zylinder-Burmeister-&-Wain-Diesel ansprang und zweitausendzweihundertfünfzig PS mit Lärm und Erschütterungen das ehemalige Passagierschiff der Weißen Flotte durchdrangen, rief Ehrmann aus der Schiffsarrest-Zelle: «Wo fahren wir hin?»

«Wir fahren in die Geltinger Bucht.»

Der Hoffnungston

Ganz früh am Dienstagmorgen. Es war schon hell, es war noch Nacht. Kaum Seegang. Niedrige Cumuluswolkenbänke lagen über dem Horizont, wie man sie im Urlaub über dem Horizont gern liegen sieht, abends vor dem Zähneputzen, am Fenster eines Ferienhauses mit Meeresblick, oben auf der Düne. Das Schnellbootbegleitschiff Buéa fuhr ein in die Geltinger Bucht. Der Kommandant befahl: «Maschine Stopp.» Der Posten Maschinentelegraph stellte den Maschinentelegraphen entsprechend ein. Unten in der Maschine kam das Signal von oben an. Die Maschinenwache hatte sich am Fahrstand eingefunden, stellte den Handgriff auf «Stopp». Oben im Ruderhaus kam das Signal von unten an. Die Schiffsschraube rotierte langsamer, stand still. Das Schiff trieb im Schwung. Die Bugwelle verebbte. Das Heckwasser war ein Fleck in der Ostsee. Keine Erschütterungen, kein Dröhnen.

Man denke an das eigene Gefährt: Nach langer Reise lässt man den Motor noch einige Minuten laufen, um ihm zuzuhören und zu danken.

Auch der Kommandant dankte: ausnahmsweise mal kein Ärger mit der Maschine. Jetzt wurde die Ankerkettenbremse gelöst. Der Anker fiel aus der Ankertasche und zog die Kette aus dem Kettenkasten. Die Kettenglieder rasselten über die Führungsrollen, rasselten durch das Klüsenrohr. Der Anker platschte ins Wasser, er sank schnell auf den zweiundzwanzig Meter tiefen Grund und wühlte sich ein. Je mehr Kette im Wasser, desto besser liegt das Schiff. Im Kettenkasten waren noch hundertfünfzig Meter Kettenreserve. Das Schiff lag trotzdem gut. Und die betrunkenen Marine-Infanteristen lagen gut in ihren Kojen; wie Anker, eingewühlt im Meeresgrund, lagen sie und schliefen, von langen Ketten und von schweren Gewichten träumend, ihren Rausch aus. Die Schiffsbesatzung war wach und nüchtern. Jeder Handgriff saß. Nur das Allernotwendigste wurde in die Morgenstille gerufen. Was gestern war: vergessen. Noch drei Stunden bis sechs Uhr. Über die Geltinger Bucht wehte ein schwacher Wind. Der Kommandant hockte im Steuerhaus auf seinem hohen Stuhl und besaß die Übersicht.

Ehrmann und Fredy erwachten in der Kammer unterhalb der Wasserlinie. Kein Fenster, kein Morgenlicht. Wo war der Lichtschalter in dieser Dunkelkammer? Die Funzel brannte. Zwei Kabel waren mit der Funzel verbunden. Ein Lüftungsrohr und ein Kabelschacht waren mit Schrauben an der Decke befestigt. Hatten die Gefangenen überhaupt ein Auge zugetan? Hatten sie einen bösen Traum geträumt?

«Wir liegen in der Geltinger Bucht vor Anker», sagte eine Stimme draußen vor der Tür. Höflich wurde noch gefragt: «Gut geschlafen?»

Keine Antwort ist auch 'ne Antwort. Nun wussten die beiden wieder, was los war: kein böser Traum. Morgentoilette unter Aufsicht. Zwomal Frühstück für die beiden. Der Kaffee war heiß.

«Ein Schuss Milchpulver?» Auch der vorläufig Festgenommene hatte Anspruch auf ein Frühstück. «Wir sind doch keine Unmenschen.»

Die Soldaten, die mit ihren Karabinern vor der Kammer

Posten standen, waren in Ordnung. Sie hielten ihre Gefangenen mit den Tag- und Nachtgeschehnissen auf dem Laufenden. Kommentare wurden laut und leise gesprochen: Selber schuld, warum seid ihr so blöd gewesen. Gott sei Dank ist das nicht mein Bier. Arme Schweine, in eurer Haut möchte ich nicht stecken.

«Die werden euch nichts tun. Der Krieg ist doch aus», sagte einer, dem die Kammertür eine Handbreit geöffnet worden war, er kannte die beiden aus Grenaa.

«Die wollen euch umlegen», sagte ein anderer.

Ehrmann dachte: Umlegen?, und sah zu Fredy hin. Der brach sich einen Brocken vom Kommissbrot ab. Wieso umlegen?, schoss es auch ihm durch den Kopf.

Der Kompaniechef, den sie in guter Erinnerung hatten, blickte nicht durch die Tür. Erst jetzt war er in Grenaa mit einem Wehrmachts-Lkw aufgebrochen, Marschziel Geltinger Bucht.

«Man sitzt auf Eis. Wie lange, weiß man nicht. Es soll aber mal alles vorübergehen», hatte Ehrmann am 17. August 1944 in sein Tagebuch geschrieben. Das war bei der 6. Schnellbootflottille an der Kanalküste gewesen. Afrika war da schon ferne Erinnerung. Hier, in der Kammer der Buéa, fror er. Gab es eine Pritsche, eine Hängematte, Tisch, Stuhl, Kleiderhaken?

Kakerlaken Kleiderhaken. Fredy dachte das.

«Lieber hinter Stacheldraht in Tunesien als hinter diesen vergammelten Wänden.» Das sagte Ehrmann. Es reimte sich nicht.

Fredy presste die Lippen aufeinander, um auf gar keinen Fall etwas sagen zu müssen und um wie ein Grab zu schweigen. Dann sagte er doch etwas, um die Lippen zu lockern: «Man wird uns laufen lassen. Dann geht's nach Hause.»

Ehrmann antwortete mit einer Tagebuchnotiz: «Die Zeit ist wie ein Zaubermantel, der uns trägt – und weniger denn je weiß der Einzelne, wohin.»

Die Wände ließen Stimmen durch, auch Schritte, auch das Klappern, das zum Kriegsmarine-Handwerk gehört. Kriegsende-Geräusche drangen ans Ohr. Keinen Kriegsende-Himmel, keinen Kriegsende-Blumenstrauß, keine aus Eichenlaub gewundene Girlande mit dem Willkommensschild «Die Heimat grüßt» sah das Auge, keine Steilküste, die nun im ersten Sonnenlicht zu leuchten begann. Nur hören. Nicht sehen, was man hört, also nichts wissen, jedenfalls nichts Genaues. «Man hatte das Gefühl, vollkommen umsonst zu leben», sprach Ehrmanns Tagebuch im Leipziger Tonfall mit nach links gekippter, tintegeschriebener Schrift unter dem Datum des 7. Mai 45 und fügte hinzu: «Das Leben erzwingt die blödesten Situationen. Im Moment ist wieder mal eine. Man sagt manchmal, man soll die Dinge an sich herankommen lassen. Aber eigen» – hier brach er ab.

Eigentlich hätten die beiden von diesem Kabuff aus einem gesegneten Frieden entgegensehen können. Von dieser Kabuff-Finsternis aus hätte sie noch so große Finsternis nicht geschreckt. Die wäre dann gewesen wie von allen guten Geistern geschenkt: Fürchtet euch nicht. Hier und jetzt waren sie von allen guten Geistern verlassen. Von den Kameraden draußen vor der Tür trennte sie die Unterwelt. Die Schnellboot-Offiziere saßen wie schlecht gekämmte Götter im Olymp und blickten von oben herab. Der höchste Gott saß am höchsten: Führer der Schnellboote, abgekürzt FdS. Er war gekämmt, wie es sich gehört, hielt auf Haarschnitt, Ordnung, Sauberkeit. Dienstrang: Kommodore. Das war etwas weniger als ein Admiral, etwas mehr als ein Kapitän zur

See. Ein Zwischending, Mann mit Admiralsmütze auf dem Kopf und vier Kolbenringen am Ärmel. Er war Gerichtsherr für alle Soldaten seiner Schnellbootflotte, im äußersten Fall hieß das: Herr über Leben und Tod. Dieser Fahnenfluchtfall war sein Fall. Noch hatte er keine Ahnung.

«Haltet durch!», so schallte es nun zur Gefangenenkammer herein.

Ja, auf ein gutes Ende hoffen. Horchen, was von draußen reinkam. Tönte im Klang der aufgewühlten Endzeit also der Hoffnungston H? Den hatte Ehrmann vorgestern noch auf der Mundharmonika gespielt. Waren nicht alle Mailieder Gesänge der Hoffnung? Komm, lieber Mai und mache. Der Mai, der Mai, der lustige Mai. Maienzeit bannet Leid. Grüß Gott, du schöner Maien. Willkommen, lieber schöner Mai. Heida, die liebe Maienzeit. Wie viel Hoffnung war doch in den Mailiedern versteckt! Auch in diesem Mai würde das Leben weitergehen, immer weiter, immer weiter. Denn wer weiß schon, was im Körper geschieht, wenn einer plötzlich festen Grund mit den Füßen ertastet, nachdem er eine Ewigkeit über tiefem Abgrund hing. Irgendwas ist anders, meldet das Gehirn, und der Körper erinnert sich: Fester Grund unter den Füßen ist doch was Schönes. Fredy hatte diesen Satz oft gesagt, wenn er an Land gegangen war.

Jetzt meldeten Ehrmanns und Fredys Nerven Maistimmung und festen Grund nach überall hin. Alles würde gut werden. Manches noch so weiche Barthaar wusste davon zu berichten. Die beiden fühlten sich nicht mehr wie eingezwängt, auch war die Kammer nicht mehr der Kühlraum von gerade eben. Das hatte der Kaffee bewirkt. Hin und wieder war die Tür geöffnet worden. Dann kamen Licht und Wärme herein; beides hielt sich bis zum nächsten Mal, wenn wieder Licht und Wärme hereinkamen.

«Weißt du noch, die Herbste mit blauen, windigen Nächten, in denen wir näher ans Feuer gerückt sind?»

«Weiß ich noch genau. Wir haben uns im Juni '34 hier in der Keltinger Bucht kennengelernt. Du warst damals der Oberdorsch. Ob das Kinderschiff noch steht?»

«Auf jeden Fall wird es wieder eine Heuernte geben. Für dich als Hering war die Sense noch zu schwer. Auch wenn man uns letzter Dinge beraubt – das Kinderschiff kann uns keiner nehmen. Das Zuhause auch nicht.»

«Letzter Dinge?»

«Das Leben, das wir gehabt haben, Moses!»

«Wie! Meinst du …»

«Sei still. Zur Sache: Wir dürfen uns nicht davon abbringen lassen, wir müssen sagen, wir wollten uns nicht drücken, wir wollten weiterkämpfen. Kurland. Es bleibt dabei. Dann kann man uns keine Fahnenflucht vorwerfen.»

«Wir wollten aber nach Hause. Du nach Leipzig, ich nach Kassel.»

«Nach Hause ist Fahnenflucht. Das darf man uns auf keinen Fall vorwerfen. Meine Mutter wartet auf mich, jetzt erst recht, wo mein Bruder jämmerlich an einem Granatsplitter gestorben ist.»

«Ich kann gut lügen. Wenn's sein muss, sogar sehr gut. Weißt du noch, wie Hörgebar uns Heringe und Dorsche in den Sternenhimmel gucken ließ und anschließend die Taufe zelebrierte?»

«Ich habe bei der Heuernte von Afrika geträumt.»

«Du bist sogar in Afrika gewesen.»

«Hinter Stacheldraht. Und hinter Stacheldraht in Kurland. An Bord wollte mich keiner haben. Was ist eigentlich aus Paula geworden?»

Aus der Kinderschiffliebe war eine junge Frau geworden, derentwegen Fredy zweimal nach Kassel gefahren war. Dort hatte er vorher selbst gewohnt, bei seiner geschiedenen Mutter Anna, geborene Klaas, und seinem Großvater Wilhelm, Schneidermeister Klaas, in der Fünffensterstraße. 1940 beendete er die Volksschule. Danach begann eine dreijährige Ausbildung zum Kaufmann.

In Fredys letztem Lehrjahr zog Paula nach Kassel; sie hatte Arbeit bei den Fieseler-Flugzeugwerken gefunden. Ihren Eltern Hans und Klara schrieb sie: «Ich bin hier in die Produktion eingebunden.» Am 15. Juni 1943 beschlossen Fredy und Paula in Kassel ihre Verlobung, Motto: Gefeiert wird später. Aber Großvater Klaas sagte: «Jetzt wird erst mal Bier geholt.» Fredy lief wie in alten Zeiten mit zwei Zweiliterkrügen zum Wirt in die Garde-du-Korps-Straße und holte vier Liter Bier. Das war die Verlobung.

Schon zwei Tage später, am 17. Juni, kommandierte ihn die Kriegsmarine nach Aurich zur Funkerausbildung. Er hatte sich für zwölf Jahre – das Jahr 1955 winkte von ferne – verpflichtet. «Es drängte ihn, herauszukommen und sich zu bewähren. Er hatte bei der Kriegsmarine gefunden, was ihn wirklich interessierte.» Das wissen wir von seiner Mutter. Dann, im Oktober 1944, hatte Fredy seinen letzten Urlaub in Kassel. Da sah er auch Paula zum letzten Mal. «Richtig Verlobung feiern wir nach dem Krieg», das versprachen sie sich damals.

Draußen strich Ostwind übers Wasser. Nur zu. Legte Millionen Lippen hinein, und die plauderten alte Nachrichten aus. Seit drei Tagen lagen fünfzig U-Boote auf Grund. Hörgebar hat nur vierzig in seiner Sammelmappe notiert. War das U-Boot-Kapitel der Kriegsmarine damit abgeschlossen? Nein, denn die jüngste Nachricht lautete so: U-2336 versenkte am 7. Mai zwei britische Frachtschiffe im Firth of Firth. Einen Tag später rief der Führer der Schnellboote. Die bedingungslose Kapitulation stand vor der Tür: 9. Mai 1945, 0.00 Uhr. Bis dahin waren noch sechzehn Stunden zu verleben. Seine Mannschaften und Schiffe sollten sich hier versammeln und anständig aus dem Krieg in den Frieden verabschiedet werden. Stil und Form, darauf achtete der Kommodore. Ritterlichkeit, Bescheidenheit, Freundlichkeit, Hilfsbereitschaft, Ehrerbietung, Rücksichtnahme, Ehrfurcht und Güte waren Herzensanliegen der Kriegsmarine gewesen, auch Herzensanliegen des Kommodore. Die Schiffe kamen aus allen Himmelsrichtungen. Die Schnellboote waren schon da, nur die aus Kurland noch nicht. Der Befehl an sie lautete: jeden, der raufpasst, mitnehmen und spätabends am 8. Mai auslaufen. Die Buéa und die Tanga kamen aus Svendborg, die Hermann von Wissmann aus Sonderburg, die Carl Peters kam aus Swinemünde mit Familienangehörigen der Schnellbootmänner und mit einhundert Flüchtlingen an Bord; die wurden zunächst in Kiel an Land gebracht, erst dann fuhr das Schiff in die Geltinger Bucht.

Selbstversenken war jetzt streng verboten. Die Engländer hatten für diesen Fall Kriegsgericht und Konsequenzen angedroht. Sie winkten mit Terror und Todesstrafe und schreckten damit ab. Man sei bereit, die bis dato verschonte Stadt Schleswig zu bombardieren. Dönitz ließ das den Führer der Schnellboote wissen. Und: Jedes einsatzklare Schiff sei Teil der Verhandlungsmasse und habe Gewicht bei den Kapitulationsgesprächen mit den Anglo-Amerikanern. Der Kommodore gab das an seine Schnellbootflotte weiter. Die gehorchte. Sie hatte im Mittelmeer, im Atlantik, im Ärmelkanal, im Schwarzen Meer, in der Ostsee gekämpft, vor England, Dänemark, Norwegen, Russland und Afrika. Achttausend Männer hörten auf des Kommodore Kommando. Die Hermann von Wissmann diente ihm als Führungsschiff. Von hier aus befehligte er seine Flotte. Zu seinem Stab gehörten ein Marinerichter mit Sekretärin, ein Oberinspektor, Reserveoffiziere für Entzifferung, Propaganda, Meteorologie. Hundert weitere Soldaten vom Lagezimmersoldaten bis zum Wachmann zählten ebenfalls dazu.

Die Sonne schien. Jeder Mann an Deck warf die typisch kurzen Maischatten. Die Vorbereitungen für den Appell um elf Uhr liefen auf Hochtouren. Die Begleitschiffe mussten bis dahin am befohlenen Platz vor Anker liegen und «Reinschiff» wie befohlen ausgeführt haben. Das ist wie einmal in der Woche die eigene Wohnung putzen. Was hat man da nicht schon geschummelt! Innen Pfusch, außen Husch ergab das prächtige Bild: Die Schnellboote lagen Seite an Seite mit ihrem Begleitschiff «im Päckchen». Zehn an Buéas Seite, zwölf an Tangas Seite, vierzehn an Carl Peters' Seite, wie Küken bei der Glucke. Auf jedem Schnellboot fuhren dreißig Mann Besatzung. Auf jedem Begleitschiff zweihundertdreißig, das Führungsschiff hatte dreihundertfünfzig Mann an Bord, die Buéa zusätzlich noch über dreihundertzwanzig Mann Marine-Infanterie. Insgesamt waren rund zweitausendfünfhundert Mann noch ein letztes Mal um den Kommodore versammelt.

Die Schnellbootmänner sollten pikobello angetreten dastehen, also musste der Hintermann exakt hinter seinem Vordermann stehen und der Nebenmann exakt neben einem anderen. Uniform sauber, Stiefel blank. Man wird sich doch nicht noch blamieren müssen? Die Männer fühlten sich schick angezogen. Spiegel gefällig? Noch ein Bravourstück? Noch einmal einen Bolzen drehen wie damals auf dem Lehrgang? Ruhe, meine Herren: Uhrenvergleich. Es ist nie zu früh, es ist immer zu spät. Eine Luft ist das hier. Der Kommodore war nicht für jeden zu sprechen. Was macht die Verbindung nach Mürwik? Funktioniert die Funkverbindung zu unseren Schiffen? Wenn die zusammenbricht, dann bricht alles zusammen. Davon können wir Schnellbootmänner ein Lied singen. Was hat gestern der Außenminister gesagt? Aus Zusammenbruch und Dunkelheit würden drei Sterne in die Zukunft lotsen: Einigkeit und Recht und Freiheit. Jawohl, sehr gut. Meldung aus dem Lagezimmer: In Dünkirchen wurde ein S-Boot durch Flakbeschuss beschädigt. Keine Toten, keine Verletzten. In Ordnung. Nun aber dies: Ein S-Boot ist rückwärts auf den Strand der Geltinger Bucht gefahren. Ich glaub, ich höre nicht richtig. Ich bitte mir Disziplin und einwandfreie soldatische Haltung aus. Wir haben uns nicht zu schämen, im Gegenteil. Unterm Strich sind 1500 Tote zu beklagen. Man feiert nicht die Tötung des Gegners, sondern die Vernichtung des gegnerischen Schiffs. Das ist Marine-Binsenweisheit. Bei uns gingen 125 Boote verloren. Das müsste nicht extra gesagt werden.

Der Kommandeur des Marine-Infanterie-Bataillons drang nicht bis zum Kommodore vor. Der sei im Übermaß beschäftigt und habe alle Hände voll zu tun, unter anderem mit dem Appell um elf. Später ja. Einstweilen möge der Kommandeur dafür sorgen, dass sein Bataillon in tadelloser Ordnung und Sauberkeit auf der Buéa bereitstehe. Der Kommandeur sagte, sein Fall sei aber dringlich: Fahnenflucht. Er trug den Fall dem Marinerichter vor. Auch das noch. Der Kommandeur möge einen Tatbericht anfertigen. Dann sähen sie weiter. Aye, aye, Sir. Erst mal sollten sie die Männer anständig verabschieden. Das hätten sie verdient, ein Wort der Anerkennung und des Dankes hier in der Geltinger Bucht.

Der Kommodore trat auf seinem Führungsschiff hinter eine in den Maihimmel gerichtete Acht-Acht-Flugabwehrkanone, wo das Rednerpult stand. Auf dem Pult lag die Reichskriegsflagge wie ein buntes Tischtuch. Er hielt sich nicht fest an der Flagge, sondern ließ die Arme hängen. Er trug seine Admiralsschirmmütze. Am Unterarm glänzte der aus vier dünnen Streifen zusammengenähte, dicke Admiral-Ärmelstreifen. Zweitausendfünfhundert Gesichter hatten sich einem einzigen zugewandt. Viele sahen es nicht. Die Offiziere hoben den Arm zum Gruß, wie es die Grußordnung befahl. Fünftausend Ohren hörten, was der Kommodore sagte. Das war um elf. Kampfwille, Einsatz- und Opferbereitschaft seien bis zuletzt mustergültig gewesen. «Dank für das Vertrauen zu Ihrem Kommodore.» Er strich die vielen Auszeichnungen, die er hatte verleihen können, hervor. Die Auszeichnungen, die er selber zu tragen die Ehre habe, gälten in Wahrheit seinen Männern. Das hörten die in ihrem besten Zeug Angetretenen gern. Nicht so gut schmeckte ein Wermutstropfen: Dieses Mal dürfe entgegen der Tradition kein Schiff versenkt werden, da man mit Repressalien gegen deutsche Frauen, deutsche Kinder und deutsche Städte rechnen müsse. Ein Schlag in die Magengrube, denn nichts ist für einen Marinesoldaten empörender als dem Feind das einsatzbereite Schiff zu untreuen Händen zu übergeben.

Nationalsozialistisches Gedankengut wurde nicht ausgesprochen. Es konnte nicht ausgesprochen werden, weil der Kommodore keines im Kopf hatte. «Deutschland, Deutschland über alles» erklang. Nicht das Horst-Wessel-Lied, sondern «Von der Maas bis an die Memel, von der Etsch bis an den Belt». Mikrophon, Funktechnik, Lautsprecher, Kabel und Stromversorgung, nicht zuletzt die geschickten Hände der Fachleute machten es möglich: Die Lautsprecher knackten und brummten, zweitausendfünfhundert Schnellbootmänner lauschten ihrem Kommodore. Hol nieder Flagge. Fünftausend Augen sahen, wie die Reichskriegsflagge auf vierzig Schiffen gestrichen wurde. Vierzig Flaggen wurden wie rohe Eier behandelt und Ecke auf Ecke und Kante auf Kante zusammengelegt.

Trotz Knacken und Brummen war die Kommodore-Stimme, norddeutscher Tonfall, deutlich zu hören. Der Mann war vierzig Jahre alt: 1905 in Atzerballig, dänisch «Asserballe», Nordschleswig/Dänemark, geboren. Sohn eines evangelischen Pastors. Am elterlichen Pastorat ein Garten mit Jelängerjelieber und Klematis im Sommer. Schnee auf den struppigen Sternastern im Winter. Schnee auf dem Strohdach. Drumherum liebliches Alsen-Insel-Land, Steilküste im Süden. Deutsche Heimat in Dänemark. Nordschleswig hatten sich die Preußen nach Erstürmung der Düppeler Schanzen 1864 einverleibt. Geholfen hatte dabei deutsche Militärmusik: der York'sche Marsch von Beethoven. Nordschleswig wurde königlich-koloniales Preußen, dann, 1871, kaiserlich-koloniales Deutschland. Sowie nach dem Ersten Weltkrieg die Gegend wieder dänisch wurde und, erinnerte sich der Kommodore 1977, «französische Alpenjäger Nordschleswig besetzten, um die Volksabstimmung in diesem Landesteil zu überwachen, begingen wir mit unseren Lehrern und Eltern in unserer Aula die Trauerfeier für die im Weltkrieg gefallenen ehemaligen Schüler. Als wir die Aula verließen, um im Vorraum die Gedenktafel zu enthüllen, stand plötzlich ein französischer Hauptmann vor uns, um die Schule zu beschlagnahmen. In dieser uns tief empörenden Situation stimmte unser Vater spontan das Deutschlandlied an, in das alle Teilnehmer mit einfielen.»

Der Tatbericht war geschrieben, das Wetter unverändert. Der Himmel hatte sich am Nachmittag mit ein paar Wolken bezogen. Kühl durchwehte Schatten lagen auf dem Wasser. Der Marinerichter hatte die Aufzeichnungen gelesen und währenddessen seinem Hobby gefrönt: Bleistiftskizzen angefertigt von der Steilküste, die in seinem Bullauge zu sehen war. Zeichnen hatte er vor dem Jura-Studium auf der Kunstakademie gelernt. Nun ging er zusammen mit dem Kommandeur zum Kommodore. Er klopfte an und wartete auf das «Herein». Als es herausscholl, betraten sie den Raum. Der Kommandeur baute sich vorschriftsmäßig auf, grüßte mit ausgestrecktem Arm und «Heil Hitler». Der Marinerichter sagte nichts und grüßte nicht. Er wurde als «zarter, weicher Mensch» charakterisiert, als ein «intellektueller, etwas nervöser Typ». Eine oberflächliche medizinische Überprüfung bescheinigte ihm später intakte Nerven und gelenkige Gliedmaßen. Er selber fühlte sich «eher künstlerisch angehaucht», träumte noch immer von einem Leben als Maler. Stramme Haltung einmal am Tag sei genug.

«Herr Kommodore, Sie sind der Gerichtsherr», sagte er jetzt zum Führer der Schnellboote, der fast Admiral war.

«Ist mir klar. Hoffentlich zum letzten Mal», sagte der. Er empfing den Tatbericht aus der Hand des Marinerichters. Ob der Kommandeur in Gegenwart des Gerichtsherrn schon seine ganze rhetorische Kraft entfaltete und das Wort «Todesstrafe» in den Mund nahm, muss dahingestellt bleiben. Fest steht aber dies: Der Gerichtsherr war sehr aufgebracht.

Das Geisterschiff

Hügelab sammele ich Energie, hügelan geht sie wieder verloren. Oben auf der Kuppe bin ich einen Augenblick lang schwerelos, bis mich die Schwerkraft abwärts zieht und ich das eigene Gewicht spüre.

Schwerkraft, Riesenrad und Landschaft sind Verbündete. Manchmal kann man Zentnergewichte hochwerfen und wieder auffangen. Manchmal kann man das nicht. Wie ratlos habe ich Blumenfreund schon vor meinen Blumen gestanden, wenn sie ohne ersichtlichen Grund den Kopf hängen ließen. Wie anders stand ich dann wieder vor ihnen, wenn sie den Kopf wieder hochgenommen hatten.

Heute Morgen ist ein Morgen für mich: Hügel und Tal, Himmel und Erde, die schimmernden Gerstenfelder, über die der kristallklare Westwind streicht und einen Ozean mit hellgrüner Dünung herausweht. Alles gehört mir. Hörgebar, kriegst auch was ab. Über Nacht sind die Ähren aus ihrem Halmversteck geschlüpft, und die langen Ährenborsten verströmen Neugeborenenduft. Die zweiunddreißig Wirbel meiner Wirbelsäule liegen gut aufeinander. Ich spüre den ersten Lendenwirbel an der richtigen Stelle.

Von der Rüder Höhe aus sehe ich, südlich von Mooswatt, die Senke, das alte, frei- und trockengelegte Holmer Moor, das zu Zeiten unserer Vorahnen ein See war und noch heute ein See ist, wenn nach langer Regenzeit das Wasser der Bondenau die Wiesen überschwemmt. Diese Vorahnen sind noch keine Germanen gewesen. Sie zogen mit ihren Habseligkeiten hinter dem langsam nach Norden zurückweichenden Eis her. Auch hinter den Rentieren zogen sie her. Die wechselten ins nördlichere Revier, wenn Mücken und Fliegen sie im wärmeren Süden plagten. Den Elch störten die Plagegeister nicht; der ließ sich bis zu den Nüstern in den Schlamm sinken, und die Plagegeister hatten das Nachsehen.

Wer nicht den Rentieren folgte und bei den Elchen blieb, errichtete hier, am Rüder See, die Wohnstatt. Unsere Vorahnen haben Beeren und Nüsse gesammelt, sie haben Fische gefangen und Hasen und Elche gejagt. Aus Holz, Knochen und Sehnen stellten sie Pfeil und Bogen her. Aus Ren- und Elchgeweih fertigten sie Beile, Messer, Pfeilspitzen, Angelhaken und Nähnadeln. Mit den Nähnadeln nähten die Frauen Männer-, Frauen- und Kinderkleider. Die Kinder tollten herum. Die Männer fällten einen Baum, und aus dem Baum schlugen sie einen Einbaum. Damit befuhren sie den See, der auch eine Insel umschloss. Hechte, Brassen und Barsche bissen an, wurden ins Boot gezogen und an Land gerudert. Mit einem Messer schnitt der Fischer den Fischbauch auf, mit der rechten Hand entfernte er die Eingeweide. Seine Augen nahmen das Gekröse unter die Lupe, seine Nase roch daran. Aß man den Fisch etwa roh? Ausgegrabene Herdstellen mit letzter Asche, die Tierknochen und Fischgräten enthielt, deuten hin auf gekochten oder gebratenen Fisch. Im Winter allerdings erstarrte das Land unter Eis und Schnee. Im Sommer hagelten taubeneiergroße Hagelkörner vom Himmel. Das war kein Sommer. Das Feuer qualmte und biss in Augen und Kehle, vertrieb Mücken und Fliegen. Die Familie hustete, und jeder rieb sich die Augen. Viele Kinder starben schon während der Geburt oder nicht lange danach. Männer und Frauen lebten bereits mit Dreißig auf Sparflamme, um den Jungen nicht zur Last zu fallen. Längst wäre ich mit meinen Sechzig schon im Reich der Toten gewesen, bei Hörgebar und seinem englischen Flieger.

Am Rande des Holmer Moores liegt ein Waldstück, das auf der Karte vom Landesvermessungsamt mit der Nummer 396 versehen ist und der Forstverwaltung Schleswig untersteht. Hier ist der Einlass für das Erlebnismoor, hier sind die Parkplätze. Fünfhundert Meter nördlich hat «Zago-Reisen» unmittelbar an der Kreisstraße den Firmensitz: Verwaltungsgebäude, Garagen, Tankstelle. Ohne die Spenden der Firma, ohne Hörgebars fachmännischen Rat wäre das Erlebnismoor nie entstanden.

Großer Andrang herrschte, als es die Pforten öffnete. Der Hörgebar-Reim «Natur und Archäologie, so etwas gab's noch nie» hatte viele Neugierige angelockt. Sie kriegten auch etwas geboten. In einem Holzhaus mit Grassoden-Dach hatte man Kasse, Kiosk, Schautafeln und ein von Hörgebar erdachtes und eigenhändig gebautes Diorama ausgestellt, in dem auch heute noch das «Leben im Moor» vorgeführt wird. Zwei ausgestopfte Eisvögel hocken auf ihrer Sitzwarte. Das Moor, las ich in Hörgebars Mappe, sei zwar nicht der typische Lebensraum des Eisvogels, aber man müsse das durchgehen lassen. Drei Glasvitrinen mit Fundstücken aus der Grabungszeit hatte das Landesmuseum beigesteuert. Man lud ein auf die Terrasse, wo die Moor-Besucher Kaffee trinken konnten. Für das erwartete Geschäft waren junge Leute eingestellt worden. Ranger und Rangerinnen in moorbrauner Uniform, die am Eröffnungstag mit Tabletts umhergingen, reichten den Besuchern Mineralwasser und «Moorkuchen», eine Art Sachertorte, nur nicht so süß. Das Erlebnismoor ist ein voller Erfolg geworden. Man geht an

Moorgräben entlang. Man sieht eine Weide im Morgenlicht. Man steht an einem Moortümpel und bestaunt im Abendlicht Flatterbinse und Pfeifengras.

Am stillen Winkel der Bondenau, die hier in einem scharfen Bogen nach Norden fließt, saß ich mit Hörgebar, nachdem sich der Trubel gelegt hatte. Es war ein heißer Sommermittag, die Luft flimmerte über den Moortümpeln. Dicke Kumuluswolken trieben im Windstrom. Da hatte Hörgebar die Nisthöhlen-Idee. «Wenn unser Bach kein Steilufer hat», sagte er, «dann muss man das Steilufer eben zum Bach bringen.» Er stellte sich die Eisvogel-Bruthäuser vor als das Kopf stehende, stark verkleinerte Marine-Ehrenmal von Laboe. Die senkrecht aufragende, nördliche Wand wäre das Steilufer, der ihr gegenüber liegende Bogen würde sich ans Bachufer schmiegen, mit ihm verschmelzen, und vom Ehrenmal bliebe so gut wie nichts mehr übrig.

Hörgebar schlug eine erste Baubesichtigung vor. Wir fuhren nach Laboe, er übernahm die Führung und begann die dreihunderteinundvierzig Treppenstufen hochzusteigen. Wir hätten auch den Fahrstuhl nehmen können. Er ließ an dieser Stelle seinen Standardspruch los: «Pah, wir sind doch keine Behinderten, die sitzen müssen. Die Dinger heißen ‹Aufzug› auf Deutsch und ‹Lift› auf Neudeutsch.» Ich bewunderte die scheinbar unerschöpfliche Kraft dieses inzwischen achtzigjährigen Mannes.

Die Treppen klebten an der Innenseite der Wand, die das Steilufer werden sollte. Dort könnte der Eisvogel mit seinem langen, kräftigen Schnabel den Eingang heraushacken zu einer gewaltigen Bruthöhle, der gewaltigsten der Eisvogelwelt, um ein- und auszufliegen. Der Platz würde reichen für Tausende von Paaren mit entsprechend vielen Jungvögeln. Zehntausend Paare multipliziert mit sieben Jungen, das machte siebzigtausend. Würde jedes Paar zweimal Eier legen, brüten und Junge aufziehen, dann käme man in einem Eisvogelsommer auf einhundertvierzigtausend Eisvögel.

«Die Höhle in der verkleinerten Form hat nur Platz für ein Eisvogelpaar», das rechnete Hörgebar mir vor.

Langsam eine Stufe nach der anderen nehmend, die Hand fest am Geländer, so stieg ich hoch, Hörgebars ausgelatschte Schuhe vor Augen. Ich wagte kaum einen Blick in den hallenartigen Raum, wagte kaum, Luft einzuatmen, weil ich befürchtete, der gewaltige Saal könnte wegen des winzigen Weniger-an-Luft in sich zusammenstürzen. Das durfte nicht passieren, diese Räumlichkeit sollte doch das Vorbild für die kleine Eisvogelhalle sein! Ein Zurück, die Treppe wieder abwärts, war nicht möglich, weil Hörgebar mich mit seinem Bann nach oben zog. War ich jemals so eingemauert, so unsicher, so benommen gewesen? Der Selbstmordkandidat muss hier schwindelfrei sein; oder ein Eisvogel.

Befreiend war dann der Moment, als wir auf die Aussichtsplattform traten: alle Beschwernis abgeworfen. Regen schüttete aus einem schrägen Gießbach herunter. Westwind pustete den Regenschirm aus der Spannung und legte ihn um. Drahtverhau trennte uns von der Aussicht. Reste von Rapsgelb sah ich durch den Verhau, tief unten. In der Ferne schimmerte die Betonsteilküste von Damp. Plötzlich erschien, mitten am Tage, aus Regenböen tauchte es wie aus einer Meerestiefe auf, das Geisterschiff.

Ein Geisterschiff mitten am Tag und am Himmel? Kaum zu glauben. Trotzdem: So war es. Ich drehte mich, noch im Zweifel, zu Hörgebar. Der stand ganz ruhig da. Auch die Falten, wie stehende Wellen im Gesicht, ruhig. Nur die Lippen bewegten sich, fast unmerklich. Ich musste näher an ihn heranrücken, wollte ich ihn verstehen.

Um unerkannt zu bleiben, so flüsterte er, verändere das Geisterschiff sein Äußeres: Zehnmal am Tag wechsele es die Farbe. Einmal zeige es sich als Korvette, einmal als Schnellboot oder als abgewrackter Dampfer. Auch als plumper Ostindienfahrer zeige es sich, der nur schwer sein dickes Hinterschiff in den Wind bringen kann. Oder als Kreuzer mit offenen Kanonenluken. Manchmal sei das Schiff weiß von Alter, jedes Segel ein mit Mehltau überzogener Fetzen. Eigentlich sei es nichts weiter als ein Unwetter der Gestirne.

«Also kein Schiff, sondern ein schlimmes Vorzeichen?», fragte ich

Das Fahrzeug, ja, es sei die Hölle.

«Die Hölle?»

Es gebe glühendes Eisen zu essen, Galle zu trinken und keinen Schlaf. Überall sausten und sirrten Sklavenpeitschen mit Rasierklingen in der Peitschenschnur. Und das Schiff komme auch in der Windstille schnell voran, mit seinen zarten Oberbramstengen durchschneide es jede Nacht und jeden Nebel.

Ich schwieg und spürte einen trockenen Hals. «Wie heißt es?», krächzte ich.

Sein Name stamme aus der bergigen Gegend um Albersdorf, südlich von Heide, wo die Unterirdischen hausten, und laute «Mannigfual». Das Schiff sei einst, Gott weiß wie, in die Ostsee geraten. Das Wasser sei bald zu seicht geworden, da sei das Schiff auf Grund gelaufen. Um es wieder flott zu machen, habe der Kapitän Ballast aus dem Laderaum und Abfall aus der Kombüse werfen lassen. Aus dem Ballast sei die Insel Bornholm entstanden und aus dem Abfall die nahebei liegende kleine Insel Christiansoe.

Inzwischen war das Schiff uns so nahe gekommen, dass ich es deutlich vor mir sah. Ritt da nicht einer übers Deck? «Hallo», rief ich und schwenkte meinen Regenschirm. «Was machen Sie da?»

Laut und klar flog die Antwort herüber: «Ich reise zu Pferde auf Deck und erteile meine Befehle. Das ist schon immer so gewesen. Die Matrosen, die jung in die Takelage hinaufklettern, kommen verblüht, mit grauem Bart und grauem Haar, wieder herunter. Während dieser Jahre fristen sie ihr Leben, indem sie fleißig sind. Sie schnitzen Messer und Kämme aus rötlich-braunem Eibenholz. Sie pflegen ihre Armbrust, die sie ebenfalls aus Eibenholz hergestellt haben. Im Ernstfall steht die Mannschaft, in Kriegsmarineblau gekleidet, Armbrust geschultert, regungslos an Deck, selbst wenn ein Kanonenschuss mitten durchs Schiff gefeuert wird.»

«Und welchen Auftrag haben Sie?»

«Das hängt ab von der Häufigkeit und Dauer der Kriege. Immer haben wir Briefe abzugeben an längst Verstorbene, die in Straßen wohnen, welche kein Mensch mehr kennt. Wir müssen die Briefe aushändigen, sonst ist der zweite Verdruss übler als der erste. Aber diese Briefe, die sich ganz leicht anfühlen, wiegen zentnerschwer an Bord und werden alle Tage schwerer. Etliche sind schon auf den Grund gezogen worden. Ich stehe in ständigem Funkkontakt mit den Unterirdischen. Darum kann uns nichts passieren.»

Ich sah, wie der Kapitän Bibel, Gesangbuch und eine Hostie über Bord warf. Dabei lächelte er, wie ich es einem rauen, Wind und Wetter ausgesetzten Mann nicht zugetraut hätte. Mit hohem Tempo entschwand das Schiff unserem Blick.

Hörgebar hob den rechten Arm und sagte: «Da.» Er zeigte auf die unter uns liegende Beton-Steilküste von Damp. Dort leuchteten in einer kriegsmarineblauen Wolke Worte in Flammenschrift: «Wir segeln bis zum Tage des Jüngsten Gerichts.»

Drei Möwengeier

Ein Zipfel vom Mantel Gottes fächelte Atemluft durch den todesblassen Wehrmachtsäther. «Der erste Fall von Fahnenflucht in meiner Schnellbootflotte, deren Einsatzbereitschaft und Disziplin in hohem Ansehen standen und immer noch stehen.» Mit diesen Worten legte der Kommodore in seiner Kammer auf der Hermann von Wissmann den Tatbericht zur Seite. Das Erscheinungsbild des großen, schlanken, blonden Vierzigjährigen deutete auf Torpedogrundgewichte, die nicht nur zwei Arme und zehn Finger in die Länge zogen; auch Mundwinkel, Augenbrauen, Stirnfalten wiesen Richtung Erdmittelpunkt. Als wenn dreifache Schwerkraft den Körper zusammenpresste und in die Tiefe drückte. Bedenkzeit? Woher nehmen! Bald war es zu spät, denn Deutschland würde um Mitternacht bedingungslos kapitulieren. Aber sollte alles umsonst gewesen sein? Hatte er, der Kommodore, nicht in diesen Kriegsjahren ein Lebenswerk geschaffen? Treue und Kameradschaft als tragende Säulen – die sollten nun zerstört werden? Diese Frage brannte wie Verliererfeuer in den Augen, blau und in Trauer: Man hat sich doch ins Zeug gelegt und bis zum Gehtnichtmehr abgerackert. Auch in gewisser Weise dem Führer Paroli geboten. Kraft durch Glauben. Das wissen meine Leute. Das wissen meine Vorgesetzten.

Gedanken an die Eltern und an die «Bekannte», die Lebensgefährtin seit 1934, schossen ihm durch den Kopf. Erinnerungsstücke aus der Kindheit in Nordschleswig, darunter auch dies: Das Gymnasium in Hadersleben und die weiß gestrichene Kirche des Dorfes Atzerballig, das längst wieder «Asserballe» hieß. Neben der Kirche das Pastorat, Geburtshaus des dänischen Dichters Herman Bang. Der Vater tritt im schwarzen Talar zur Haustür hinaus. Unter dem linken Arm trägt er Bibel, Gesangbuch und die deutsche Predigt. Mit der rechten Hand hält er das schwarze Samtbarett fest. Ein warmer Sommerwind von Bornholm weht herüber nach Alsen, hügelan hügelab ins Predigergesicht und unter die beiden frisch gestärkten Beffchen, die ihm auf den Mund klappen.

Der Kommodore fasste sich an den Mund, griff nach den Blitzen aus heiterem Kindheitshimmel. Sie wetterleuchteten durch die Erinnerung und erleuchteten den Kopf. Was bin ich mal gewesen? Diese Frage erschien ihm plötzlich wichtiger als: Was wird aus mir noch werden? Nie war dem Kommodore ein Wunsch so dringend erschienen wie der: Wär ich doch wieder Kind!

«Haben wir die Flagge nun schon niedergeholt, oder müssen wir sie noch niederholen? Was ist bloß los mit mir.» Natürlich, nach seiner Rede am Vormittag war die Flagge gestrichen worden, fiel es dem Kommodore wieder ein. Als zweieinhalbtausend Marinesoldaten in tadelloser Ordnung auf ihren Schiffen und Booten standen und die Schiffe in ebenso tadelloser Ordnung nebeneinander im Päckchen lagen, als die Rede über Bordlautsprecher erklungen war und gute Worte das Werk begleiteten, da floss das Blut in den Adern der Lebenden munter fort. Kann sein, dass einem Einzigen schwarz vor Augen wurde, weil sein Blutdruck das Strammstehen nicht vertrug. Der konnte ruhig umfallen, der stand zwischen zwei Kameraden; die hielten ihn am Koppel fest. Kaum war alles vorbei, sagte der eine der Kameraden: «Der wollte umfallen wie ein Baum. Wir haben das sofort gemerkt und ihn am Koppel festgehalten.» Der andere fügte einen italienischen Brocken hinzu: «Null problemo.» Er war als Bootsmann mit der 3. Schnellbootflottille in Italien gewesen und wegen eines Kompassfehlers im Januar 45 vor Lussinpiccolo auf der Adriainsel Unie mit S-58 gestrandet. Kein Zweifel, hier an Bord herrschte Schnellbootkameradschaft.

Und nicht nur das. Nach dem Hol-nieder-Flagge regierte Erleichterung die Köpfe, denn das Kriegskapitel war sauber und ordentlich zu den Akten gelegt. Dem Kommodore war zu danken, dass man auf stabiler Schwelle stand: im Rücken die Vergangenheit, vor sich die Zukunft. Fast hätte man, Gott befohlen, die Mütze abgenommen und gebetet. «Helm ab zum Gebet» hatte der Kommodore zwar nicht gesagt, aber sein Lob tat gut. Wie ein Vater war er immer gewesen. Respektiert und von den Männern geliebt. Kein Nazi, sondern ein gläubiger Christ, der seinen Mann gestanden hatte.

Das war in dieser schweren Endzeit doppelter Trost: Man sei anständig geblieben, auch mit Hilfe dieses Mannes. Aber waren die fünfzehnhundert toten Schnellbootmänner noch am Leben? Waren die verlorenen hundertfünfundzwanzig Schnellboote etwa mit voller Kraft voraus unterwegs in die Geltinger Bucht? Jawohl, man konnte hinausschreien: «Kumpels, volle Kraft voraus.»

Eine Art von Heimweh befiel die Männer dann doch. Irgendetwas fehlte: die gefallenen Kameraden, die verlorenen Boote, der Sieg. Darüber vergoss der eine oder andere Tränen, und später, zu Hause, erzählte er Vater, Mutter und Geschwistern: Er habe die Rede des Kommodore als Abschiedsrede empfunden. Hinterher, als die Flagge niedergeholt worden war, habe er wie ein Schlosshund geheult. Er sei nicht der Einzige mit Tränen in den Augen gewesen.

Andere Gefühle trieben nach dem Hol-nieder-Flagge hundertfünfundzwanzig Kakerlaken die Kammerwände hoch. Nach der Paarung krochen sie mit eintausendfünfhundert Mannen wieder die Kammerwand hinunter, raus aus der Kammer, runter in die tiefste Tiefe der Buéa, in die Bilge, wo altes Seewasser stand und neues immer wieder nachfloss. Da hockten sie in Angst. Angst erfüllte auch die Körper der beiden Gefangenen in der Gefangenenkammer. Vor der Gefangenenkammer standen zwei Posten mit ihrem Gewehr. «Scheißschiff.»

Das rief Ehrmann. Er hatte Recht, nicht nur wegen des Ungeziefers. Die Buéa hatte einen unzuverlässigen Dieselmotor, sechs Zylinder, made in Denmark by Burmeister & Wain. Die Schnellbootmotoren made in Germany by Daimler-Benz waren nicht besser. Aus fünfhundert garantierten Betriebsstunden wurden nur hundertfünfundachtzig. Drei Motoren zu zweihunderttausend Reichsmark das Stück ließen das Schnellboot auf dem Papier vierunddreißig Knoten schnell fahren. Fiel einer aus, was immer wieder passierte, dann sackte die Geschwindigkeit auf zwanzig Knoten ab. Das konnte den Tod der Besatzung bedeuten, Tod in der Todesfalle Boot. «Scheißboot», brüllte dann die Besatzung. Und Funker Fredy brüllte mit seiner hohen Stimme mit.

Wie man einen Krieg anständig zu Ende bringt – darauf lag immer noch keine gültige Antwort vor. Jeder gab sich selber eine, schwankte zwischen Geduld und Ungeduld, Gehorsam und Ungehorsam, Tapferkeit und Feigheit. Manche klauten. Einer führte sich gegenüber seinen Landsleuten an der Steilküste wie ein Besatzungssoldat auf, haute auf den Putz und steckte damit Kameraden an. Bei den Landsleuten hinterließ das Schock, Scham, Empörung.

Gott sei Dank war da auch ein anderer: Der fabrizierte Fingerringe aus einem roten Zahnbürstenstiel. Dem nächstbesten Kind schenkte er eins dieser Schmuckstücke und sagte: «Der Krieg ist aus.» Das Kind war blond und hatte blaue Augen. Es nahm den Ring ohne ein Dankeswort, steckte ihn sich auf den Daumen, da passte er am besten. Dann lief es beringt zum Kinderschiff. Am Kinderschiff lag weggeworfene Gewehrmunition. Das Kind steckte den Ring in die Hosentasche und hob eine Patrone auf. Mit Daumen und Zeigefinger seiner rechten Hand zog es die Geschoss-Spitze leicht und schnell aus der Hülse, hielt die Hülse hoch und ließ das Schießpulver heraus rieseln. Dann steckte es Geschoss und leere Hülse zum Fingerring in die Hosentasche und ging ins Haus. Da war der Abendbrottisch gedeckt. Hans Hörgebar schnitt dicke Scheiben von einem Kommissbrot. Klara kämmte Paula das frisch gewaschene, mit Essigwasser gespülte, duftende Haar.

Sie habe ja eine Odyssee hinter sich. Klara meinte Paulas Kräfte zehrende, gefährliche Reise von Kassel zum Kinderschiff, von der sie jetzt erst, nach vierzehn Tagen Schlafen und Wachen, Wachen und Schlafen, erzählen konnte.

Der Essigduft zog von Paulas Haar zum Kommissbrot, stieg über Hörgebars schneidende Hand in seine Nase. Er achtete diesmal nur aufs Messer und dachte: Wie schön scharf es ist und wie schön die Kommissbrotscheiben auf die Seite fallen.

Auch der Kommodore fragte sich, wie man einen Krieg anständig zu Ende bringt. Zum Marinerichter sagte er, dass er nun für eine ordentliche Gerichtsmannschaft zu sorgen habe.

Wie man jetzt noch so eine Mannschaft zusammenbekomme, sei ihm schleierhaft, erwiderte der Marinerichter.

Er habe das doch studiert und sei in seinem Stab der dafür verantwortliche Mann!

Jawohl, Herr Kommodore.

Dem Kriegsgericht, das der Marinerichter daraufhin einberief, sollte das «Fehlen eines Verteidigers» nicht auffallen. Nur dem Protokollführer. Der wagte aber nichts einzuwenden. Und der Gerichtsherr war ausgebucht: Schnellboote und Begleitschiffe mussten in Flensburg anständig an die Engländer übergeben werden. Tausende Wehrmachtssoldaten mussten anständig in die Gefangenschaft marschieren. Es war noch zu befehlen, es waren noch Befehle entgegenzunehmen. Es war noch zu gehorchen. Nur kein Chaos, nur keine Meuterei, nur keinen Zusammenbruch wie im November 1918 mit der darauf folgenden Weimarer Republik.

Oben flogen drei Möwengeier, große, stinkende Viecher, die größten und schrecklichsten unter den Möwen. Sie warteten, bis sie am Zuge waren.

Es verhielt sich so: Für Verstöße gegen die von den Deutschen unterzeichneten Kapitulationsparagraphen würden die Engländer kein Verständnis haben. Die Tommys waren raffiniert. Sie hatten die Stadt Schleswig wohlweislich nicht besetzt und behielten sich vor, dieses pittoreske Kleinod an der Schlei mit Dom, St.-Johannis-Kloster und Schloss Gottorf zu bombardieren. Bomben auf Schleswig würden fallen, also hier gleich vor der Haustür, sollte auch nur ein einziges Schnellboot von der eigenen Besatzung versenkt werden. Das musste jeder deutsche Soldat wissen. Und der

Tommy musste wissen, dass er sich auf den deutschen Soldaten verlassen konnte.

Auch das vom Gerichtsherrn für den 9. Mai einberufene Marinekriegsgericht hatte ein Verfahren anständig vorzubereiten, durchzuführen und zu beenden. Und das Ergebnis musste dem Gerichtsherrn ordentlich gemeldet werden. Wofür hatte der Marinerichter schließlich Jura studiert? Wofür hatte er sich in jahrelanger Kriegsgerichtspraxis geübt, wenn solche Selbstverständlichkeiten aus dem Gerichtsalltag nicht beachtet wurden? Die letzte Verantwortung für ein ordentliches Kriegsgerichtsverfahren lag aber nicht bei ihm, sondern beim Kommodore und Gerichtsherrn.

Hörgebar hatte sich mit dem Verteidiger des zwei Jahre später angeklagten Marinerichters unterhalten. Der hatte gesagt: Die Anwesenheit eines Verteidigers sei laut Kriegsstrafverfahrensordnung eigentlich nur dann geboten, wenn, wie im Fahnenflucht-Falle Ehrmann und Cherobino, die Todesstrafe drohe.

Geboten. Zwingend notwendig sei der Verteidiger nicht gewesen?

Richtig. Es habe ohnehin kein geeigneter Verteidiger zur Verfügung gestanden. Bei den Schnellbooten habe es nur einen Juristen gegeben.

Man hätte doch einen aus Flensburg, wo sich gestrandete Juristen tummelten, herbeiholen können.

Das wäre bei diesem Durcheinander nicht möglich gewesen. Hätte man einen gefunden, dann hätte man ihm alles vorkauen müssen, und der hätte das Vorgekaute nur stümperhaft wiederholt.

Und warum die Eile?

Das frage er noch? Das habe doch auf der Hand gelegen!

Die Ereignisse hätten sich überschlagen. Im Übrigen gehe man vor Verhandlungen meistens in Arbeit unter, müsse die Beisitzer einweisen und den Anklagevertreter instruieren.

Hörgebars Sammelmappe zufolge hatte der Verteidiger so für seinen Mandanten plädiert: Erstens könne man dem Marinerichter in seiner Eigenschaft als Vorsitzendem zugute halten, dass er seine Erste Juristische Staatsprüfung nur mit «ausreichend» bestanden habe, am Richtertisch daher nicht mit großem Rechtsverstand habe sprechen können. Zweitens sei er wegen einer Herzmuskelschwäche nach Gelbsucht und Amöbenruhr als Soldat nicht kriegsverwendungsfähig gewesen, sodass er Recht und Richtspruch weder aus Saft noch aus Kraft geschöpft habe. Drittens sei die zeichnerische Begabung, also die dem Künstlerischen zugewandte Natur, die juristischem Denken fremd sei und der Sache des Rechts wenig fromme, eine weitere unschöne Facette gewesen, die man jedoch, zusammen mit den anderen, auf die Habenseite schreiben müsse. Wer den Marinerichter als armes, unwissendes Luder sehen wolle, der nicht gewusst habe, was er tue, sei auf dem Holzweg.

Auch die Suche nach einem geeigneten Offiziersbeisitzer bereitete Schwierigkeiten. Anfragen des Marinerichters bei Offizieren wehrten diese mit «zu stark beschäftigt» oder «nein danke» ab. Den Mannschaftsbeisitzer hingegen fand man schnell. Der Kommandeur des nunmehr überflüssig gewordenen Marine-Infanterie-Bataillons befahl einem seiner Schreibstubensoldaten: «Sie machen das.» Der machte das, obwohl er sagte: «Ich habe so etwas noch nie gemacht.» Zu einem seiner Kompaniechefs sagte der Kommandeur: «Sie machen den Ankläger.» Auch der hatte so etwas noch nie gemacht.

«Reden Sie nicht so viel. Machen Sie es kurz.» So sprach

der Marinerichter in seiner Eigenschaft als Vorsitzender. Den Protokollführer machte einer, der schon immer bei den Schnellbooten den Protokollführer gemacht hatte. Damit haben wir das Gericht komplett, dachte der Marinerichter.

Punkt Punkt Komma Strich, fertig ist das Kriegsgericht.

Das Kriegsgericht

Die See war am 9. Mai 1945, einen Tag vor Himmelfahrt, zeitweilig bewegt. In der Geltinger Bucht lagen die Schnellboote zur Übergabefahrt nach Flensburg bereit. Die Begleitschiffe mit den Namen aus kaiserlich-kolonialer Zeit lagen auch da: viermal Afrika und, mit der Tsingtau, einmal Fernost, was ein gutes Verhältnis war, weil «die Küstenform der Geltinger Bucht der südlichen Hälfte des afrikanischen Kontinents gespuckt ähnlich sieht», wusste Hans Hörgebar aus seinem Diercke-Weltatlas und aus eigener Anschauung.

Um neun Uhr war auf der Buéa Reinschiff befohlen worden. Pünktlich fuhr der Marinerichter in einem Begleitboot von der Hermann von Wissmann los, legte um neun Uhr an der Steuerbordseite der Buéa an und kletterte mit seinen Mannen auf der Jakobsleiter an Bord. «Seite», also die Ehrenbezeugung für Offiziere, wurde vom Dienst habenden Bootsmann nicht gepfiffen. Der Kommandant wartete auf saubergewischten Planken und grüßte mit der rechten Hand am Mützenschirm, begleitete das Gericht bis zu einer Kammer, die neben seiner lag, und nahm Instruktionen für die Vorbereitung der Verhandlung entgegen. Während der Kommandant seiner Besatzung entsprechende Aufträge erteilte, zog sich das Gericht zum Beraten zurück.

Die Verhandlung sollte um elf Uhr im ehemaligen Salon der Buéa stattfinden. Vergangen die Zeiten, als in der Bar der Ex-Hammershus, des stolzen Schiffes der Weißen Flotte, schön gefaltete Servietten auf den Tischen standen und neben den Servietten die stets sauberen Aschenbecher. Beschirmtes Licht legte sich halbdunkel auf die Gäste und hob ihre Stimmung. Hinter der Bar hantierte der Barkeeper in seinem weißen Jäckchen. Kein überflüssiges Wort wurde gesprochen, wenn der Stammgast bestellte, was er immer bestellte. Dem neuen Gast las er den Wunsch von den Augen ab, sodass auch hier nicht gesprochen werden musste. Man lauschte der Musik, die der Barkeeper aus dem Grammophon erklingen ließ. Gut erinnert werden «The Man I Love» von George Gershwin und sein berühmtes «Fascinating Rhythm». Alles, auch «Summertime», selbst die kratzende Grammophonnadel und das Rauschen im Lautsprecher, war von den Sitzpolstern und den holzgetäfelten Wänden ohrenschön gedämpft. An den Tischen tranken die Gäste Tuborg-Bier und sprachen über das Abendessen, das sie gerade eingenommen hatten. Über den jungen Kapitän mit seiner erstaunlichen Erwachsenengeduld beim Zuhören und Antworten wurde ebenfalls gesprochen, dasselbe galt für den Schiffsarzt, der nebenher Beichtvater bei Zerwürfnissen oder Unpässlichkeiten war. Er empfahl stets die Bar und «hin und wieder ein kleines Tänzchen», das zu wagen schon mal die «halbe Überfahrt» sei. Alles andere ergebe sich wie von selbst.

Die Umwandlung der Messe in den Verhandlungsraum für das Kriegsgericht ging laut und roh – mit offenen Türen, Luftzug und grellem Licht – über die Bühne. Da, wo früher die Bar gestanden hatte, stand nun der Tisch, an dem das Gericht Platz nehmen sollte: Vorsitzender und zwei Beisitzer an der Breitseite, Protokollführer und Ankläger an den zwei Schmalseiten. Der Richtertisch war bedeckt mit der Reichskriegsflagge, die der Gerichtsherr am Vortag niedergeholt hatte. Hier dämpfte sie den Schall. Stimmen, Stühlerücken und Schritte wurden leiser durch das Tuch. Über dem Tuch war ein dicker Kabelstrang an der Decke befestigt, dahinter stand ein viereckiges Fenster halb offen, davor hing ein Feuerwehrschlauch herunter. Mehrere Funzeln brannten.

Als zwanzig, vielleicht dreißig Marine-Infanteristen, geführt vom Oberbootsmann aus Leipzig, den Raum betraten, wurde es noch leiser. Das war das Publikum. Dann wurden Ehrmann und Fredy in ihrem Grauzeug hereingebracht. Aus der dunklen Kammer in die helle Messe? Fredy rieb sich die Augen. Ehrmann schloss seine bis auf einen Chinesenschlitz. Den Angeklagten wurde ein Stehplatz am Verhandlungstisch zugewiesen. Sie standen nebeneinander mit dem Profil zum Richtertisch und mit der Nase zu einem viereckigen Bullauge. Ehrmann hielt seinen Kopf gerade und sah an den Kameraden vorbei zum Bullauge hinaus. Fredy hielt seinen Kopf gesenkt und sah überall hin, nur nicht in die Kameraden-Augen.

Während sich der Verhandlungsraum füllte, sich das Publikum über die Reichskriegsflagge wunderte, die doch gestern niedergeholt worden war – der Krieg gehe also weiter? Ja, man warte noch auf die Kurland-Boote –, hatte das Gericht in der Beratungskammer die Wörter «Fahnenflucht» und «Todesstrafe» fallen lassen und die Frage «Gelten die Kriegsgesetze auch jetzt noch nach der bedingungslosen Kapitulation?» bedacht. Nun rief der Oberbootsmann mit geübter Stimme: «Achtung», das Publikum erhob sich wie ein Mann, und in den Köpfen des gemessen einziehenden Gerichts war schon entschieden: Die Kriegsgesetze würden noch zu gelten haben, siehe Reichskriegsflagge. Bei der zu richtenden Tat handele es sich um einen besonders schweren Fall von Fahnenflucht. Die Fakten seien klar, entsprechend leicht sei das Urteil zu finden und am Ende zu verkünden.

«Sie bereiten uns eine Stunde des Missvergnügens», sprach zur Eröffnung der Verhandlung der Marinerichter und strich mit der Hand glatt, was an der Reichskriegsflagge noch nicht glatt gewesen war. Die Stelle, wo ein Gesetzestext hätte liegen können, wurde zwomal glattgestrichen. Einsichten, sprach der Marinerichter weiter, bekämen dadurch besondere Tiefe, dass man wisse, bestimmte Dinge seien nicht gegeben. «In Ihrem Fall: Manneszucht, Disziplin, Gehorsam, Treue.» Ob er auch «Kameraden, hier stehen die Kameradenschweine» sagte, ist nicht verbürgt; aber das Wort «Kameradenschweine» geisterte durch die Köpfe des Gerichts und wanderte von dort ins Publikum.

Anstatt jedoch auf die Kameradenschweine zu schauen, spielten die Kameraden das Augenspiel. Sie sahen sich auf die Beine, die unter grauen Hosenstoffen steckten, hoben kurz den Kopf, ihr Blick prallte an dem der Kameradenschweine ab – Einfallswinkel gleich Ausfallswinkel –, und von da aus flog er durchs viereckige Bullauge aufs Meer.

Während Ehrmann die Hals- und Kiefermuskeln spannte und mit den Zähnen knirschte, war auch Fredy nicht das Kind, das mancher in ihm sah. Er war zart, aber zäh und opferte dem Schicksal keine Träne. Tränen hielt er in einem Speicher vorrätig. Räuspern und stottern musste er, als er zur Person Auskünfte gab. Dazu trat er wie befohlen zwei Schritte vor, dann machte er Rechtsum und Front zum Gericht und stand still. Als er den eigenen Namen, das Geburtsdatum im Februar 1925 und den Geburtsort Kassel nannte, den Vater und Vaters Beruf, den Großvater und Großvaters Beruf, die Mutter und den Bruder erwähnte, wurde er unterbrochen.

Vorbestraft?

Nein.

Verlobt, verheiratet?

Verlobt.

Name?

Paula Hörgebar.

Wo die Verlobte lebe.

In Kassel. Sie arbeite bei den Fieseler-Flugzeugwerken.

Zurücktreten! Ehrmann, vortreten!

Auch Ehrmanns Personalpapiere waren inzwischen von Grenaa über Svendborg in die Geltinger Bucht gelangt. Das sprach für eine funktionierende Verwaltung in Zeiten von Chaos und Untergang. Schon gab Ehrmann zu Protokoll, er sei der älteste Sohn einer Mutter, deren Zweitgeborener im Februar 45 an den Folgen seiner Verwundung im Lazarett gestorben sei und deren dritter und jüngster Sohn, gerade sechzehn, sich, soweit ihm bekannt, zurzeit beim Reichsarbeitsdienst befinde. Ob er noch lebe, wisse er nicht. Er, der Älteste, sei also vielleicht der einzige Ernährer seiner Mutter.

«Was ist mit Ihrem Vater?»

«Meine Mutter ist geschieden, ich habe meinen Vater nie kennen gelernt.»

«Sie wissen also nicht, wer Ihr Vater ist! Was sind denn das für Zustände!»

«Worte bedeuten gar nichts. Meistens sind sie bedeutungslos wie ein Froschkonzert. Neun Zehntel aller Worte ist Papageienlärm», hatte er am 16. Dezember 1942 in sein Tagebuch geschrieben. Zwei Tage später fügte er hinzu: «Das Leben ist derartig kompliziert, dass wir uns ständig innerlich bereit machen müssen, um mit ihm fertig zu werden. Und demnach sollten wir uns als unabhängige Einzelwesen der Sozialität irgendwie äußern. Wir haben Pflichten gegen uns selbst; aber wir müssen auch ihnen Tribut zollen.» Der letzte Satz dieser Tagesnotiz lautet: «Wie können wir wissen, was wir tun, wenn wir nichts tun.»

Damals in Tunesien feierte Ehrmann mit seinen Kameraden in Ferryville am Lac de Bizerte Heiligabend: «Besoffen in die Koje gefallen», meldet das Tagebuch. Es war die dritte Kriegsweihnacht der Flottille, die erste in Afrika. Der frisch gebackene Chef des deutschen Marinekommandos Tunesien, Kapitän zur See Meendsen-Bohlken, hatte am Tag zuvor die Flottille besucht und folgende Beteuerung in die Herzen seiner Männer gepflanzt: «Nie waren wir so sorgenvoll in unseren Gedanken an das, was vor uns liegt.» Von den zweihundertfünfzig bevorstehenden alliierten Luftangriffen auf Bizerta bis zum Abzug aus Afrika, der im Mai 1943 bevorstand, wusste der Chef noch nichts, er sah sie aber kommen und bezog sie in die Weihnachtsgedanken ein. Während er sprach und seine Zuhörer Weihnachtsgrüße auf Adlers Fittichen den Lieben nach Hause schickten, kämpften deutsche Heerestruppen vor Tunis gegen eine britische Brigade um den Sieg am Longstop-Hill.

Nach der Feier ließ Ehrmann sich draußen vor Ferryville von einem Maat, der Stützpunktsoldat und Dolmetscher war, im Beiwagen eines Dienst-Motorrades mitnehmen. Es wehte ein angenehmer nordafrikanischer Fahrtwind. Sich umblickend sah er die mit gewaltigen Bunkern, Docks und Kasernen bebaute ehemalige französische Flottenbasis im fernen Dunst verschwinden. Der beste Hafen in Nordafrika mit einer ideal langen Pier als Liegeplatz war nun in deutscher Hand. In Tindja, am Ichkeul-See, stieg er aus, dann wendete der Dolmetscher. Ehrmann beobachtete Zugvögel aus Europa: Enten, Graugänse und Reiher. «Die sind aus Leipzig», rief er einem Wasserbüffel zu und fühlte sich erinnert an die Elsteraue seiner Heimatstadt. Bald begegnete er einem alten Berber, der ihn zu einer heißen Quelle führte. Kaum hatten sie gemeinsam ein Dampfbad genommen, da sprach ihm der große alte Mann aus Nordafrika vor: «Wer sich kennt, kennt auch Gott.»

Wie bitte?

Das Kriegsgericht wiederholte seine Frage.

Nein, auch er sei nicht vorbestraft. Ehrmann, der wegen der Spritztour und anderer Verstöße gegen soldatische Pflichten doch vorbestraft war, sagte also die Unwahrheit. Das Gericht hielt ihm die Seite mit dem Vorstrafenregister in den Personalpapieren unter die Nase: «Unerlaubte Abwesenheit von der Truppe.»

«Sechzig Tage hinter Stacheldraht», sagte Ehrmann.

«Fünfundsechzig», verbesserte das Gericht.

«Schweinisch war's.»

Wann Ehrmann seine Strafe hinter Stacheldraht abgebrummt hatte, geht aus dem Tagebuch nicht hervor. Über Afrika, das Land seiner Träume: kein Wort. Durfte er sein Tagebuch während der Haft bei sich behalten? Musste er es vorher abgeben? Eine längere Lücke in der Tunesien-Zeit klafft zwischen dem 18. März und dem 19. Mai. Hat er während dieser Wochen die Strafe abgebrummt? Hat er sie nicht auf einmal, sondern in Portionen abgebrummt? Hat er wegen verschiedener Vorstrafen mehrmals gesessen? Am 6. Mai 43, abends um zwanzig vor neun, verließ die deutsche Kriegsmarine Bizerta, vier letzte Boote übervoll mit je hundert Soldaten. Im Hafen gingen die vorbereiteten Sprengungen hoch. Die wären nicht nötig gewesen, denn gleichzeitig fielen feindliche Bomben. «Ein Inferno sind diese massierten Detonationen», schrieb ein Marineoffizier in seinen Erinnerungen. Am 7. Mai um 8.00 Uhr lief der Verband in Porto Empedocle ein. Büßte Ehrmann, hier an Siziliens südlicher Küste, den Rest seiner als «schweinisch» empfundenen Strafe ab?

Der Marinerichter blätterte im Vorstrafenregister. «Vielleicht erzählen Sie mal Ihren Kameraden, warum Sie in Windau waren!»

Sicher ist, dass er mit Wirkung vom 1. Januar 44 nach Windau versetzt wurde. Zwischen seinem letzten Standort in der Ägäis und der kurländischen Hafenstadt an der Ostsee lagen eintausendfünfhundert Kilometer Luftlinie. Die erste Tagebuchnotiz an seinem neuen Dienstort weist hin auf den Versetzungsgrund: «Das Leben ist derartig wechselvoll. Man staunt, wie tief ein Mensch sinken kann. Tiefer geht es schon bald nicht mehr. Man kann sich direkt in die Folterzeit des Mittelalters zurückversetzen. Und alles soll Erziehung sein. Manchmal überkommt einen die Sehnsucht nach Hause. Nicht Heimweh. Heimweh ist anders.»

Ehrmann schwieg.

«Na gut, dann erzähle eben ich.» Er habe zwei Italienern ein Kommissbrot in die Hand gedrückt und dafür «Lotsendienste» Richtung Heimat haben wollen. Deshalb sei er bei der 31. Schiffsstammabteilung hinter Mauer, Stacheldraht und Wachtürmen in Windau gelandet, in der Strafabteilung der Kriegsmarine. «So war's doch – oder?»

Der Marinerichter blätterte noch immer. Wie hätte man diesen schwer erziehbaren Soldaten in einer Zeit, wo in Italien alles auf der Flucht vor Amerikanern und Engländern war, auch in Ruhe und Ordnung aburteilen und einsperren sollen? Es gab nur eine Lösung: Man unterstellte ihn einem Leutnant mit dem Auftrag, seinen Schützling «dort oben» abzugeben. Die Bahnreise von Italien nach Kurland führte über Leipzig, wo Ehrmann seine Mutter in der Bahnhofsgaststätte sprechen durfte. Zuvor hatte ihr die Kriegsmarine einen Brief geschrieben: Sie möge doch mäßigend und mahnend auf ihren Sohn einwirken …

«… damit er sich bessert und sich in seiner Haltung grundlegend ändert», las der Marinerichter Ehrmann und dem Publikum aus den Akten vor. «Aber auch sie hat das nicht geschafft, weil Sie nicht einmal auf Ihre Mutter hören wollten.»

Der Sohn hatte ihr mitgeteilt: «Sei unbesorgt, alles, was ich tue, kann ich vor Dir und meinem Gewissen verantworten.» Nach dem Abschied jedenfalls, noch in Anwesenheit der Mutter, befahl der Leutnant: «Ehrmann, Sie tragen meinen Koffer!», und Ehrmann protestierte: «Nein, Herr Leutnant!» Trotz Widerspruchs ließ er sich aber nach Windau bringen. Dort übergab ihn der Leutnant an den Dienst habenden Bootsmann und sagte: «Hier haben Sie einen besonderen Fall.» Auch nicht besser klang das, was der Kommandeur des Marine-Straflagers verlauten ließ, als er die Neuankömmlinge empfing: «Ich lege keinen Wert auf eine militärisch übliche Begrüßung. In meinen Augen sind Sie keine Soldaten.»

«Der Mensch kann wahnsinnig bescheiden sein. Diese Bedürfnislosigkeit grenzt schon an Kulturlosigkeit», antwortete Ehrmann im Tagebuch.

«Sie haben durch Ihr Verhalten Volk und Vaterland schweren Schaden zugefügt, indem Sie durch Ihre hiesige Anwesenheit die Wehrkraft schwächen.»

«Gott sei Dank ist man so zum Leben eingestellt, dass einem die kleinen Sachen nix anhaben können.»

«Mit unseren besonderen Erziehungsmethoden werden wir Ihnen wieder den Weg zurück in die Kriegsmarine ebnen.»

«Was ist ein Leben ohne Kampf. Allerdings am schwersten

ist der Kampf mit sich selbst. Hier sehe ich laufend Gestalten, die nie den Kampf mit sich selbst bestehen werden.»

«Wissen Sie, was eine Scholle ist? Die ist so flach wie eine Flunder, und sie wühlt sich gern in den Sand ein. Das wollen wir gleich mal probieren!»

«Es ist soweit. Man befindet sich auf dem Amboss.»

Ehrmann überstand die Zeit im Marinestraflager, ohne Schaden an seiner Seele zu nehmen. «Man wird stur», schrieb er und: «Man muss laufend sehen, dass man durch die kleinen Widerwärtigkeiten des alltäglichen Lebens nicht unterschneidet.» Am Ende hatte er «das Gefühl, der Hölle entkommen zu sein. Entronnen durch verdammt eigene Initiative. Und sehr gut ist es, wenn dieselbe auch mal anerkannt wird.» Tatsächlich, das Marinestraflager hatte ihm anerkennende Worte auf den weiteren Dienstweg mitgegeben: «Der Mann ist begabt. Er kann sogar Schallplattenspieler reparieren.»

Als der Marinerichter das las, wurde er wütend und schlug mit der Faust auf die Reichskriegsfahne: «Ja, Schallplattenspieler, das hätten Sie werden sollen, aber nicht Kriegsmarine.»

Da lachte Ehrmann sein Kommunistenlachen, und seine zuhörenden Kameraden lachten auch. Während alle lachten, erinnerte er sich, wie er nach der Entlassung aus dem Straflager zunächst Dienst auf dem Feuerschiff Ovisi tat, das mit defekter Laterne und defektem Plattenspieler im Hafen von Windau lag. «Keine Ersatzteile? Dann bastel ich uns selber welche», sagte er sich. Als er die Ersatzteile bastelte und aus dem Bullauge der Ovisi sah, dachte er: «Seltsam.» Verwundete deutsche Landser kamen vom Lazarett und bettelten. Ehrmann ging von Bord und gab ihnen Kommissbrot.

Jetzt lachte Ehrmann nicht mehr, und auch seine Kameraden waren wieder still. Trotzdem sagte der Marinerichter: «Ihnen wird das Lachen schon noch vergehen, Ihnen allen!» Und wandte sich an Fredy: «Cherobino, vortreten! Sie haben in Svendborg Ihre Truppe verlassen und wollten nach Kurland mit der Absicht, dort weiterzukämpfen?»

«Ja.»

«Und von den Dänen haben Sie sich ohne Widerstand festnehmen lassen, weil Sie zu feige waren, sich mit der Waffe zu wehren?»

«Ja, das heißt, nein.» Fredys Unentschlossenheit hatte einen Grund: Weder ihm noch Ehrmann war, wie vorgeschrieben, die Anklageschrift zugestellt worden. Eine Vorbereitung war nicht möglich gewesen.

«Was denn nun.»

Ehrmann stieß Fredy mit dem linken Ellenbogen in die Rippen, weil er merkte, dass Fredy einen Zentimeter vor der Wahrheit stand und das «Nach Hause» schon auf der Zunge hatte. Der Stoß tat seine Wirkung: «Wir wollten nach Kurland.» Einige Zuhörer lachten, der Protokollführer notierte an dieser Stelle «allgemeine Heiterkeit». Fredy verbesserte: «Nein, wir wollten nach Polen.» Die allgemeine Heiterkeit schlug um in allgemeines Kopfschütteln.

«Du Blödmann», flüsterte eine Stimme aus dem Publikum. «Wie kann man bloß», flüsterte eine andere.

«Und wenn wir nicht durchgekommen wären, dann hätten wir als Werwölfe gekämpft», fügte Ehrmann hinzu.

«Halten Sie den Mund. Sie reden gefälligst nur, wenn Sie gefragt werden!» Das Gericht ließ Ehrmann abführen, draußen vor der Tür wurde er bewacht.

Ob er, Matrose Alfred Cherobino, nicht wenigstens zugeben wolle, dass er auf dem Weg nach Kurland nur mal kurz zu Hause habe vorbeischauen wollen?

Auch auf dieses Glatteis ließ sich der junge Mann nicht lotsen. Er log tapfer weiter: «Nein.»

«Das Lügen wird Sie den Kopf kosten.»

«Ich habe keine Angst.»

Das Gericht interessierte sich nicht für Tatsachen und Beweggründe, die Fredy und Ehrmann zur Flucht veranlasst hatten. Es verlangte nur dieses Geständnis: «Wir wollten nach Hause.» Das aber verweigerten die beiden. Und weil sie es verweigerten, hielt ihnen das Gericht «unglaubliche Lügen» vor. Hätten die beiden zugeben sollen, sie seien um ihrer allein stehenden Mütter willensschwach geworden?

Manch einer unter den Zuhörern hielt das Lügen für eine starke Leistung. Manch einer sah in Ehrmann den Aufmüpfigen, den Mann ohne Kriegsmarine-Eigenschaften. Den Mann, der Fredy in seiner Gewalt hatte. Den Mann, dem Fredy wie ein Kind bedingungslos gehorchte. Er hatte am 25. Januar 1943 in sein Tagebuch geschrieben: «Ist doch bald so, dass das Leben nur noch im Suff zu ertragen ist.» Diesen Mann brachte man nun wieder in den Verhandlungsraum herein. Gerade trat der Kommandeur des Marine-Infanterie-Bataillons als Zeuge auf.

Ob er seinen Leuten gesagt habe, dass nun jeder machen könne, was er wolle?

Nein, im Gegenteil. Er habe auf dem Kameradschaftsabend klargemacht, dass es gerade jetzt – der Kommandeur schlug die flache rechte Hand wie bei einem Machetenhieb nach unten – darauf ankomme, Disziplin zu wahren. Die beiden Fahnenflüchtigen hätten nicht Feldpostpäckchendiebstahl begangen, sondern Fahnenflucht.

Glaube er also, die Angeklagten lögen, wenn sie behaupteten, sie wollten nach Kurland?

Wo käme man hin, wenn jeder diese Ohne-mich-Einstellung an den Tag legte. Der Fall sei für ihn klar. Er als Zeuge fordere allerstrengste Bestrafung.

Das Gericht dankte dem Kommandeur für die Aussage, bat ihn vor die Tür, damit nicht weitere Zeugen von ihm beeinflusst würden. Nur einer noch, der Oberbootsmann aus Leipzig, wurde allerdings befragt.

Ja, der Angeklagte Ehrmann habe zu ihm auf dem Kameradschaftsabend gesagt: «Wenn du nach Leipzig willst, dann musst du dich beeilen.» Er sei also überzeugt, die beiden hätten nach Hause gewollt.

Nun kam der Vertreter der Anklage zu Wort. Der war nach dem Abgang aus der Obertertia Schiffsjunge auf einem Afrikadampfer der Woermann-Linie gewesen, war ausgezeichnet worden mit der Rettungsmedaille, weil er fünf Menschen vor dem Ertrinken aus dem Wasser gezogen hatte. Hier und heute sprach er als Kompanieführer der 1. Kompanie des Marine-Infanterie-Bataillons: «Die beiden lügen; sie wollten nach Hause, sie wollten nicht mehr kämpfen, sie waren fahnenflüchtig, und auf Fahnenflucht steht die Todesstrafe. Ich fordere nach bester Überzeugung die Todesstrafe für beide.»

Anschließend hätte der Verteidiger das Wort haben müssen. Der hatte das Wort aber deswegen nicht, weil das Gericht das Fehlen eines Verteidigers nicht bemerkt hatte, also auch nicht die fehlenden Verteidigerworte bemerken konnte, sodass an dieser Stelle gefragt wurde: «Sind da noch irgendwelche Zeugen unter den Zuhörern?» Es entstand eine Pause, in der alle die Blicke niederschlugen, bis das erlösende «Ist nicht der Fall» diesem neuerlichen Augenspiel ein Ende machte. Das letzte Wort der beiden Angeklagten sprach zuerst Ehrmann: «Ich bitte um mein Leben und um Frontbewährung.» Fredy sprach das wortwörtlich nach. Das Gericht unterbrach die Sitzung und zog sich zurück, das Publikum blieb im Verhandlungsraum, die Angeklagten wurden isoliert.

In der halben Stunde Beratung ließ sich das Gericht von drei Sätzen und einer Richtlinie leiten. Erster Satz: «Machen wir uns nichts vor: Wir nehmen den Siegern die schwere Arbeit des Rechtsprechens ab.» Zweiter Satz: «Wir merzen Revolutionäre aus. Wir sorgen dafür, dass es nicht noch einmal ein 1918 gibt. Bei der Festsetzung des Strafmaßes berücksichtigen wir die Frage, ob der Angeklagte einen Revolutionär abgeben könnte oder nicht. Das ist das Punctum saliens – der springende Punkt.» Dritter Satz: «Auch nach der bedingungslosen Kapitulation gelten die Kriegsgesetze.» Die Richtlinie für die Strafzumessung bei Fahnenflucht vom 14. April 1940 lautete: «Die Todesstrafe ist geboten, wenn der Täter aus Furcht vor persönlicher Gefahr gehandelt hat oder wenn sie nach der besonderen Lage des Einzelfalls unerlässlich ist, um die Manneszucht aufrecht zu erhalten. Die Todesstrafe ist im Allgemeinen angebracht bei wiederholter oder gemeinschaftlicher Fahnenflucht und bei Flucht oder versuchter Flucht ins Ausland. Das Gleiche gilt, wenn der Täter erheblich vorbestraft ist oder sich während der Fahnenflucht verbrecherisch betätigt hat. In allen anderen Fällen der Fahnenflucht muss unter Berücksichtigung der gesamten Umstände geprüft werden, ob Todes- oder Zuchthausstrafen angemessen sind. Eine Zuchthausstrafe wird in diesen Fällen im Allgemeinen als ausreichende Sühne anzusehen sein, wenn jugendliche Unüberlegtheit, falsche dienstliche Behandlung, schwierige häusliche Verhältnisse oder andere nicht unehrenhafte Beweggründe für den Täter hauptsächlich bestimmend waren.» So unübersehbar diese Richtlinie auch mit verschieden dicken Zaunpfählen winkte, das Kriegsgericht sah die dicken Dinger nicht.

Am Ende der Beratung verlangte der Vorsitzende die Todesstrafe für beide. Der Mannschaftsbeisitzer sagte: «Todesstrafe für beide.» Der Offiziersbeisitzer sagte: «Todesstrafe für Ehrmann, Freispruch für Cherobino, weil er noch ein Kind ist.» In der Abstimmung wurde der Offiziersbeisitzer überstimmt.

Dann schritt das Gericht zur Urteilsverkündung. Der Bataillonskommandeur hatte die Angeklagten wieder hereinführen lassen. Er rief «Achtung», die Männer im Publikum erhoben sich und standen kerzengerade in der Messe. Das Gericht sprach: «Matrose Fritz Ehrmann und Matrose Alfred Cherobino werden wegen gemeinschaftlich begangener Fahnenflucht zum Tode verurteilt. Das Urteil wird vollstreckt durch Erschießen. Das Urteil muss noch durch den Kommodore und Gerichtsherrn bestätigt werden.»

Während Ehrmann und Fredy das Gericht mit dem Das-kann-doch-nicht-wahr-sein-Blick anstarrten und das Blut ihnen mit einem Schlag ins Geschlecht schoss, betrachtete der Marinerichter die eigenen Fingernägel und bedachte seine Zukunft als Kunstmaler in Ostfriesland. Er begründete sein Urteil nicht, er wies nicht auf die Möglichkeit eines Gnadengesuches hin. Er sagte zu den beiden Todeskandidaten: «Haben Sie zur anstehenden Urteilsbestätigung durch den Gerichtsherrn noch eine Erklärung abzugeben?»

Wer bringt zum eigenen Todesurteil schon ein einziges Wort heraus. Die Kriegsmarinejustiz verlangt an dieser Stelle jedoch, genau das zu fragen. Rückblickend sagte der Marinerichter: Das Urteil sei im Namen der Marinejustiz unvermeidlich, unabänderlich, unabwendbar, unausweichlich gewesen.

Aber die Meinungen über das Todesurteil waren gemischt.

Das Futter-Cabaret

Das Riesenrad hatte uns in die Zwölf-Uhr-Position gedreht. Es wehte ein schwacher Ostwind. Der Horizont lag hinter einer Dunstbrille, darauf war mit dick aufgetragener Wasserfarbe ein buntes Bild gemalt. Zwei Tierkreiszeichen standen schwach sichtbar darüber. Zwischen den beiden war noch eines. Wo hatte das Sommerdreieck an diesem Sommerabend seine Ecken befestigt? Hörgebar, der Kenner des Sternenhimmels, sagte: «Manche Sommernacht hat hier im Norden schon silbrig-weiß leuchtende Wolken hervorgezaubert. Es ist der Nachtwolkenzauber, der in zweiundachtzig Kilometern Höhe schwebt.» Er fasste sich an die Nase und sah mich an. Ich schwieg, nahm den Kopf hoch und sah wieder in den Himmel. Im Sommer, fuhr er also fort, würden über dem Nordpol extrem kalte Luftmassen in große Höhe getrieben, sodass die Temperatur da oben weit unter minus hundert Grad sinke. Der nur noch in Kleinstmengen vorhandene Wasserdampf, den auch Raumfahrzeuge in ihren Abgasen hinterließen, kristallisiere nun an Staubwinzlingen, die von Meteoriten aus dem Weltall und von Vulkanausbrüchen auf der Erde stammten. So erblühe der Nachtwolkenzauber. Nicht zu verwechseln mit dem Nordlicht. «Das wird ein guter Sommer», sagte er und hielt nach Kotflecken Ausschau. Er entdeckte welche am nördlichen Ufer des Güldenholmer Sees, da, wo die Güldenholmer Au aus dem See fließt, der Solsbüller Au entgegen, um mit ihr bei Brebelholz wie mit einem Verkehrsgegner frontal zusammenzustoßen und zur Loiter Au zu werden, die schließlich als Füsinger Au bei Gut Winning in die Kleine Breite der Schlei mündet.

Am Seeufer sah nun auch ich kalkweiße Spritzer, weiße Flecken an einem abgestorbenen Weidenast, der über das Wasser hinausragte und dem Eisvogel Hochsitz für die Jagd war. Am See- und Au-Ufer wuchsen Weiden- und Erlengehölze; das mag der Eisvogel. Stichlinge, Kaulquappen, Insekten lebten hier. Das Fischwasser war klar; man sah den moorbraunen, von der Strömung geriffelten Grund.

Hörgebar hatte mich beauftragt, zwei «Mobile Nisteinheiten für Eisvögel (MNE)» im Abstand von zehn Metern am Ufer einzugraben. Es waren vorgefertigte Behausungen aus Beton, dem Marine-Ehrenmal nachempfunden, das wir vor drei Jahren besichtigt hatten. Die Eisvogel-Leidenschaft steckte Hans Hörgebar seit Kinderschiffzeiten in den Knochen. Nein, vorher schon, als Kind, war er am Werbellinsee auf Eisvogelpirsch gewesen. Er hatte seine Leidenschaft auf mich übertragen. Damals am Werbellinsee, damals am Kinderschiff gab es diese Nisthilfen noch nicht; es gab allerdings mehr Eisvögel. Eines Sommers hatte Hörgebar drei Paare in der Halle des Eisvogels gezählt.

Inzwischen kannte Hörgebar einen Eisvogelexperten und Erfinder von Nisthilfen. Dessen Vogelunterkunft musste nicht mehr eingegraben werden: Ein großer Kasten aus roh zugeschnittenen Holzbohlen wird auf Pflöcken am Fluss- oder Seeufer errichtet und mit Moos- und Grassoden getarnt. Die Steilwand, die der Eisvogel benötigt, ist eine aus Lehm und Sand gebaute Vorderfront, die Wasserseite. Man treibt das Einflugloch zehn Zentimeter tief in die Wand, um den Eisvogel anzulocken und ihm den Weg zu bahnen. Den Rest erledigt er selber. Zwei Vorteile hat diese Nistanlage:

Erstens ist das Höhlenklima durch die Umgebung aus Sand und Lehm besser als das in der Betonunterkunft. Zweitens muss man nicht mehr lange nach einer ansteigenden Uferböschung suchen; man bringt das Steilufer im Kasten mit. «Genau das, was ich schon immer irgendwo im Kopf hatte», sagte Hörgebar, und die überflüssig gewordenen Betonbehausungen landeten im Bauhof eines Abbruch-Unternehmers.

Als er und Klara Kanadas Vogelwelt erkundeten und in Labrador Leben und Sterben, Arbeit und Muße der eingeborenen Innu-Menschen studierten, wurde die Güldenholmer Au begradigt. Kaum ein fließendes Gewässer blieb von den Begradigungsmaßnahmen verschont. Das Land sollte entwässert werden. Man brauchte Ackerfläche, man brauchte mehr Kartoffeln und Getreide für die Menschen. Eins Komma zwei Millionen Flüchtlinge in Schleswig-Holstein mussten versorgt werden. Störche, Frösche, Eisvögel siedelten um nach Keinerweißwohin. Längst sind die Flüchtlinge nach Süden weitergezogen oder hier heimisch geworden. Heute braucht man all die Flächen nicht mehr; man hat sogar zu viel davon. Jetzt wird dem Menschen und der Natur zuliebe renaturiert und remäandriert. Aus dem «Wasser raus, Bauer rein» wurde ein «Bauer raus, Wasser rein». Noch sind Störche und Frösche nicht wiedergekommen; nur ein paar Eisvögel.

Vom Riesenrad aus betrachtet, ist die Güldenholmer Au ein schmales, glänzendes Band, das uns Riesenradfahrern hier und da schöne Bögen in das Urstromtal legt. Auch die Solsbüller Au und die Loiter Au legen ihr Wasser schön in die Flussbetten des Urstromtals. Ich sah das Ufer des uralten Tales auf der Nordseite ansteigen, und, wie in einer Mulde, das Dorf Solsbüll-Mühle mit seinem Erkennungszeichen, dem dicken Kirchturm von St. Ursula. Hinter dem Horizont, da, wo das Hügelland aufhört und die Geest beginnt, sah ich den Flugplatz von Lager Solsbüll, meinen alten Luftwaffen-Standort. Das Geschwader wurde aufgelöst. Noch gibt es Hallen, Hangars, Bunker und die Start- und Landebahn. Flugbetrieb und Flugzeuge: Es war einmal.

Ich weiß nicht mehr, wie lange wir schon im Riesenrad saßen, als Hörgebar sich an die linke Seite fasste.

«Tut was weh?», fragte ich.

Es war die Hüfte. «Ich weiß nicht, ob ich mich noch einmal operieren lassen soll oder ob ich einfach so in den Rollstuhl falle», sagte er.

Er möge doch nach Damp gehen. Damp habe einen guten Ruf.

Wozu überhaupt das Ganze?

Um wieder richtig laufen zu können.

Dafür müsse er nicht nach Damp.

Da habe er Tag und Nacht die offene See vor Augen.

Abwarten. Vielleicht sterbe er ja bald.

Dann müsse er eben erst mal geschoben werden. Sterben werde er nicht so schnell.

Man müsse ihn nicht schieben. Klara auch nicht. Er könne das allein. Kraft in den Armen habe er genug.

Ich blickte in sein Tausendfaltengesicht. Hörgebar war inzwischen neunzig Jahre alt.

«Alles Narben», sagte er, «ich bin doch rumgekommen in der Welt.» Er meinte Kanada, wo er den Ureinwohnern Blockhausbau und deutsche Zimmermannssprache beigebracht hatte. Die wüssten nun, wie man Balken aufeinander lege und was «Holz her» und «Holz hin» bedeute. Er meinte auch Afrika, wo er am Fuße des Kilimandscharo Eisvögel gezählt hatte. Die sahen da ganz anders aus. Er meinte auch Kapstadt, wo er bis 1966 bei einer deutschen Speditionsfirma gearbeitet hatte. Dann war er nach Deutschland zurückgekehrt.

Hörgebar war groß und schlaksig; immer noch sah ich in ihm den Turner, sah ihn am Strand auf zwei Händen gehen. Ich sah ihn beim Handstandüberschlag vorwärts, beim Handstandüberschlag rückwärts. Er warf die Hände hoch, warf seinen Körper über den Rücken hinterher, drehte ihn um die eigene Querachse, berührte mit beiden Händen gleichzeitig den Boden und landete ohne einen Wackler gleichzeitig auf beiden Füßen. Er streckte wie nach einer Kür – ein Punktrichter schaute zu und vergab Punkte – die Arme waagerecht nach vorn, streckte auch Hände und Finger, Daumen angelegt, und stand drei Sekunden vollkommen still. Der Punktrichter griff zum Bleistift und kritzelte in seinen Punkteblock. Ein Bild für Götter. Hörgebars große, gebogene Nase zeigte Richtung Nordostspitze der Geltinger Bucht, die übergroße Warze am linken Nasenflügel, sein «Nasenauge», hatte Sichtverbindung mit dem Kinderschiff. Das rechte der ebenfalls großen Ohren, seiner «Hörgeräte», behorchte das Ostseewasser, während das linke Geräusche von der Steilküste auffing.

Hörgebar nahm das Kind, das den Punktrichter spielte, an die Hand. Er ging mit ihm zu einem Schnellboot, das die Besatzung auf den Strand gefahren hatte. Soldaten trugen Seesäcke, Töpfe, Pfannen, Teller und Tassen, Ölkannen und Kartoffelsäcke von Bord. Sogar eine Drehbank war dabei, auch Bettwäsche und Wolldecken, auch Stahlhelme, Pistolen, Munition und Zigaretten. «Wir gehen», sagte Hans Hörgebar und zog das Kind mit sich fort.

Er schulterte es und stieg die Treppe an der Steilküste hoch. Er zählte die Stufen. Das Kind zählte mit. Beide zählten bis fünfundzwanzig. Dann stand er oben, drehte sich mit der lebendigen Ladung einmal um sich selbst. Sein Hals war warm; die Wärme zog dem Kind in die Oberschenkel.

«Dein Hals ist warm», sagte das Kind. Es legte die Hände auf Hörgebars Stirn, die auch warm war. «Darf ich mal dein Nasenauge fühlen?», fragte es.

«Nur zu», sagte der Heimvater. Sie standen auf der Kinderschiffwiese. Der Waldlustwald umschloss die Wiese von drei Seiten. Hörgebar wandte sich diesen Waldseiten zu und sagte: «Buchen, Eichen, Erlen, Eschen, Linden, Kastanien.»

Das Kind sprach ihm die Bäume nach und fragte: «Wie viele Punkte gibst du mir dafür?»

«Hundert Punkte und freie Sicht bis an den Ostsee-Horizont.»

Freie Sicht lag nur an der Steilküste bereit. Da saß nun das Kind auf Hörgebars Schultern, mit Waldlust im Rücken, mit dem Horizont, mit den Schnellbooten und mit einem einsam am Strand liegenden Boot vor Augen. «Wie viel ist hundert?», fragte es.

«Viermal soviel wie die Treppenstufen, die wir gerade hochgestiegen sind», sagte der Heimvater, wandte sich um und überquerte die Wiese auf dem kürzesten Weg. Als das Kind mit dem Kopf tief herunterhängendes Jelängerjelieber berührte, setzte er seine Fracht mit ausgestreckten Armen auf den Boden. Das Kind lief voran, Hörgebar folgte. Da, wo Waldlust ans Bachknie stieß und gegenüber das sandige Steilwandufer lag, hielten sie an.

Sie sahen aus dem Walddunkel in die lichtdurchflutete Halle des Eisvogels.

«Viel sehen, ohne gesehen werden», flüsterte das Kind.

«Das hab ich dir ja gut beigebracht», sagte der Heimvater und legte sich auf den Bauch. «Hering, leg dich hin.» Das Kind legte sich neben ihn, auch auf den Bauch. Drüben im sandigen Steilufer, über dem weißen Kotfleck, war das Loch zum Ein- und Ausfliegen.

Die Eisvogeleltern hatten seit einer Woche sieben Eier ausgebrütet und versorgten nun sieben Eisvogeljunge. Abwechselnd wärmten sie den Nachwuchs unter ihren Fittichen. Abwechselnd stürzten sie sich von ihrer Sitzwarte ins Wasser, tauchten ein und fischten kleine Fische, hielten sie im Schnabel fest, flogen damit zur Höhle. Damit sie das Einflugloch auch sicher fanden, peilten sie einen Navigationspunkt an – einen Stein, einen Stock am diesseitigen Ufer? Wenn sie den überflogen, hatten sie Funk- oder Augenkontakt mit den Kleinen oder mit dem Ehepartner, wenn der auf den Kleinen saß. Schon standen sie mit ihren absonderlichen Eisvogelfüßen an der Haustür. Im Tunnel trampelten sie über die Scheiße der Jungen, die schon in der dunklen Höhle warteten. Nicht, wer den Schnabel am frechsten aufriss und am weitesten vorstreckte, war als Erster dran. Bei den Eisvögeln geht es schön der Reihe nach. Es gab schon wieder die Lieblingsspeise Fisch. Der wurde dem hungrigen Kerl Maul voran in den Schnabel gesteckt. Wenn die Beute besonders groß war, ragte noch die Schwanzflosse zum gestopften Schnabel heraus. Das gefütterte Junge drehte sich mit dem Hintern zum Tunnel und schiss in hohem Bogen rein.

«Die Jungen haben kein zartes Gemüt», sagte Hörgebar. «Aber sieh dir das an: Da schubst und wühlt sich einer zwischen seinen sechs Geschwistern durch, setzt sich ans Ende der Geschwisterreihe, damit rückt die Nummer zwei an Position Nummer eins. Die neue Nummer eins ist nun als nächste dran. Das Futter-Cabaret ist um ein Siebentel weiter vorgedreht worden. So funktioniert das Eisvogel-Fress-Programm.»

Die Halle des Eisvogels schluckte den Kriegsende-Lärm.

Das auf den Strand gesetzte Schnellboot war ausgeräumt. Die Soldaten waren verschwunden. Ostseewasser schwappte gegen das Vorschiff. Man würde, wenn alles vorbei war, sicherheitshalber noch einmal das Boot von vorne bis hinten nach Munition, Sprengstoff und Waffen durchsuchen, dann würde es ein idealer Kinderspielplatz sein. Wenn das Kinderschiff wieder voll mit Kindern wäre, irgendwann bald, dann würden Groß und Klein hier spielen: tarnen und täuschen, suchen und finden, greifen und loslassen, bestrafen und belohnen, essen und trinken, reden und schweigen, lachen und weinen, wachen und schlafen. Davon würde der Hunger den Magen zwicken. Man käme nach Hause ins Kinderschiff, man würde sich die Hände waschen, sich an den gedeckten Tisch setzen. Dann würde man Wurst- und Käsebrot und Tomaten essen und Hagebuttentee trinken. Im Winter würde man den Kachelofen mit brennbarem Strandgut befeuern. Im Sommer säße man draußen in der Laube; abends blickte man zu den Sternen auf. Hörgebar würde den Großen Wagen mit Deichsel und Reiter zeigen, auch das Sommerdreieck: «Jeden Sommer zu besichtigen und immer wieder schwer zu finden.» Dann würde man Lieder singen: «Kein schöner Land». Klara sänge ganz allein «Innsbruck, ich muss dich lassen», ihre Altstimme würde das stille, glatte Ostseewasser überfliegen, bis nach Kurland. Ihr Gesang wäre wie eine Überschrift. Paula würde sie drinnen auf dem Klavier und draußen auf der Gitarre begleiten. Für diesen Tag, den man schon im nächsten Sommer zu erwarten habe, gelte es, bereits heute alle Hebel in Bewegung zu setzen.

Die Nacht

Drei Kriegsmarine-Veteranen standen auf der Steilküste und sahen über die Geltinger Bucht. Hier waren sie im Mai 45 an Land gegangen.

- Schicksals schwarzgeflügelte Schar habe Möwengeier-Runden über der Bucht gedreht.
- Bei dem schönen Maiwetter? Löwenzahn habe doch geblüht. Die Wiesen seien gestrichen voll mit gelben Farbtupfern gewesen.
- Ja, dieses schöne, warme Wegweiser- und Postkastengelb unterm Himmel.

Auf so einer Wiese hatte sich ein Kapitänleutnant in marineblauer Uniformjacke und in langen, weiten, ausgebeulten Hosen aufgebaut. Angewinkelter rechter Arm, Hand zwischen die Revers gesteckt, Fingerspitzen Richtung Herz. In seiner herunterpendelnden Linken hielt er ein gefaltetes Blatt Papier. Hunderte von Soldaten, einige in kurzen, einige in langen Hosen, hörten ihm zu. Abschiedsworte, Dankesworte, Aufmunterungsworte, man möge die Lieben daheim gesund und munter wiederfinden. Wie lachende Verlierer marschierten die Überlebenden dann, halb in Uniform, halb in Zivil und mit einem Karabiner in der Rechten, in Kolonnen ab. Vorher wurden noch Erinnerungsfotos mit den Einheimischen von der Steilküste geknipst. Am Ende warf man Gewehre und Pistolen unter hohen, in frischem Laub stehenden Linden auf einen Haufen. Nur die Disziplinarvorgesetzten taten es nicht. Die behielten ihre Pistole am Mann und blieben vorerst, was sie waren.

· Ach übrigens, ein Kind sei im Gleichschritt nebenher marschiert.

· Und manch hoher Gast sei gebeugt und hängenden Kopfes, Hände im Rücken verschränkt, mit langsamen Schritten hin- und hergegangen und habe von der Steilküste übers Meer bis zum Horizont geblickt.

· Mit dem berühmten Doppelnachtglas der Firma Zeiss?

Da, in weiter Ferne, fuhren zweiundzwanzig Schnellboote. Auf dem Weg hierher hatte jedes Boot achtundzwanzig Mann Besatzung und einhundertzehn verwundete und gesunde Landser an Bord, war also bis zum letzten Quadratzentimeter genutzt. Am Vortag war in Kurland noch gekämpft worden. Zehntausende mussten zurückbleiben und gerieten in Kriegsgefangenschaft, weil Schnellboote mit 15 500 Liter Dieselöl im Tank in erster Linie nun einmal nicht Transportmittel, sondern Maschine, Motor, Waffe, Munition sind.

Trotzdem war Trinkwasser im Trinkwassertank, stapelten sich in Schränken und Regalen die Konservendosen: Erbsen mit Rauchfleisch, Reis mit Sirup und Pflaumen, Thüringer Klöße, gezuckerte Pfirsiche. Der Torpedomechaniker, der auch Smutje war und eine Kurzausbildung als Koch absolviert hatte, schnitt dicke Scheiben vom Kommissbrot ab und belegte sie dick mit Rauchspeck und Hartwurst.

· Meistens sei der Küchendienst reihum gegangen.

· Aber doch nicht damals, an diesem Fluchttag mit der Parole «Heimat, deine Sterne»!

· Ach, man sei zu jener Zeit so wunderbar jung gewesen.

Ausgelaufen in Libau/Kurland vier Stunden vor Inkrafttreten der bedingungslosen Kapitulation, fuhr man mit einer

Geschwindigkeit von einundzwanzig Knoten Marschfahrt in zeitweilig bewegter See. Kurs: West. Ziel: Geltinger Bucht. Bis dahin waren es fünfhundert nautische Meilen und vierundzwanzig Stunden Fahrtzeit. Voraussichtlich um 20.00 Uhr würde man, nach zwanzig Stunden Frieden, einlaufen und mit Aufregung und Hallo und Durcheinander begrüßt werden. Die Kameraden, die sie bereits erwarteten, würden mit dem Zeigefinger auf die Armbanduhr klopfen und rufen: «Wird auch langsam Zeit» und «Wir waren die Ersten hier». Stimmen von der sicheren Warte der Schnellboote aus, die, mit bereits niedergeholten Flaggen, an den Begleitschiffen lagen und sich über fünfzig versenkten U-Booten in Sicherheit wiegten. Den Kurland-Schnellbootmännern winkte die «feierliche letzte Flaggenparade» am 11. Mai.

Mit kleinen Schritten näherte sich der Abend. Die Nacht ließ sich Zeit und versprach ein von Horizont zu Horizont leuchtendes Firmament. Ehrmann und Fredy saßen nach der Verurteilung durch das Kriegsgericht in ihrer Gefangenenkammer eingesperrt, wurden, abgeschottet unterhalb der Wasserlinie der Buéa, bewacht. Von den herannahenden Schnellbooten wussten sie nichts. Dass der Gerichtsherr diesen auf seinem Führungsschiff ein paar Seemeilen zur Begrüßung entgegenfahren wollte, wussten sie auch nicht. Der Kakerlakendampfer ließ von draußen nichts herein. Sogar das Wetter musste draußen bleiben. Es war schlechter geworden. Nachmittags hatte eine frische Brise weiße Köpfe in die See geweht. Trotzdem faulenzten viele Soldaten mit nacktem Oberkörper in windgeschützten Ecken auf den Schiffen.

Fredy verfasste mit Federhalter, Tinte und in Schönschrift Abschiedsbriefe an seine Verlobte Paula und an seine Eltern.

Er trank Wasser, er aß Kommissbrotbrocken. Er lauschte den Kakerlaken und dachte nicht an den Tod. Er dachte sich einen Maisternenhimmel aus und suchte darin das Sommerdreieck. Ehrmann notierte letzte, zum Teil unleserliche Sätze mit einem Kopierstift in sein Tagebuch und las alles, was er seither geschrieben hatte, noch einmal.

Alle Träume made in Germany geplatzt.

Unterdessen drehte der Gerichtsherr Beruhigungsrunden in der Kommodorekammer seines Führungsschiffes Hermann von Wissmann, das in unmittelbarer Nähe der Buéa noch vor Anker lag. Mit einem Ohr war er bei den Kurlandbooten, die irgendwann bald, an diesem Abend noch, erwartet wurden. Auf Ordnung hielt der Mann. Das Kammerlicht fiel auf sein Büchergestell, darin die Taschenbibel, das Neue Testament und das Gesangbuch. Man sah es ihnen an: Er benutzte sie täglich. Die Bücher trugen handschriftliche Widmungen seines Vaters: «Befiehl Du Deine Wege» und «Tue Recht und scheue niemand» und «Üb immer Treu und Redlichkeit». Das waren geflügelte Worte, die ihm stets den Weg gewiesen hatten, bis zuletzt, auch bis hierher.

Er war auf Befehl des Reichskommissars für Holland, Seyß-Inquart, am 2. Mai von seinem Hauptquartier in Scheveningen aufgebrochen. Den Reichskommissar hatte das neue Staatsoberhaupt Dönitz nach Flensburg-Mürwik befohlen. Seyß-Inquart war laut Führer-Testament Nachfolger Ribbentrops und zukünftiger Außenminister. Drei Schnellboote, eines davon mit Gerichtsherrn und Reichskommissar an Bord, fuhren nach Brunsbüttelkoog. Die Nordsee, das Meer, der große Hund, meldete Unbotmäßigkeiten aus dem Disziplinarbuch der Kanalküste. Drei Soldaten hätten sich unerlaubte Entfernung von der Truppe geleistet. Wie im November 1918 sei das gewesen, als Marinesoldaten in Wilhelmshaven gemeutert, in Kiel Revolution gemacht und Demokratie vom Zaun gebrochen hätten. Dieser Schandfleck, dieser schwarze Tag, fuhr jetzt mit auf den heimkehrenden Schnellbooten. Deutschlands Totengräber etwa schon wieder Marinesoldaten? Die Geschichte vom Revolutionsgast, den die Kriegsmarine wie einen Stein im Magen schon sechsundzwanzig Jahre lang mitschleppte und nicht los wurde: zum Kotzen.

In Brunsbüttelkoog trennten sich Reichskommissar und Gerichtsherr. Jeder bestieg das bestellte Auto. Kaum zu glauben, der Gerichtsherr sah vor sich und hinter sich und links und rechts herumstreunende Soldaten mit Katzen auf dem Arm. Die Katzen bewegten ihre Katzenmäuler, als wenn sie miauten. Sie verlangten Milch, auch für die Soldaten. Soldaten und Katzen tranken Milch aus einem Napf, stillten ihren Durst um die Wette und waren auf der Suche nach einem warmen Lager. Diesen Katzenjammer habe er, sagte der Gerichtsherr später, nie mehr vergessen können.

Flüchtig und geisterhaft zog ein magermilchweißer Schimmel, der vor einen Kastenwagen mit Flüchtlingen und Sack und Pack gespannt war, Erinnerungen herbei. Erinnerungen an das beschlagnahmte, herrliche Luxus-Cabriolet made in USA, mit Tarnlichtscheinwerfer auf dem linken Kotflügel. Endgültig vorbei die Draufgängerzeiten: Nach einem feucht-fröhlichen Abend in Paris hatte er seinen geliehenen VW-Kübel um die Alleebäume der Champs-Élysées herum «onduliert». Da war kein Kläger gewesen, auch kein Richter. Oder damals, zu Anfang des Krieges: Als übermütiger Flottillenchef hatte er seine Schnellboote mit viel zu hoher Fahrt im Kieler Kriegsmarinehafen manövrieren lassen. Nachdem das Hafenwasser die Kaimauer mehrmals überflutet hatte, trat der Hafenkommandant als Kläger auf und verteilte einen Anschiss: «Lassen Sie den Kinderkram!» Vorbei. Damals, in der Vorbei-Zeit, durchzuckten noch Siegesgefühle sein Fleisch und Blut. Die Mundwinkel standen waagerecht wie eine übers Drahtseil getragene Balancierstange und konnten den lieben Gott tragen. Der hielt mühelos das Gleichgewicht.

Nun aber, im Mai 45, gingen unbesiegbare Kräfte unterirdisch-unbeirrbar ihrer Arbeit nach und dirigierten den Gerichtsherrn über Schleswig-Holsteins verstopfte Straßen. Dreimal stand er vor seinem höchsten Vorgesetzten, der am 3. Mai 45 um zwei Uhr nachts in Flensburg-Mürwik eingetroffen war. Dönitz schärfte ihm ein: «Keine Disziplinlosigkeiten, keine Schiffsversenkungen, kein Katzenjammer. Mit eiserner Strenge durchgreifen.» Dazu notierte die Seekriegsleitung zwei Tage darauf in ihrem Tagebuch: «Bei Durchkämm-Aktion Texel am 3. 5. 744 Meuterer niedergemacht.»

Eine Autostunde von Flensburg entfernt tagte ein Kriegsgericht in Sonderburg. Ankläger war derjenige, der Ehrmann und Fredy als Vorsitzender Richter vier Tage später an Bord der Buéa das Urteil sprechen sollte. Wegen «militärischen Aufruhrs» forderte er am Abend des 5. Mai elfmal die Todesstrafe. Die Mannschaft des Minensuchers M 612 hatte gemeutert und Kommandant und Offiziere mit Waffen bedroht, eingesperrt und das Boot in ihre Gewalt gebracht. Dann fuhr sie mit gehisster roter Flagge Kurs Kiel statt den befohlenen Kurs Kurland. Ein Schnellboot machte diesem Ausreißerunternehmen schnell ein Ende. Das Kriegsgericht folgte dem Antrag des Anklägers. Der für diesen Fall zuständige Gerichtsherr, der im Sonderburger Schloss sein Quartier hatte, bestätigte das Todesurteil. Noch in derselben Nacht wurden elf Todesurteile auf der Reede vor Sonderburg an Bord des Minensuchbootes M 612 im Scheinwerferlicht vollstreckt.

In den Abend, der sich über Schiff, Wasser und Steilküste gebreitet hatte, schaute unser Gerichtsherr nicht hinaus. Da wäre der nimmermüde und nie ganz dunkel werdende Maihimmel zu bestaunen gewesen.

· Der Mann sei fertig gewesen.
· Mit Himmel und Erde?
· Mit Krieg und Frieden.

«Herr, lass mich die richtige Entscheidung treffen. Gib mir Kraft für alle Müh' und Plag'.» Der Gerichtsherr betete christlich und dachte soldatisch. Hier und da und wie von ferne fühlte er seinen Körper. Wo das Geschlecht hing, war nichts als Leere, Stille, Abwesenheit. Er blickte am exakt geknöpften Hosenstall vorbei auf die Bügelfalten: kaum zu sehen auf der dunkelblauen Diensthose. Zwei Beulen hatten sich über den Knien in die Hose geschlichen. Am Kleiderhaken baumelte die Admiralsmütze. Er sah sie baumeln und bedachte sein Alter. «Mit vierzig wird der Mensch gescheit.» Mit diesem Satz hatte ihm ein Motorenfachmann von Daimler-Benz im Schnellboot-Stützpunkt von Boulogne Hoffnung gemacht. An der französischen Ärmelkanalküste hatte der Kommodore mit dem schwäbischen Diplom-Ingenieur auch über die Bücher im Bücherbord gesprochen, über christliche Erziehung und ethische Grundsätze, die in ihren Elternhäusern walteten. «Nächstenliebe» – ein Wort, das beide Väter zu predigen nicht müde geworden waren. Der eine hatte das als evangelischer Bürgermeister in Württemberg getan, der andere als evangelischer Pastor in Nordschleswig. Nächstenliebe galt dem Kommodore so viel wie Fürsorge. Fürsorge stand bei ihm aus christlicher und soldatischer

Überzeugung ganz obenan. Der Christ und der Soldat waren sich in der Fürsorgefrage völlig einig. Christ und Soldat gaben ihm Kraft. Diese Kraft beflügelte ihn, weswegen seine Schnellbootmänner sagten, dass er wie ein Vater sei.

Damals war der Kommodore mit dem schwäbischen Ingenieur durch den Schnellbootbunker von Boulogne geschlendert. Deutsche Wertarbeit der Organisation Todt, die am Atlantikwall zwölftausend Bunkeranlagen und Geschützstände aus 17,3 Millionen Tonnen Beton und 1,2 Millionen Tonnen Stahl gebaut hatte. Scheinwerfer strahlten grelles Licht von der Bunkerdecke. An den Bunkerwänden waren Trittleitern montiert. Wasserbomben wurden von Bord geladen, Minenschienen eingebaut.

Ob er den Fürsorgegedanken aus christlicher oder aus soldatischer Überzeugung schöpfe?, fragte der schwäbische Ingenieur.

Sowohl als auch. Vorsicht, da sei eine Ölpfütze.

Der christliche Glaube befehle ihm aber: «Du sollst nicht töten.» Sei das nicht ein unauflösbarer Widerspruch?

Er könne sich nicht helfen: Er sei nun mal Christ und Soldat. Beides mit Überzeugung. Schon von der Erziehung her.

Eine Überzeugung für zwei verschiedene Dinge?

Zwei Überzeugungen. Beide verbinde er im Glauben. Für den Glauben müsse er jedoch beten, sonst werde er die Überzeugungen verlieren.

Also schlage der Glaube zwei Fliegen mit einer Klappe?

Gott möge ihm als Soldat die Kraft geben, in diesem Gegensatz zu leben.

«Die Kraft der Deutschen, in Gegensätzen zu leben», eine schmale, dreiundachtzig Seiten umfassende Schrift von Otto Dibelius, hatte sich der schwäbische Ingenieur vom Kommodore zur Lektüre erbeten. Der nahm das Buch in seiner Kommandantenkammer aus dem Bücherbord und reichte es mit «Bitte um Rückgabe» weiter. Schöne Hände hat der Mann, dachte der Ingenieur. Überhaupt, ein schöner Mann. Er konnte sich diesen Marineoffizier «durchaus als Liebling der Frauen» in einem Film vorstellen.

«Das Jahrhundert der Kirche», ein anderes Dibelius-Buch, in dem die Novemberrevolution und der Untergang des Kaiserreiches als Fundament der christlich-deutschen Kirche beklagt werden, war dem Gerichtsherrn auch bekannt. Dibelius war Mitglied der Bekennenden Kirche und stand der Pastorsfamilie des Gerichtsherrn von Berufs wegen und geistig nahe. Dibeliusworte waren Familienworte, das galt für den Kommodore ebenso wie für den Gast von Daimler-Benz. Der sagte nun, als sie an diesem Frühlingstag aus dem Schnellbootbunker traten und in den wolkenverhangenen Himmel sahen: «Steigen Sie ein.»

Sie fuhren nach Paris in einem von der Wehrmacht beschlagnahmten amerikanischen Packard. Zunächst ging es nach Wimereux zum Hotel Bellevue, dem Quartier der Schnellbootmänner, in dem beide Herren übernachtet hatten. Sieben Komma acht Liter Hubraum hatte das Luxus-Cabrio unter der Motorhaube. Das Armaturenbrett war aus karpatischem Ulmenholz gefertigt. Es roch angenehm nach Benzin und Leder. Im Kofferraum lagen die Aktentaschen und Koffer von Fahrer und Beifahrer.

Der knüpfte wieder bei Dibelius an: Der Novemberrevolution habe man ja leider die Weimarer Demokratie zu verdanken.

«Ja, ein Unglück. Das hat auch mein Vater gesagt», antwortete der schwäbische Ingenieur.

«Wir, die Marine, müssen uns selber beim Portepee fassen und uns schuldig bekennen.»

«Es sind die Umstände gewesen.»

«Die Offiziere der Kaiserlichen Marine haben sich gegenüber ihren Soldaten als Herrenmenschen aufgespielt und sie wie Sklaven behandelt.»

«Wenn das der Kaiser gewusst hätte.»

«Der hat es gewusst. Das ist mir als Christ und Soldat schon immer ein Dorn im Auge gewesen; der absolute Tiefpunkt der Marinegeschichte. Ich habe daraus meine Lehren gezogen. Wer seine Männer gut behandelt, der ist gefeit vor Revolution und Nationalsozialismus.»

Dies sagte der Kommodore mit geschlossenen Augen. Er war hellwach, er war in Vorfreude auf drei Tage Paris: Antrittsbesuch beim Befehlshaber von Groß-Paris im Hotel Meurice, Lazarettbesuch bei einem seiner Schnellbootkommandanten, der trotz durchschossenen Kiefers auf der Brücke geblieben war und sein Boot sicher nach Hause gesteuert hatte; ein Musterbeispiel von Schnellboot-Tapferkeit. Soweit der offizielle Teil, dann folgte das Vergnügen.

Jetzt, in der Kommandantenkammer der Hermann von Wissmann, hing die Uniformjacke mit goldenen Knöpfen und goldenem Lametta auf dem Kleiderbügel, und der Kleiderbügel hing am Kleiderhaken unter der Admiralsmütze. Über seinem Diensthemd trug der Gerichtsherr nichts. Der Kragen war geöffnet: Kragenknopf rechts, Kragenknopfloch links. Er hob langsam die Rechte, um mit Daumen und Zeigefinger nach dem Kragenknopf zu fühlen; er fehlte. «Sie fehlen einen manquierenden Knoop, Herr Seekadett», hatte der vorgesetzte Oberbootsmann auf dem Kreuzer Hamburg während der großen Ausbildungsreise 1926 mit tadelndem Blick zu ihm gesagt. Der Mann kam aus Solsbüll, hatte die Skagerrak-Schlacht erlebt und bei der Kaiserlichen Marine Französisch gelernt. An diese schöne Zeit musste der Gerichtsherr denken, nun in seiner Kammer, als er auf der Suche nach dem Kragenknopf war: Achtundzwanzig nutzlose Knöpfe waren auf der Seekadettenuniformjacke angenäht; nur einen, den neunundzwanzigsten, hätte er zum Zuknöpfen gebraucht.

Dieser eine Knopf entlockte ihm ein Schmunzeln. Der Schlipsknoten pendelte, locker gezogen, wie ein großer, marineblauer Diamant vor seiner Brust. Kaffee-Kolonial stand auf dem Tisch. «Danke, mein Junge», hatte er zur Ordonnanz gesagt. Die Ordonnanz mochte das. Die hätte sein Sohn sein können. Aber der Gerichtsherr war weder verheiratet, noch hatte er Kinder. Da stand die Tasse Bohnenkaffee und dampfte. Mit einem Schuss Sahne dampfte sie nicht mehr.

«Noch eine Kaiser-Wilhelm-Gedächtnissuppe gefällig, Herr Kommodore?»

«Kein Bedarf, mein Lieber, da würde man ja noch trauriger werden; zu Kaisers Zeiten war die Suppe für Offiziere schmackhafter und nahrhafter als für die Truppe.» Immerhin konnte man damit rechnen: Kaiserwetter. Morgen, am Donnerstag, dem 10. Mai, Christi Himmelfahrt, würde herrlich die Sonne scheinen und seine Männer noch einmal zum Sonnenbad einladen. Während er sich um wichtigere Dinge kümmerte, würde die Geltinger Bucht ruhig daliegen, und angenehm warm würde dieser zweite Friedenstag zu Ende gehen und so in Erinnerung bleiben. Als er dieses dachte, zogen Falten auf seine Stirn, dicke, dunkle Wolkenbänke, die das Wetter unergründlich über den Himmel schleppten. «Erst mal dieses hier: das Todesurteil.» Der Gerichtsherr verriegelte die Kammertür. «Ich will von niemandem gestört werden. Sorgen Sie dafür, dass mich niemand stört», sagte er der Ordonnanz. Die wusste: Nur bei wichtigsten Fernschreiben und Funksprüchen durfte sie anklopfen.

«In diesen Tagen haben wir zwar ziemlich viel zu tun gehabt, jedoch weniger im Verhältnis zum Beschäftigungsgrad anderer Gerichte.» So sprach später die Gerichtssekretärin als Zeugin, deren mit Schreibmaschine geschriebenes, mehrseitiges Stück Urteilspapier nur ein paar Tage existiert hatte und mit anderen noch vorhandenen Akten des Kriegsgerichts «auf einen grundsätzlichen Befehl hin» vernichtet worden war. «Es sind viele Akten vernichtet worden. Ob an Bord oder an Land, ist unbekannt.» Dies gab der Protokollführer der Kriegsgerichtsverhandlung als Zeuge zu Protokoll.

Nun war der Gerichtsherr allein mit dem Urteilspapier in der Kammer seines Führungsschiffes, das voller Herz- und Pulsschlag, Lampensummen, Maschinenstille und Kriegsende war. Und ins Kriegsende hinein brummte wie von Lichtjahre fernen Sternen ein Hilfsdiesel, damit Gleichstrom durch die Leitungen floss und diese Frage nicht verstummte: «Ist es wirklich erforderlich, zwei Menschen zu opfern, um die Aufgaben, die uns gestellt sind, durchzuführen?»

Die Zeit verging, die Frage nicht. Es fiel ihm schwer, sich zu konzentrieren. Die Augen standen still, die Gedanken wanderten. Wie eine Erlösung kam der um 20.03 Uhr vom Reichssender Flensburg gesendete letzte Wehrmachtsbericht. Draußen, das wusste er, hingen die Schnellbootmänner mit weit geöffneten Ohren an den Radios, die auf allen Schiffen eingeschaltet und laut aufgedreht waren. Der Rundfunksprecher konnte später nicht leugnen, «emotional bewegt» gewesen zu sein, als er zu sagen hatte: «Seit Mitternacht schweigen nun an allen Fronten die Waffen.»

Für den Gerichtsherrn ging der Krieg in seiner Kammer weiter. Sollte er den Fall dem Oberbefehlshaber der Marine übergeben? Oder gar dem Reichspräsidenten, dem Großadmiral? Waren die überhaupt zuständig? Die Funkverbindung nach Flensburg funktionierte, das war ihm gemeldet worden.

Der Großadmiral hatte andere Sorgen. Er saß im Puppenstubenlicht wie ein Zinnsoldat auf dem Beifahrersitz seines Mercedes-Cabrio, Geschenk des Führers, Kennzeichen WM 565 294. Auch der Chauffeur sah wie ein Zinnsoldat aus. Zwei Figuren aus weichem deutschem Lindenholz, für immer hineingeschnitzt in die Polster. Zwei weitere standen ganz in der Nähe, einer unterm Stahlhelm, korrekt mit dem Gruß «Hand an der Kopfbedeckung», der andere, ohne Kopfbedeckung und ohne Gruß, setzte gerade seinen rechten Stiefel vor die drei aus Backstein gemauerten Eingangsstufen der Marinesportschule.

Das Spielzeugauto des Reichspräsidenten Dönitz kam keinen Millimeter voran. Es würde nie die fünfhundert Meter entfernte Kommandeursvilla der Marineschule Mürwik erreichen, die ihm als Dienstwohnung zur Verfügung stand. Vor der Villa wehte nach wie vor die Reichskriegsflagge. Das Fahrzeug hatte anscheinend schon immer vor der Tür der Marinesportschule seinen Platz gehabt und würde da auf ewig seinen Platz behalten. Restgroßdeutschland hieß nun «Sonderbereich des OKW» und bestand nur noch aus ein paar Hektar Land zwischen dem Ostufer der Flensburger Förde und der alten Kleinbahnstrecke von Flensburg nach Glücksburg.

Eine Stunde später saß das deutsche Staatsoberhaupt Dönitz dann doch in seinem Dienstzimmer der Marinesportschule. Sein Adjutant, der nebenan im Vorzimmer arbeitete, hatte ihm die Tagesmeldungen der Seekriegsleitung vorgelegt: In Norwegen war die 8. Schnellbootflottille mit vier Booten in Stavanger eingelaufen. Deutsche Bucht und

Raum Holland: keine besonderen Vorkommnisse. Dünkirchen: seit dem 7. Mai keine Kampfhandlungen mehr. Kanalinseln: je eine Kurierfahrt Guernsey–Alderney und Guernsey–Jersey durchgeführt. Die letzte Meldung bezifferte die «Gesamttransportleistung vom 2. Januar bis zum 8. Mai 45» mit 2022602 aus dem Osten geflüchteten Menschen. Das erfüllte Dönitz mit Genugtuung und Stolz. «Ruhm und Ehre», sagte er zu seinem Adjutanten und: «Ich möchte allein sein. Bitte nicht stören!»

Mit Kindergesicht, Unschuldsmiene und ohne Großadmiralsstab saß er, die Seele des Gewissenlosen, an seinem Schreibtisch. Ein Großhochmeister des Deutschen Reiches in seiner Ordensburg, ausgezeichnet mit dem «Goldenen Parteiabzeichen» am 30. Januar 1944, des Führers zwölftem Jahrestag als Reichskanzler. Verrücktes war ihm nicht fremd. Er hatte schon einmal den Geistesgestörten gemimt, um aus britischer Gefangenschaft entlassen zu werden, hatte kindische Spiele mit Keksdosen und kleinen Porzellanhunden gespielt. Jetzt sah er vor sich eine Holzkiste voller Taschenuhren. Sie trug die Aufschrift: «Geschenk des Befehlshabers der U-Boot-Flotte für seine U-Boot-Fahrer.» Fasziniert davon, Gegenstände fallen zu lassen, ließ er eine Uhr nach der anderen aus der Hand gleiten und unten aufschlagen: kaputt. Die Uhren hatte das Wirtschafts- und Verwaltungshauptamt der SS mit Schreiben vom 13. Mai 1943 zugestellt, «Betr.: Verwertung des jüdischen Hehler- und Diebesguts: Für die instandgesetzten Herrenuhren schlage ich vor: Die U-Boot-Waffe erhält sofort dreitausend Stück, ab 1. 10. 43 nochmals dreitausend Stück.» Dönitz hatte sich die Taschenuhren als kleines Dankeschön für seine U-Boot-Fahrer gedacht. Einige U-Boot-Fahrer hatten dieses Dankeschön jedoch mit Kiste und Aufschrift über Bord gekippt, weil sie ahnten, dass die letzte Stunde dieser Zeitmesser in einem Konzentrationslager geschlagen hatte. Andere hatten sie getragen und mit ins Seemannsgrab genommen.

Nun saß der Großadmiral da mit seinem Talent, dem einzig passenden Ersatzteil für Deutschlands Spitzenamt. Das Original hatte sich in Staub aufgelöst und ging in Flocken über Deutschland nieder. In der Luft stand geschrieben: «Mit kindlicher Einstellung und Heilsarmeemethoden kann man den Krieg nicht gewinnen!» Dönitz las das und sah die Flocken wirbeln. Schnee an einem Maiabend? Hatte er gegen den letzten Führerbefehl verstoßen, indem er Deutschlands Kampf für beendet erklärt hatte? In dieser stillen Flockenwirbel-Minute dachte er: «Ich – ein Hochverräter?» Ihn schauderte. Nein, niemals, mit den Leuten vom 20. Juli hatte er nichts gemein, schließlich war er Preuße und kein Süddeutscher. «Heiliger Zorn und maßlose Wut» hatten ihn damals erfüllt, und er hatte als Oberbefehlshaber der Kriegsmarine Eindeutiges verlauten lassen. Ruhe und Ordnung kehrten bei ihm ein, als er seine beiden gefallenen Söhne – der eine Schnellbootfahrer, der andere U-Boot-Fahrer – vierundzwanzigjährig beziehungsweise einundzwanzigjährig als Flocken vom Himmel schweben sah. Söhne verloren. Krieg verloren. Alles verloren.

Alles verloren? Unruhe floss wie von schwachem Strom getrieben durch seinen Körper; er hielt inne, um nicht den Boden unter den Füßen zu verlieren. Schon stand er wieder mit beiden Beinen fest auf der Erde und sah eine Zeit kommen, in der es heißen würde, die Vergangenheit möge ruhen. Er sah eine Leidens- und Opferzeit voraus, die anzunehmen und durchzustehen wäre. Dann aber: Ferngespräche und Post, Fragen und Besuchstermine. An der Haustür einer im Stillgestanden mit Hut in den Händen. Zwei Hände drehten den Hut. Respektvolles Räuspern, vorschriftsmäßiges Melden. Nach alter Schule würde er empfangen und ins Haus bitten. Zehn Minuten; mehr nicht. Nach abgelaufener Zeit wäre dem Besuch das Großadmiralsfoto zu signieren und zu überreichen. Der Großadmiralsstab, den er darauf in seiner behandschuhten Rechten halten würde, wäre mit dunkelblauem Samt bespannt, trüge oben Reichsadler und Hakenkreuz. Jeden Sonntag würde er zum Gottesdienst gehen und in der Kirche beten. Für diese Zeit und für die Zeit danach hätte er rechtzeitig die Weichen gestellt.

Im Januar 44, fünf Tage vor der Verleihung des Goldenen Parteiabzeichens, hatte er in einer Rede vor Offiziersanwärtern in der Marineschule Mürwik gesprochen wie Jesus zu seinen Jüngern: «Denn nun komme ich zu euch.»

- Der Mann habe eben Charisma gehabt.
- Charisma sei das, was die Götter den Menschen ins Gesicht schissen. Er habe sich am Schluss doch nur an den gekreuzigten Jesus halten können.
- Für Chefingenieure des Opportunismus sei das kein Problem.
- Seine Höflichkeit.
- Sein schlichtes Grab.
- Ja, letzten Endes, denn das von ihm beantragte «Grab in den Lüften» sei dem Bittsteller ohne Angabe von Gründen verwehrt worden.
- Warum?
- Das habe sicher mit den finsteren Jahren zu tun.
- Und dann die schwarz-rot-goldene Flagge der Bundesrepublik auf dem Sarg und das Lied «Deutschland, Deutschland über alles» aus drei- bis viertausend Kehlen.
- Das habe noch in den alten Weggefährten dringesteckt. Nur die Toten hätten wie üblich geschwiegen.

- Ob der Gerichtsherr dabeigewesen sei und mitgesungen habe?
- Wisse er nicht. Zuletzt hätten die beiden sich anlässlich seines 75. Geburtstags im Jahre 1980 gesehen. Dönitz sei «völlig überraschend» aufgetaucht. Der Gerichtsherr sei sichtlich gerührt gewesen, als der Großadmiral ihn in einer kurzen Ansprache als «untadeligen Offizier» bezeichnet habe.
- Der Festausschuss habe den Großadmiral, das ehemalige Staatsoberhaupt, also eingeladen?
- Nicht als ehemaliges Staatsoberhaupt habe der Festausschuss ihn eingeladen, sondern als den Vater zweier gefallener Söhne. Schlichtweg alle Weggefährten seien eingeladen worden. Nur einer nicht, die einzige Gegenstimme, die heute wie damals sagte: «Man hätte die Delinquenten kielholen können – an eine Leine binden, über Bord stoßen und auf der anderen Schiffsseite wieder herausziehen. Aber man hätte sie leben lassen sollen.»
- Und sei der gekränkt gewesen, weil man ihn von der Geburtstagsfeier ausgeschlossen habe?
- Was denn sonst!
- Er hätte das doch auch mit Stolz zur Kenntnis nehmen können.
- So könne nur einer reden, der so tue, als habe er nie bei der Kriegsmarine gedient. Der Ruhm der Helden sei unsterblich und werde niemals untergehen. Der Herr erbarme sich unser. Er schenke unserem lieben verstorbenen Großadmiral den ewigen Frieden.

Dönitz lächelte. Das Lächeln erstarb, er erwachte wie nach einer tiefen Traumfahrt und tauchte in seinem Dienstzimmer auf. Er hörte Schritte und Stimmen vom Flur. Um ihn herum wurde noch geschrieben, gemeldet und gegrüßt.

Bleistifte wurden über Papierkörben gespitzt, Papierkörbe wurden gefüllt und geleert. Besonders leise Schreibmaschinen namens «Silenta» klapperten in den Dienstzimmern. Auf Befehl des Großadmirals hing das Führerbild weiterhin an den Wänden. Im Kasino trugen Ordonnanzen in weißen Kellnerjacken Kaffee und Cognac auf, auch Kondensmilch in dicken, weißen Wehrmachts-Kondensmilchkännchen. Es gab auch noch Suppe vom Mittag, die in dicken weißen Wehrmachtsterrinen serviert wurde. Es wurden Ringe in die Luft gehaucht, und durch die Ringe wurde gesagt: «Wie kann man bloß in diesem Chaos noch ordentlich seinen Aufgaben nachgehen! Lasst uns doch Pläne für die Zukunft schmieden. Schließlich werden wir im Kampf gegen den Bolschewismus wie eh und je gebraucht.» Dieses sagte man mit dem noch zu erwartenden feucht-fröhlichen Abend im Auge und im Hinblick auf die eigene Zukunft, die, von der Steilküste aus betrachtet und auf gut Deutsch gesagt, plattgedrückt in der Ostsee schwamm.

Als Christ und Offizier war der Gerichtsherr nicht gut auf Dönitz zu sprechen. Der hatte ihm vorgeworfen: Er, Kommodore und Führer der Schnellboote, führe seine Schnellboote nicht hart genug an den Feind. Kampferfolge seien infolge von «mangelndem offensivem Kampfgeist» ausgeblieben. Er habe gegen den Grundsatz «Feindversenkung rangiert vor Selbsterhaltungstrieb» verstoßen. Diesem Grundsatz stimmte der Kommodore im Prinzip zu; er konnte ihn aber nicht losgelöst vom Fürsorgegedanken denken.

«Die halten uns wohl für feige», hatte er zu den Männern seines Stabes gesagt. Er war tief gekränkt. Prompt rügten die Vorgesetzten «Argwohn und Empfindlichkeit» des Kommodore. Dönitz rügte mit. Trotzdem erhielt der Gerichtsherr vom Führer persönlich das Eichenlaub zum Ritterkreuz mit der laufenden Nummer 499. Als er im Sommer 44 seine Reise ins Führerhauptquartier auf den Obersalzberg antrat, sagte er seinen Männern zum Abschied: «Ich werde dem Führer reinen Wein einschenken und mir nichts vormachen lassen.» Als er mit dem Eichenlaub zurückkam, war er, so überlieferte ein Zeuge, «zutiefst ergriffen von Hitlers Mitgefühl, seinem beeindruckenden Detailwissen über die Mängel unserer Waffen». Davon konnten die Schnellbootfahrer ein Lied singen: die unzuverlässigen Motoren, die veralteten polnischen Beuteminen, die englische Radarüberlegenheit. Außerdem beanstandeten sie die mangelhafte, zu kurze Kriegsausbildung, die schnell menschliches Versagen heraufbeschwor: ungenaue Minenwürfe, Torpedofehlschüsse, Grundberührung, Kollisionen.

Nein, von Dönitz wollte er keinen Rat erbitten. Ohnehin konnte er dessen Judenhass mit seinem Glauben nicht vereinen. «Das deutsche Volk verdankt unserem Führer schlechthin alles, alles! Ich möchte sehen, wie es in Deutschland ohne den Nationalsozialismus jetzt im 5. Kriegsjahr aussehen würde, voller Parteien, voller Juden, die jegliche Gelegenheit benutzen würden, zu kritisieren, zu schaden, zu zersplittern, herabzuziehen, Schwäche auszustreuen, zu stören. Die Wehrmacht muss fanatisch an dem Mann hängen, dem sie Treue geschworen hat. Lieber möchte ich Erde fressen, als dass meine Enkel in dem jüdischen Geist und Schmutz erzogen würden und vergiftet werden …» Dönitz hatte sich als Hitlers Treuester herausgewirtschaftet – warum sonst wollte der Führer am Ende nur ihn als Nachfolger? Noch am 25. April 45 forderte er vor norddeutschen Gauleitern die «unerbittliche Durchsetzung des Führerwillens» und appellierte an alle Marineoffiziere: «In dieser Lage gibt es nur eins: Weiterzukämpfen und allen Schicksalsschlägen zum Trotz doch noch eine Wende herbeiführen. Fanatischer Wille muss unsere Herzen entflammen. Unsere militärische Pflicht, die wir unbeirrbar erfüllen, lässt uns wie ein Fels des Widerstandes kühn, hart und treu stehen. Ein Hundsfott, wer nicht so handelt. Man muss ihn aufhängen und ihm ein Schild umbinden: Hier hängt der Verräter.»

Der Gerichtsherr hatte sich mit Hitler und den Seinen nie anfreunden können. Dennoch, er hatte mal eine Rede auf des Führers Geburtstag gehalten.

Wie habe er das tun können, wo Hitler doch bekennender Antichrist sei und er selber bekennender Protestant, mit dem sogar katholische Offiziere das Gespräch suchten. Das hielten ihm zwei gleichgesinnte Offiziere seines Stabes auf einer Dienstreise vor. Habe der Führer nicht seinen Vater, den evangelischen Pastor, festnehmen und einsperren lassen wie den Kollegen Oberleutnant zur See a. D. Niemöller, den Crewkameraden des Großadmirals?

Das stimme. Wenn er das heute bedenke, sei die Rede auf den Führer nicht richtig gewesen. Er habe sie aber gehalten als Deutscher und als Soldat, der dem Führer den Eid geschworen habe. So herum möge man die Rede verstehen. Im Übrigen, seien wir mal ehrlich, die Machtergreifung durch den Führer habe für jeden deutschen Soldaten eine große Zeit anbrechen lassen.

Das alles war weit weg und lange her. Der Gerichtsherr hielt an diesem ersten Friedensabend beide Hände vors Gesicht und versuchte, Ordnung in seine Gedanken zu bringen. So blieb er wach. Er sah einen Berg von Arbeit vor sich, den er als Doppelzentner auf den Schultern tragen musste. Würde er die Arbeit schaffen? Auf dem Boden der Tatsachen stehen zu bleiben, das war jetzt wichtig. Auf die Bügelfalten kam es in dieser Stunde nicht an. Der Gerichtsherr hatte eine Schreibtischschublade aufgezogen; er nahm den letzten Brief seines Vaters heraus. Wie stolz der auf seinen Sohn war! Er hatte einen Schnellbootfilm gesehen, in dem sein Sohn mitgewirkt hatte. Er habe an sich halten müssen, um nicht aufzuspringen und zu rufen: «Ich bin der Vater!»

Als der Gerichtsherr das jetzt wieder las, durchströmte ihn Wärme, Gewissheit und Dankbarkeit. Er dachte: «Vater, den Fahnenfluchtfall nehme ich selber in die Hand.» Dönitz kam weder als Ratgeber in Frage, noch durfte er oberster Gerichtsherr sein. Nach der bedingungslosen Kapitulation hatte der nämlich gewechselt. Großbritanniens König Georg VI. war es jetzt. Aber wie hätte der Gerichtsherr das wissen sollen. Und wenn er es gewusst hätte, wäre der Fall dann an den englischen König abgegeben worden?

Der Deutsche verstehe sich nicht auf die Kunst der Angelsachsen, andere für sich kämpfen zu lassen. Das rief Familiengott Dibelius.

Jawohl, selber kraftvoll kämpfen. Das rief der Gerichtsherr zurück.

Der kraftvolle Mensch sei das deutsche Ideal: Siegfried, Roland, Luther, Bismarck.

Diese kraftvollen Renaissancemenschen!

Wie bitte?

Das seien im Grunde alle vier.

Aber nicht der Schlaue, Gerissene, der bei den Semiten und Griechen eine solche Rolle spiele.

Keinen Judenhass, Bruder Dibelius!

Bewahre! Jedoch habe der Herrgott mit Fleiß verschiedene Rassen geschaffen, die nach aller menschlichen Erfahrung nicht harmonieren könnten.

Da müsse man zustimmen. Am deutlichsten sehe man das bei Schwarz und Weiß.

Der Mensch müsse die Kraft haben, das, was seinem Wesen und seiner Berufung fremd sei, abzustoßen oder niederzuringen.

Immer heiße es zuletzt: ich oder du.

Dibelius-Dialoge führte der Gerichtsherr weniger vom Glaubensstandpunkt als vom Soldatenstandpunkt aus. Damit hatte er etwas in der Hand, damit konnte er beschließen. Dibelius war Stütze, Stecken und Stab in schwierigen Zeiten. Ein Volk, ein Reich; der Führer lebte nicht mehr. Der Nationalsozialismus war untergegangen. Deutschland durfte nicht untergehen. Deutschlands Einheit musste bewahrt werden. Dafür brauchte es Gehorsam, Manneszucht und Disziplin.

Der Stundenzeiger auf des Kommodores Armbanduhr rückte einen Millimeter nach dem anderen vor. Die Begrüßungsworte an die Kurland-Schnellbootfahrer waren längst gesprochen worden. Als die Ordonnanz ein weiteres Mal an die Kammertür klopfte, las der Gerichtsherr in einem Predigttext seines Vaters.

«Noch einen Wunsch, Herr Kommodore?»

«Danke. Sie können in die Koje gehen.»

Der Pastor hatte seine Abschiedspredigt am 4. Mai 1924 in der Kapelle des Kreiskrankenhauses in Großlichterfelde-West über Hebräer 13, Vers 20 bis 21 gehalten. «Es ist dem Satan immer ein Triumph, wenn er eine Predigtstätte schließen kann», so waren die Worte mit norddeutschem Zungenschlag von der Berliner Kanzel gekommen. Den hatte er im nordfriesischen Leck, wo er geboren worden war, gelernt. «Gott macht euch tüchtig, zu Männern und zu ganzen Menschen.»

Gleichwohl: Die Kraft, dem eigenen Glauben frohe Botschaft abzugewinnen und in Zeiten des Untergangs frei und vernünftig zu handeln, war dem Gerichtsherrn nicht in die Wiege gelegt worden. Starrsinn machte ihn schwerfällig, dickes Blut kreiste in seinen Adern. «Geistig nicht sonderlich beweglich, eine gewisse Schwerblütigkeit im Denken und Langsamkeit im Aufsetzen von Schriftstücken machen ihn zum Admiralsstabsoffizier weniger, dagegen zum Frontoffizier vorzüglich geeignet. Sein gerades, kompromissloses Wesen ist seine Stärke», heißt es in einer Beurteilung von 1938. Der Spruch «Große Herren denken lange» konnte ihn in dieser Nacht nicht trösten. Er wünschte sich geschmeidig und geschickt, wünschte sich dünneres Blut und schnelleres Admiralsstabsdenken. Sein Wunsch ging nicht in Erfüllung.

«Es war erstaunlich, mit welchem Körpereinsatz der Chef spielte, indem er unter anderem durch Rempler mit der Hüfte seine Gegner aus dem Kurs oder zu Fall brachte.» So sprach ein Zeuge, der den Gerichtsherrn 1938 beim Fußballspiel auf der grünen Wiese unterhalb des Leuchtturms von Schleimünde beobachtet hatte. «Beim Autofahren reagierte er schnell und instinktiv. Nicht aber im Lagezimmer.» War das der Grund, weswegen ihn seine Offiziere «Peter Pappkopp» nannten? Es heißt, er habe niemandem Einblick in seine Gedanken gewährt, er sei verschlossen gewesen. Dem eigenen Spottnamen ist man wehrlos ausgeliefert. Namensspott verletzt. Er trug die Verletzung schweigsam und tapfer.

Auch diese: 1934 wollte der damalige Oberleutnant zur See die Tochter eines Handwerkers heiraten. Die Vorgesetzten, denen er seine privaten Pläne pflichtgemäß meldete, hielten die Auserwählte nicht für standesgemäß, allein schon deswegen, weil sie am Tresen einer Kieler Kneipe, in der auch Marineoffiziere verkehrten, Bier zapfte und Weinbrand in Cognacgläser goss. Die Heiratserlaubnis, eine noch gültige Vorschrift aus kaiserlichen Marinezeiten, wurde dem Antragsteller wegen «mangelhafter Persönlichkeitswerte der zukünftigen Ehefrau» verweigert. Starke Unterschiede im geistigen Niveau, hieß es, könnten nicht hingenommen werden. Stehe bei der Frau das Gefühlsleben weit über den geistigen Regungen, dann werde ein unwürdiges Zueinandergetriebenwerden ohne jeglichen ethischen Fundus die Folge sein. Aufgabe des Offiziers sei es, als «Mann» dafür zu sorgen, dass er durch seine Heirat nicht auf ein untragbares Lebensniveau hinabsinke. Seiner Uniform gegenüber habe er die Pflicht, in Beziehungsdingen ausgesprochen exklusiv zu sein. Er gehöre zur Führerschicht und habe die Pflicht, sein Erbgut zu erhalten. Ein Mann müsse eine klare Zukunft, eine Frau eine klare Vergangenheit haben.

Befehle waren das eigentlich nicht. Aber der damalige Oberleutnant gehorchte. Und gab auf? Als die nationalsozialistische Wehrmacht die kaiserliche Verfügung 1938 abschaffte, hätte er seine Liebe von 1934 heiraten können. Er tat es nicht. Der Geist der Kriegsmarine hinderte ihn daran. Und der Geist der Eltern, die von Anfang an gegen die Verbindung gewesen waren.

- Er habe sie aus einem tiefgehenden Verantwortungsgefühl heraus nicht geheiratet.
- Die Frau hätte so aber nicht Kriegerwitwe mit Kriegerwitwenrente werden können.
- In diesem besonderen Fall sei das Fürsorgedenken tatsächlich auf der Strecke geblieben. Das müsse man zugeben.

Erst 1958, ein Jahr nach dem Tod des Vaters, gab der Gerichtsherr der Frau, die er liebte, das Jawort vor dem Standesbeamten und vor Gott. Der Trauspruch stammte aus

Jesaja 54, Vers 10: «Denn es sollen wohl Berge weichen und Hügel hinfallen, aber meine Gnade soll nicht von dir weichen, und der Bund meines Friedens soll nicht hinfallen, spricht der Herr, dein Erbarmer.»

Ob der Gerichtsherr diesen Vers vor Augen hatte, als er auf seinem Führungsschiff Rat und Entschluss suchte? Seine Augen waren trocken. Kein Wissen und Wollen, das ihm weiterhelfen konnte, war in ihm. Er hatte seine Offiziere befragt, nachdem die Ordonnanz mit «Der Reis ist längst weich, Herr Kommodore», zum gemeinschaftlichen Mittagessen gerufen hatte. In der Offiziersmesse saßen seine Offiziere wie altbestallte Kriegsmandarine an seiner Seite und plädierten für das Todesurteil: Die beiden Fahnenflüchtigen verdienten die Todesstrafe. Die Todesstrafe sei richtig und notwendig zur Abschreckung. Begnadigung oder Umwandlung in eine Zuchthausstrafe mache den Abschreckungseffekt zunichte. Schlaffe Führung dürfe gerade jetzt nicht demonstriert, ergo von der Truppe erlebt werden. Man könne doch den Jungen laufen lassen und nur den Kommunisten hinrichten. Nein, beide müssten sterben, alles andere wäre ungerecht; auch der Junge habe aktiv die Vorbereitung der Flucht betrieben, siehe Pistole. Man bedenke außerdem das hartnäckige Leugnen, den Starrsinn und die Verstocktheit der Angeklagten.

«Wir haben mit dem Gerichtsherrn lange gerungen», sagte einer. Später wand derselbe ein: Das habe er so nicht gesagt.

«Man palaverte immer noch da drinnen. Der Gerichtsherr wollte an die Entscheidung nicht ran», gab ein anderer zu Protokoll.

Die einzige Gegenstimme hatte gesagt: «Der Krieg ist vorbei! Jetzt noch eine Hinrichtung? Wozu das Ganze?»

Die Offiziere aber hatten die Gegenstimme als Feindstimme betrachtet, und vom Gerichtsherrn wurde sie als störender, unangenehm berührender Beitrag eines Einzelnen registriert.

Etliche, nur nicht die Todeskandidaten, hatte er angehört. Die saßen tief unten in der Buéa bei den Kakerlaken, ganz in seiner Nähe. Einen Verteidiger konnte er nicht befragen, weil keiner berufen worden war. Dass keiner berufen worden sei, mache er sich sehr zum Vorwurf. So äußerte sich der Gerichtsherr zwei Jahre darauf als Angeklagter. Seinen juristischen Berater dagegen hatte er befragt. Der war Vorsitzender des Kriegsgerichts. Einen befangenen Juristen hören? Wo um Gottes willen gab es unbefangene! Hätte er den Vorgang an das Gericht zurückgegeben, hätte es in neuer Besetzung zusammentreten müssen. Am Ende hatte der Gerichtsherr die versammelten Offiziere mit der Bemerkung entlassen: «Ich werde mir die Entscheidung überlegen.»

Sosehr er sich nun beim Überlegen auch anstrengte, er konnte nicht alle Geisteskräfte in einem Punkt konzentrieren, so stark, fest und ausschließlich, dass die gesamte übrige Welt verschwand und allein die Frage «Hinrichtung – ja oder nein?» übrig blieb. Er schaffte es nicht. Weder konnte er eine Antwort denken, noch konnte er sie aussprechen. Denken und Stimme versagten. Das fünfte Gebot «Du sollst nicht töten» – fernes Land, Südsee-Inselparadies, Kolonie, in der die Gegenstimme ihr dünnes Solo sang. Hörte er sie? In seiner Schnellbootflotte hatte es bisher keine einzige vollstreckte Todesstrafe gegeben. Sicher ist, er hörte die Stimmen seiner Offiziere, die im Chor sprachen: «Du sollst töten.» Auch das Kriegsgericht hatte mit einer Stimme gerufen: «Du sollst töten.» Seine eigene Stimme hörte er nicht.

Nach innen abgeschottet stand er mit gut geputzten Halbschuhen über einem Grund, der kaum merklich auf zeitweilig bewegter See schwankte. Der Kaffee-Kolonial hatte ihn müde statt wach gemacht. Eine Suppe aus der Kaiserzeit hätte ihn noch müder werden lassen. Vom Schreibtisch aufstehen und Schritte gegen die Müdigkeit unternehmen? Fremde Stimmen sprachen in seinem Kopf. Zermürbt und von den Haarspitzen bis zu den Zehenspitzen von Gehorsam durchdrungen, stand er da. Im Fenster sah er die Silhouette der Buéa. Da brannten Lichter.

Schachmatt?

Er suchte ein Losungswort. Er betete, man möge ihm ein Wort der Erlösung sagen. Der Gerichtsherr hoffte auf ein solches Wort. Den Triumph des Paulus «Wenn ich schwach bin, dann bin ich stark» möchte man ihm von hier und heute zurufen. «Sei nun also schwach, Gerichtsherr, Kommodore, Führer der Schnellboote, vergiss Gehorsam, Manneszucht und Disziplin, dann bist du stark, und du wirst ein Held sein.» Er legte die rechte Hand auf die linke, dann beugte er den Kopf und ließ die Stirn auf seine Hände sinken.

Beide Ohren lauschten dem Summen und Beben des von Menschen- und Maschinenleben vibrierenden Schiffes. Daraus erarbeitete das Gehirn ein Märchen: Geile Brombeertriebe schossen aus dem Meer, wuchsen über das Schiff, hakten sich mit ihren Dornen fest, ließen den Namen «Hermann von Wissmann» unter sich verschwinden und kratzten «Dornröschen» auf den Bug. Von den Dornen angestachelt, erwachte der Familiensinn des Gerichtsherrn, des Vaters aller Schnellbootkinder. Diese beiden treulosen Burschen! So eine Enttäuschung. Undankbarkeit war es auch, nicht nur Fahnenflucht. Hatten sie nicht mit ihm an ein und demselben Schnellboottisch gesessen und unter dem Tisch ihre Beine ausstrecken dürfen? «Solange ihr eure Beine unter diesen Tisch streckt, so lange gilt mein Wort. Ich verlange Gehorsam. Gegessen wird, was auf den Tisch kommt.» Familienworte. Auch der Vater des Gerichtsherrn hatte so gesprochen, nur gütiger, der deutsche Pastor im deutschen Nordschleswig in Dänemark. Er hatte gottesfürchtig und mit heiligen Zornesblicken seine Strafpredigt gepredigt, wenn er den ungehorsamen Kindern ins Gewissen redete.

Im Traum, den der Gerichtsherr weiter träumte, verwandelten sich seine Halbschuhe in Siebenmeilenstiefel, und mit diesen Siebenmeilenstiefeln betrat er den heiligen Boden von Restgroßdeutschland. Er betrat auch den heiligen Boden des roten Schlosses am Meer, der Marineschule, gemauert aus Backsteinen im Klosterformat, bewohnt von den «Herren auf Mürwik». Auf dem Turm wehte eine blutrote Fahne. Unterhalb des im Mondschein liegenden Turms war Winter. Eiszapfen hingen an einem Tannenbaum und strahlten Hoffnung aus: Der nächste Segelsommer kommt bestimmt. Hier hatte der Gerichtsherr schon als Seekadett gelernt, dem Vorgesetzten nie den Rücken zuzukehren. Mit dem Lernen war es inzwischen vorbei: keine Kohle, keine Kreide. Der Gerichtsherr ging an der Gedenktafel für die gefallenen Seeoffiziere vorbei. Ein Toter aus der Skagerrak-Schlacht rief: «EXORIARE ALIQUIS NOSTRIS EX OSSIBUS ULTOR» (Du sollst als Rächer dereinst aus unseren Knochen erstehen). Schnell die Treppe hoch. Schnell die Stimme im Rücken loswerden. Eine rief noch: «Seekadett, was lesen Sie gerade?»

«Goethe, Herr Fähnrich.»

«Goethe liest man in der Marine nicht!»

Er floh in den Turm und flog die Stufen hinauf bis zur

Turmspitze. Unter dunkelblauen, dickbauchigen, mit schwerem Schnee gefüllten Maiwolken schaute er sich um. Blick nach Ostpreußen: «Auf den Trümmern der Marineburg weht eine rote Fahne.» Blick nach Nordpreußen: «Als ich noch Kind war auf Alsen in Atzerballig.» Wärme, Sommer und Kindheit strömten von da her. Er sah sich im Matrosenanzug mit sechs anderen Kindern an der Riviera von Tormai. So nannten die Nordschleswiger eines ihrer schönsten Naturdenkmäler im Lande. Sieben junge Gymnasiasten standen barfuß vor einer mit hohen, blaustämmigen Buchen bewachsenen Steilküste. Der zweite von links war er. Die Kinder hatten den Duft von Hyazinthen, Heckenrosen, Flieder und Jelängerjelieber in der Nase. Sie marschierten den Königskinderweg unterhalb des Knivsbergs entlang und sahen, wie der in Stein gegossene Bismarck von oben auf sie herunterschaute. Zwei Schwarzstörche segelten hoch über dem alten Reichskanzler. Der Kuckuck rief. Wer jetzt Geld in der Tasche habe, werde immer Geld in der Tasche haben. Sie erreichten den Wald von Christianstal bei Hadersleben noch am Abend desselben Tages. Keiner sollte zu kurz kommen, alle sollten wach bleiben. Fürsorgedenken und Führungsqualitäten charakterisierten den Gerichtsherrn damals schon. Er verteilte Kokosnüsse und Kommissbrote. Wer einen Schluck Kakao wollte, bekam einen. Dann brachen sie wieder auf, der junge Gerichtsherr marschierte vorneweg, immer hinter einem Nachtfalter her.

Fredy in der Kammer saß und schrieb. Seine Augen waren schon ganz rot. «Armer Fredy, bist du krank, dass du nicht mehr schreiben kannst?» Das sangen die Kakerlaken als freches Lied unten in der Bilge. Er sagte: «Aber ich schreib doch. Ich versteh euch nicht.» Ehrmann sangen die Kakerlaken nichts. Sie zogen ihm seine Lider über die Augen, riefen «Vorhang zu!» und hielten ihn hellwach. Sie knabberten an seiner Seele, auch an der Leber, fast fraßen sie ihm die Leber weg. Er wollte die eigene Leber nicht hergeben, er wollte schlafen und vergessen.

So kam es, dass beide Todeskandidaten kein weiteres Wort verloren über ihre Zeit im Kinderschiff. Es war einmal vor elf Jahren. Die Viecher verzehrten die Wörter, die dafür im Gehirn bereit lagen. Sie fraßen sich fett. Wo die Wörter gewesen waren, gähnten nun schwarze Löcher.

War jetzt nicht Herings- und Dorschzeit? Gab es hier überhaupt noch eine Steilküste? Wo spannte sich der Sternenhimmel? Drehte sich die Himmelskugel wie früher mit allen Sternen um die Himmelsachse? Wo und wann konnte man den Sternenhimmel noch in aller Ruhe verehren? Wie hoch war jetzt das Gras, das man in einem Monat würde mähen müssen? Wie würde es im Juni duften? Wie würde der Schluck Cognac aus der Heuernte-Trinkflasche schmecken? Wo war das Pferd Max, der Wallach, geblieben? «Beim Vormarsch in Polen gefallen, Vorderfuß gebrochen und weitergekrochen, den Zossen mit einer Pistole erschossen.» Solche neuesten Nachrichten dichteten die Kakerlaken zum Kakerlaken-Lagezentrum heraus. Unten in der Bilge der Buéa kauten sie den Krieg von Anfang bis Ende durch. Antwort auf alle Fragen musste gefunden werden.

Dem Gerichtsherrn wurden die Wörter Disziplin, Manneszucht und Gehorsam auf Kakerlakisch in sein Führungsschiff gespuckt. Da, nebenan auf der Hermann von Wissmann, wurden sie ihm aus einem Trichter eingetrichtert. Er trank die Wörter auf Deutsch. Sooft er konnte, trank er aus dem Trichter, rollte die Augen wie ein Kind, das aus der Flasche trinkt: Blick auf die Bücher, Blick aus dem Bullauge,

Blick in die helle Mainacht. Er bedachte gerade das Schicksal Hermann von Wissmanns, dem er sich seltsam verbunden fühlte: Am 15. Juni 1905 hatte der Afrikaforscher sich versehentlich auf einer Jagd in der Steiermark erschossen. An diesem Tag erblickte der Gerichtsherr das Licht der Welt.

Was Hermann von Wissmann für den Gerichtsherrn verkörperte, das verkörperte Carl Peters für Hörgebar. Seit er durch das Jugendbuch «Carl Peters erobert Ostafrika», das Ehrmann damals in der Heuernte-Zeit gelesen hatte, auf den «Erfinder der deutschen Weltpolitik» und kaiserlichen Reichskommissar neugierig geworden war, ließ ihn der nicht mehr los.

In der Kaiserzeit dauerte die Reise von Hamburg nach Deutsch-Ostafrika mit einem Dampfer der Deutsch-Ostafrika-Linie fünfunddreißig Tage. Hörgebar benötigte fünfzig Jahre später vierzig Tage für die Schiffsreise von St. John's/Neufundland bis Tanga im ehemaligen Deutsch-Ostafrika. In Kanada, nach neuerlichen Seitensprüngen, hatten er und Klara sich getrennt. Sie wollte in Kanada bleiben und weiterforschen, ihn zog es zum Kilimandscharo, wo sich, seiner Sammelmappe zufolge, das Leben des deutschen Reichskommissars «schicksalhaft zugespitzt» hatte. Am 1. Juli 1950 schiffte er sich auf einem ehemaligen Truppentransporter der Royal Canadian Navy als Passagier ein. Dieser sonnige Tag mit kühl wehendem Wind aus Neufundlands Fichtennadelduft verströmenden Wäldern war der letzte, den er auf Kanadas Boden verbrachte, ein Tag, an dem es nach Gesundheit und Aufbruch, nach Heimat und Heimweh roch. Hörgebar ging mit einem unvollendeten Satz an Bord: «Man sollte …» Klara blieb schweigend am Kai zurück und musste an den kanadischen Freund denken, der ihr halb im Ernst, halb im Spaß gesagt hatte: «By golly, so ein Schürzenjäger, but he's a good guy.»

Während der Seereise, die in Lissabon, Buéa und Kapstadt zum Löschen und Laden unterbrochen wurde, verdiente er sich als Mädchen für alles die Überfahrt. Von Tanga aus folgte er den Spuren, die Carl Peters mit der preußischen Meile im Gepäck von der Küste aus gegangen war. Seine Ausrüstung bestand aus Taschenuhr, Nadelkompass, Notizbuch mit Blättern zum Abreißen. All das steckte in den vielen Taschen einer langen Weste, darunter gezogen hatte er das Khakihemd. Am Hosengürtel trug er ein kurzes, starkes Jagdmesser im schwarzen Lederfutteral, um den Hals einen Bleistift an einer Schnur. Die übrigen Siebensachen lagen im Rucksack.

Astronomische Beobachtungen und meteorologische Messungen gehörten zu seinen Vorhaben, derentwillen er sich von Tanga nach Moshi erst mit der Eisenbahn, dann zu Fuß, mit dem Fahrrad oder per Anhalter vorankämpfte. Mit Klaras Zentimetermaß ermittelte er Länge, Breite und Höhe eines Kanus, das Eingeborene aus einem Baumstamm geschlagen hatten. Er lernte zu sagen: «Uta pasch, nascha vita – Die Waffen nieder, kein Krieg.» Er nähte eine Fleischwunde, die ein eifersüchtiger Gatte seiner Gattin mit dem Buschmesser zugefügt hatte. Er bedachte den Zusammenhang von «hiesigem Klima und Hornentwicklung des hiesigen Rindviehs». Er beobachtete Kinder, lauschte ihren Reden an den zunehmenden Mond. Nicht immer fand er die sprichwörtliche Zähne-Schönheit der Schwarzen bestätigt. In seinem Notizbuch verewigte er Klapperlerche und schwarze Baumlerche mit weißer Querbinde an den Flügeln, die graue Singdrossel, die kleine, schwarzbraune Wachtel, die Nachtschwalbe und selbstverständlich den Eisvogel, den er in kleinster Ausführung erwischte: «Der Malachiteisvogel (Alcedo cristata) ist etwas größer als ein Zaunkönig. Grüne Kopfhaube, leuchtend roter Schnabel, lilablaues Rückenfederkleid. Diese Vögel sind ganz präzise Zeugnisse der Natur.» In Sachen «Bestimmung von Pflanzen und Tieren sowie Klassifizierung mittels lateinischer Nomenklatur» hatten deutsche Forscher schon Außerordentliches geleistet und Ruhe und Ordnung in das afrikanische Flora- und Fauna-Durcheinander gebracht. «Gedenken will ich auch noch eines Schilfrohrs, das sich im Winde bog», schrieb er am 27. August 1952. Einen Tag später notierte er eine «prachtvolle, große, gelb-rote Abenddämmerung in der Silhouette von Affenbrotbäumen.»

Hörgebars Suche nach dem Ort, an dem Carl Peters sein Lager hatte aufschlagen lassen, verlief zunächst im Sand. Die Besteigung des Kilimandscharo, auch in der Absicht, einen besseren Überblick zu gewinnen, beförderte seine Sache nicht. Vielleicht aber doch, denn beim Abstieg, der ihm wie ein sanfter, sauerstoffreicher Flug vorkam, entdeckte er am Fuße des Berges einen besonderen Flecken Erde: «Irgendwie kommt mir das hier bekannt vor.» Es war der Schauplatz eines Films, gedreht 1940 in den Isarauen, auf Rügen, an Rügens Küste und in Prager Studios – der Film «Carl Peters» mit Hans Albers in der Hauptrolle. Am Karfreitag des Jahres 1941 hatten Hörgebar und Klara ihn in einem Flensburger Kino gesehen. «In diesen Tagen der großen europäischen Auseinandersetzung, die auch Deutschlands natürliches Recht auf Kolonialbesitz und Kolonialgeltung sichern wird, erscheint dieser große Hans-Albers-Film vom Leben und Kampf des großen Deutschen Carl Peters zur rechten Stunde», so war in den «Flensburger Nachrichten» für ihn geworben worden.

Am Fuße des Kilimandscharo – das war in der Nähe des Jipe-Sees unterhalb des schneebedeckten Gipfels, ein Ort, der bei den Engländern Zorn heraufbeschwor, Zorn auf den deutschen Kolonialherrn Carl Peters, der innerhalb weniger Wochen Schutzverträge mit Eingeborenen geschlossen hatte, Zorn auf seinen nordisch geformten Kopf, Zorn auf das schmale Gesicht mit dem leicht gebogenen Nasenrücken und den strahlend blauen Hans-Albers-Augen, Zorn schließlich auf die heiligen Wasser des Jipe-Sees. Das gesamte Gefolge des Deutschen, Mann und Maus, sollte darum mit Hilfe aufgehetzter Eingeborener beseitigt werden. «Bana indoga etu awesi, a ta kuta bado kidago» (Unser junger Herr ist krank, bald wird er sterben), so jammerten die ihm treu gebliebenen Neger. «Amani» (Friede), rief Dr. Peters, und der Film war aus.

Nüchtern bei Tage betrachtet, lag der Fall anders: Der vom Kaiser zum Reichskommissar ernannte Peters war von Tanga aus nach neun Tagen Fußmarsch mit Tross, Trägern und einer fünfundsechzig Mann starken kaiserlichen Schutztruppe in seinem Amtsbezirk am Fuße des Kilimandscharo angelangt. Er hatte den Auftrag, Ruhe und Ordnung herzustellen, weil Eingeborene Unruhe und Unordnung verbreitet hatten. Seine Stellung als «Kaiserlicher Kommissar zur Verfügung des Gouverneurs» beschrieb er als «mir direkt widerlich». Er selber wäre gern Gouverneur in Daressalam geworden. Ohne Rücksprache mit seinen Vorgesetzten verhängte er das Kriegsrecht in dem ihm anvertrauten Gebiet und beschloss, «über Gerichtsangelegenheiten nicht nach Daressalam zu berichten».

In diese Akazien- und Dornbuschsavanne oberhalb des schilfbewachsenen und von Sumpfgebieten eingefassten Jipe-Sees, der den schneebedeckten Gipfel des Allerhöchsten spiegelte und als Licht wieder nach oben warf, ließ Peters, wie auch sonst auf seinen Reisen durch die Wildnis, als Erstes die eigene Hütte bauen, als Zweites den Galgen. Er hatte ein schönes Dschaggamädchen erworben, die Schwester des Häuptlings Manamia in Mamba. Sie diente ihm als Beischläferin. Doch die Beischläferin verliebte sich in einen seiner Diener. Peters, Sohn eines evangelischen Pfarrers, war von Kindheit an bekannt für seinen Jähzorn, dem er mit Füßen und Fäusten freien Lauf ließ. In seinen Lebenserinnerungen beschreibt er «Prügeln» als «das Hauptziel meines jugendlichen Verlangens». Dort, am «Berg des bösen Geistes», brannte sein Prügel-Temperament mit heißer Flamme und kochte in ihm Eifersucht und Jähzorn, Rache und Hass empor, als er von der Untreue seiner Beischläferin erfuhr. Sich «als den eifersüchtigsten Vorfechter deutscher Interessen» verstehend, fällte er sein Urteil. «Ich habe dich genährt und behütet. Du hast deine Füße unter meinen Tisch gesteckt, wie wir zu Hause sagen. Ich verlange Gehorsam und Treue. Ungehorsam kostet den Tod.»

Da er sich als Zeugen, Kläger, Beklagten, Staatsanwalt und obersten Richter zugleich begriff, gab ihm das fünffache Größe. Also befahl er Leutnant Bronsart von Schellendorf, das Urteil zu vollstrecken: «Hängen Sie die beiden auf!» Der weigerte sich. «Ich pflege da, wo ich zu befehlen habe, im Allgemeinen auch nach eigenem Ermessen zu verfahren.» Das sagte Peters, und flugs nahm er den nicht so standhaften Lazarettgehilfen in die Henkerspflicht.

Die beiden jungen Menschen warfen sich auf die Knie und baten um ihr Leben. Zwei gleichaltrige, schöne, junge Menschen: Als Embryos vier Tage nach der Zeugung hatten sie ausgesehen wie eine reife Brombeere. Bei der Mutter im Uterus war es dunkel, warm und leise gewesen. Als Neugeborene hatten sie einen kleinen, runden Bauch gehabt, verschwindend kleine, kaum sichtbare Brustwarzen, winzige Hände, winzige Finger, winzige Fingernägel und seidenweiche Negerhaut. Es half nichts, sie wurden aufgehängt. Der Liebste, ein Dieb. Die Liebste, eine Spionin, so lautete die Anklage.

Drängte sich da nicht eine dunkle Parallele auf? Hörgebar hatte sie gesehen und ging ihr auf den Grund. In seiner Sammelmappe las ich: «Da staunt der Laie, und der Fachmann wundert sich. Hier haben wir ein antipodisches Gehorsamsmodell. Während der Gerichtsherr in der Geltinger Bucht das arme Würstchen im Brodeltopf der Götter gewesen ist, hat sich Carl Peters am Fuße des Kilimandscharo selber zum Gott ernannt und seine eigenen Zehn Gebote erlassen.» Das war es also, was Hörgebar getrieben hatte, und wer weiß, vielleicht kam Persönliches hinzu. «Die nutzloseste Kraftvergeudung ist die Reue über Dinge, welche nicht mehr geändert werden können», hatte Peters in seinen Erinnerungen von 1912 geschrieben, und sechs Jahre davor: «Unser aller wartet nach dem Tode der Gerichtshof der Nachwelt, welcher allein kompetent ist, zu beurteilen, was wir in unserer irdischen Tätigkeit angestrebt und erreicht haben. An diesen Gerichtshof will ich meine Akten mit herunterschicken.»

Hörgebars Afrika-Erlebnisse waren Ehrmann nicht vergönnt gewesen. Als er den Kontinent im Mai 1943 mit der dritten Schnellbootflottille wieder verlassen musste, sah er zurück auf Niederlagen. Rommel hatte es nicht geschafft. Deutsche Kolonialträumer hatten es nicht geschafft. Schlachtschiffprogramme hatten es nicht geschafft. Von der Kriegsmarine waren afrikanische Planspiele «betr. Raumerweiterungs- und Stützpunktfragen» zu Papier gebracht worden: «Deutschland beherrscht ein großes mittelafrikanisches Kolonialreich vom Atlantischen bis zum Indischen Ozean.» Dakar, Konakry, Duala, Pointe Noire, Boma, Sansibar, Daressalam, Mombasa waren als Stützpunkte im Spiel und für ein Zukunfts-Großdeutschland ins Auge gefasst. Neue Namen für neue Kriegsschiffe winkten.

Nun, in der Gefangenenkammer tief unten in der Buéa, es war wohl kurz vor Mitternacht, lauschte Ehrmann dem Gesang der Kakerlaken. Auf dem Tisch standen zwei Gläser und eine Blechkanne mit Wasser. Fredy und er rauchten eine Zigarette nach der anderen. «Kettenraucher», sagte draußen vor der Tür ein Bewacher. «Räucherkammer», sagte ein anderer.

Einen Brief an seine Eltern hatte Fredy nach mehreren Anläufen schon geschrieben, nach Kassel. Einen weiteren, noch schwierigeren Brief wollte er an seine Verlobte schreiben. Er konnte nicht wissen, dass Paula schon drei Wochen zuvor ihre Adoptiveltern im Kinderschiff, gleich da an der Geltinger Bucht, wieder in die Arme geschlossen hatte. Sein Leben, das er sich zukünftig in schönster Ordnung als ein liebevoll ineinander greifendes Räderwerk vorgestellt hatte, sollte nun ein Ende haben? Sein Empfinden bodenloser Ungerechtigkeit war stark: «Niemand wird doch jetzt noch in einem Hinrichtungskommando mitmachen, die werden keinen einzigen Freiwilligen dafür finden.»

Das sagte Fredy laut, und Ehrmann sah von seinem Tagebuch auf, das er wieder zur Hand genommen hatte, blätterte zurück und las dem Jüngeren die Notiz vom 21. Juni 1943 vor: «Hoffnung ist sehr schön. Solange der Mensch noch Hoffnung hat, ist das Leben sehr nett. Auf die Hoffnung baut sich unter Umständen sehr viel auf. Gemein ist, wenn die Hoffnung bewusst herausgerufen wird, welche dann am

Gang der Dinge von selbst in sich zusammenfällt.» Ehrmann presste die Lippen zusammen, hielt die Luft an und spürte Druck im Brustkorb. Er blätterte im Tagebuch wieder vor, dann sagte er: «Man wollte uns von vornherein und man hat.» Das notierte er.

Fredys Hoffnung war mit Ehrmanns Bemerkung dahingeschmolzen. In schönster Schönschrift schrieb er: «An Bord der Buéa, den 9. 5. 45. Meine innigst geliebte kleine Paula! Ein paar liebe Zeilen möchte ich Dir jetzt noch als letzte Grüße schreiben, wenn Du sie erhältst, bin ich schon nicht mehr auf dieser Welt, denn ich bin mit dem heutigen Tage zum Tode verurteilt worden, weil ich mit einem Kameraden von meiner Truppe gegangen bin, um einer Gefangennahme durch den Tommy zu entgehen. Warum und wieso kannst Du von meiner Mutter erfahren. Heute hat man uns nun vor ein Kriegsgericht gestellt und zum Tode verurteilt. Ja, meine liebste Paula, nun heißt es für mich bald sterben. Ich hatte es mir immer schlimmer vorgestellt zu wissen, dass es bald aus ist mit dem Leben, aber ich muss sagen, ich bin ganz ruhig und gefasst, und ebenso werde ich auch zu sterben wissen. Nun ist alles vorbei, und ich hatte es mir einmal so schön mit Dir vorgestellt. Ein paar Ringe hatte ich schon besorgt, die schicke ich Dir mit diesem Brief mit. Wenn Du sie einmal verwenden kannst, so tue es bitte, denn sie waren ja für Dich bestimmt. Trauere bitte nicht um mich, sondern suche Dir einen anderen Mann, so wie ich es Dir schon oft geschrieben habe. Ich habe Dich wirklich und ehrlich geliebt, als einziges Mädel auf der Welt. Aber Du bist ja noch jung und wirst noch Männer genug finden, soweit sie aus diesem Krieg zurückkehren. Ich zähle mich ja nun zu den letzten Opfern dieses Krieges, auch umsonst und sinnlos wie alle anderen Opfer. Sei nun zum allerletzten Mal auf das innigste gegrüßt und ganz lieb geküsst von Deinem Dich innig liebenden Fredy.»

Man hat von Fredys zarter Intelligenz gesprochen, die nicht auf den ersten Blick zu erkennen gewesen sei. Hier in seinem Abschiedsbrief erkennt man sie auf den ersten Blick. Man bedenke: Mit zehn Monaten konnte er schon laufen. Mit zwei sprach er Vier-bis-fünf-Wörter-Sätze, machte beim Zuhören große Augen und große Ohren und hielt still. Das änderte sich wieder, als er drei wurde, da ähnelte er sehr dem Zappelphilipp. Auch Ehrmann war mit drei ein Zappelphilipp gewesen. Mit vier, als Fredy längst sauber war und schwimmen konnte, war er aber noch immer nicht sauber und bereitete seiner geschiedenen Mutter Anna, Leipzig S3, Brandvorwerkstraße 46, dritter Stock, Sorgen. Sie fragte: «Hat er die Entwicklung verschlafen? Wird er mir jemals sauber werden?» Kaum hatte sie das gefragt, da war das Kind sauber und konnte schwimmen. Endlich kein Windelnwaschen mehr! Schnell wurde nach dem Sauberwerden das Zupackende in seinem Wesen deutlich, auch eine geballte Ladung Jähzorn. Er schrie häufig, und doch war er bei den Kinderkameraden beliebt. Als er lesen und schreiben konnte, ging er in die Bücherei, um im Brockhaus und im Weltatlas zu blättern. «Er hat geistige Interessen, er liest gute Bücher, wenn er nur nicht so jähzornig wäre», sagte seine Mutter. Beruhigen konnte sie ihn am besten mit Musik aus «Figaros Hochzeit», die sie auf einem Grammophon erklingen ließ. In diesem Kindesalter spielte Fredy «Die Himmel rühmen des Ewigen Ehre» auf dem Klavier. Das spielte er gerne, langsam tastete er sich vor von Akkord zu Akkord, denn diese Himmel hatten ihm schon immer eine schön prickelnde Gänsehaut beschert. «Hör mal, still, eine Pause», das machte die Sache besonders prickelnd. Ehrmann hingegen spielte Mundharmonika und Mandoline, die an der Wohnzimmerwand hing. Das Grammophon kannte er in- und auswendig. Da hatte er ein geübtes Händchen, wenn es mal nicht so wollte, wie es sollte. Während er im Lernen nur so voranstürmte und mit seinem Lieblingslehrer philosophierte – «Aus was ist der Himmel?», fragte er einmal –, hätte Fredy die zweite Grundschulklasse fast wiederholen müssen. Er sei sprunghaft und unkonzentriert gewesen, hieß es, habe sich leicht ablenken lassen. Das sprach für seine überdurchschnittliche Intelligenz. Für ihn stand fest: Er wollte einen Beruf ergreifen, der mit Elektrizität, Funk und Radios zu tun hatte, sah sich im größten Elektrogeschäft Kassels Radios reparieren und verkaufen. Auch das Kaufmännische interessierte ihn.

Als es dann ans Berufergreifen ging, hätte Ehrmann aufs Gymnasium gehen können, aber er wollte nicht, weil seine Mutter, die lange Schulzeit ihres Sohnes befürchtend, in der kleinen Wohnstube den Kopf hin- und herbewegte. Darüber hing eine Lampe. Auf der Kommode tickte eine Uhr. Neben der Uhr stand das Foto ihres 1915 gestorbenen Vaters. Also wollte Ehrmann Arbeiter werden und fing eine Modellschlosserlehre an. «Was machst du denn da?», fragte seine Mutter. «Ich baue Pferdewagen und Eselsbrücken», antwortete der Sohn und lachte aus vollem Halse. Er baute auch Gartenzäune für Reiche und Blechschränke für Geräuchertes, er schlug den Hammer auf den Amboss, er schweißte und lötete und hütete das aus Schrottbeständen zusammengebaute Fahrrad «Marke Eigenbau» wie seinen Augapfel.

Fredy absolvierte seine Lehre bei der Firma Döhne: Schreinereibedarf und Werkzeuge. Seine Elektro- und Radiowünsche konnten nicht erfüllt werden, weil Kassels größtes

Elektrogeschäft keine Lehrlinge einstellte. Trotzdem: Welch wunderbarer Holz- und Werkzeuggeruch wurde doch gleich beim Betreten der Firma – das Parkett knarrte und knarzte – mit der Nase eingezogen! Dann, nach der Lehre, ließ er sich von der Kriegsmarine einziehen, die Funk- und Radiotechnik hatte ihn angelockt, ja er zog mit der Sehnsucht nach schönen Gerüchen und Geräuschen in den Krieg. Das tat auch Ehrmann, der sich, nachdem die Abschiedsminute in der Wohnstube geschlagen und die Mutter eine teuflische Viertelstunde lang Würgen im Hals zu bekämpfen gehabt hatte, mit großer Begeisterung freiwillig meldete. Er hoffte, mit der Kriegsmarine «bis ans Ende der Welt» fahren zu können, und freute sich darauf, «denn da will ich hin und sonst nirgendwo».

Bis ans Ende der Welt kam er nicht, aber immerhin nach Afrika. Die «Deutsche Dienststelle für die Benachrichtigung der nächsten Angehörigen von Gefallenen der ehemaligen deutschen Wehrmacht» in Berlin verwaltet Personalpapiere gefallener Soldaten. Fredy ist da nicht registriert, doch über Ehrmann wird mitgeteilt: Er befand sich vom 15. November 1942 bis zum 6. Oktober 1943 als Mechanikergast bei der 3. Schnellbootflottille. In diesem Zeitraum war er auch außerhalb Afrikas stationiert, bis zur Besetzung Siziliens durch die Amerikaner in Empedocle, danach in Salerno, Neapel, Venedig, Pola, Zara, Sibenic, Split, Dubrovnik. Immer waren sie auf der Flucht vor den anrückenden Amerikanern. In Deutschland floh die Seekriegsleitung derweil vor den Bombenangriffen der Alliierten: von Berlin nach Bernau und Eberswalde, wo sie bis zum Frühjahr 1945 blieb. Dann floh sie weiter nach Schloss Trambach bei Coburg, von Schloss Trambach nach Plön und schließlich von Plön nach Flensburg-Mürwik.

Italien schloss am 3. September 1943 Waffenstillstand mit dem Feind. Ein paar Tage später sickerte es durch: Aus dem Verbündeten Deutschlands war plötzlich ein Gegner geworden. Ehrmann warf am 14. September noch einmal den Blick zurück auf Sizilien: «Das Klima ist zwar sehr heiß und trocken. Der Boden ist äußerst fruchtbar. Man bringt es aber nicht fertig, den Boden für eine allgemeine Wirtschaftlichkeit auszunutzen. Es tut einem in der Seele weh, so etwas Unvollkommenes zu sehen. Die Flüsse und Bäche sind den größten Teil des Jahres ausgetrocknet. Das sollte bei einer gewissen Ahnung von Wasserwirtschaft eigentlich nicht vorkommen. Man könnte in den Tälern herrlichste Zypressenwälder wachsen lassen. ‹Um Gottes willen keine Bewässerung› scheint hier das Motto zu sein. Man sollte von einem Volk, das sich Kulturträger nennt, mehr erwarten können. – Mittlerweile hat es aber auch bewiesen, was es wert ist, und wie es wert ist, behandelt zu werden.»

Ehrmann, möchte man ihm verspätet raten, mach dir nicht so viele Gedanken über Wasserwirtschaft und ehemalige Verbündete, sondern Marsch, an die Arbeit, sonst landest du wieder im Knast! Unten im Maschinenraum stehen deine Kameraden im Höllenlärm der Motoren, und das bei subtropischer Hitze. Die Abfahrt aus dem Hafen steht bevor:

«Achtung! Vorn und achtern Leinen los!»

«Mittelmaschine kleine Fahrt voraus!»

«Ausfahrt ansteuern!»

Wie Nähmaschinen laufen die Diesel, nur nicht so leise. Sie müssen sechsundzwanzig Meilen Marschfahrt halten, und die Soldaten müssen das Schnellboot-Motorenlied singen:

Hörst du, Seemann, den Sang der Motoren?
Spürst du des Motors stürmende Kraft?
Hörst du die Herzen der Heimat schlagen,
Die dir die besten Waffen schafft?
Wir bauen mit Kopf und Hand Motoren fürs Vaterland.

Vor der Abenddämmerung durch die Straße von Messina vorzurücken heißt, den Teufel zum Skat einladen. Der Horizont hat längst die Sonne eingesackt. An Steuerbord voraus zwei Schatten! Nicht doch! Die Flottille schlägt einen Haken und weicht aus. Der alliierte Nachschub soll getroffen werden, nicht zwei falsche Schatten! Nun aber zwomal Alle Fahrt, achtundzwanzig Seemeilen! Da, ein Geleitzug direkt vor dem Hafen von Siracusa. Mit der Fahrt herunter! Schusserlaubnis. Ehrmann lässt den ersten Torpedo ins Wasser platschen. Er hat ihn gehegt und gepflegt wie das eigene Fahrrad; er hat das Begleitbuch gewissenhaft geführt. Bloß keinen technischen Versager. Der Torpedo zieht eine leuchtende Blasenbahn hinter sich her. Das Ding arbeitet einwandfrei. Auch von den anderen Booten platschen Torpedos ins Wasser. Sie schlagen an, die Aufschlagzünder haben funktioniert. Detonationen über Detonationen. Zwei Zerstörer sinken. Ehrmann, Torpedo nachladen! Oft geübt, nie ging es so schnell wie diese Nacht. Feindliches Feuer mit vier Zentimeter Leuchtspur. Das blendet. Ehrmann lässt nicht locker; aber die Flottille hat schon sämtliche Torpedos verschossen. Ab nach Hause, nichts wie weg! Da preschen in höchster Fahrt zwei feindliche Zerstörer heran. Eine Hetzjagd beginnt. Fünfzehn-Zentimeter-Granaten detonieren links und rechts. Fast fliegt dem Torpedomechaniker Ehrmann der Stahlhelm vom Kopf. Wasserfontänen stürzen auf das Boot. Nun aber dreimal Alle Kraft in die Motoren!

Ehrmann spürt, wie die Fahrt im Boot fahnenflüchtig wird. Was ist denn da unten los? Qualm aus dem Motorenraum. Scheißmotoren! Endlose Sekunden vergehen. Zu guter Letzt springt ein Motor wieder voll an! Ehrmann merkt, wie zum Teufel endlich neues Leben in die Fahrt kommt. Langsam sinken zwei feindliche Zerstörer achteraus. Unten im Maschinenraum liegt ein bewusstloser Maschinenmaat. Ein Zischventil war herausgeflogen. Augenblicklich stand der Maschinenraum in Qualm, Dampf, Gas. Der Maat hatte blind zugepackt und mit verbrannten Armen ein neues Ventil eingedreht. Dann verlor er die Besinnung.

Später hatte es wieder ein Besäufnis im Stützpunkt gegeben. «Sturzbetrunken in die Koje gefallen», notierte Ehrmann. Er schlief auf seiner Uniformhose. Sie war nicht glatt geworden. «Schwarzer Kaffee zum Ausbürsten funktioniert bei der Tropenuniform nicht», sagte er am nächsten Morgen dem Geschäftszimmerbullen. Bei dem lag die Post. Von dem kriegte man zu wissen, was heute anlag: «Seeklarmachen zum befohlenen Mineneinsatz heute Nacht.» Unter Italiens subtropischer Mittagssonne montierten Ehrmann und seine Kameraden Minenschienen im Hafen von Salerno. Am Abend, eine Stunde vor «Seeklar», würde der Maschinengefreite den Hilfsdiesel anwerfen, um die Pressluftflaschen aufzufüllen und die Hauptmotoren vorzuwärmen. Ohne genügend Vorwärme starteten die drei Daimler-Benz-Diesel nicht. Dann aber: Pressluftventile auf, die Motoren sprangen an. Schon meldete der Obermaschinist: «Maschine klar.»

Wenig vorher, im Juni 43, hatte Fredys Zeit bei der Kriegsmarine erst begonnen. Er war da achtzehn Jahre alt. Im Herbst 43 war seine Soldatenlehrlingszeit vorbei. Das Strammer-als-stramm-Stehen war auch vorbei. «Draußen auf der Heide blüht ein Blümelein» musste nicht mehr gesungen werden. Putz- und Flickstunden und Waffenreinigen waren Phantasier- und Mußestunden gewesen. Und dann: «Ruhe im Schiff. Klar bei Hängematten!« Tja, Rekrutenzeit, schöne Zeit.

Kaum konnte er allein stehen, gehen, grüßen und eine Waffe halten, hatte er «bei Gott diesen heiligen Eid» auf den Führer des Deutschen Reiches und Volkes und auf unbedingten Gehorsam geschworen. Danach war er zu einem Schneider gegangen, der ihm einen größeren Schlag in die Hosenbeine nähte. In Kassel hätte das keiner besser genäht als Opa Klaas. Viele ließen das machen. Eigentlich war der größere Schlag verboten, aber wenn die Hosenbeine echt seemännisch um die Beine wehten, sah es nach einer Erlaubnis vom Führer persönlich aus. Das nahmen die Vorgesetzten zur Kenntnis und machten gute Miene zum Spiel. Fredy befand sich inzwischen in der Funker-Ausbildung und wusste auch, wie man den marineblauen Wollstoff der Uniformhose mit schwarzem Kaffee ausbürstet. Während er optimistisch in die Zukunft blickte – «Ich muss noch so viel lernen und freue mich darauf» –, schrieb Ehrmann Fragezeichen ins Tagebuch: «Was wird nach dem Krieg? Was wird für uns Arbeiter? Wer wird überhaupt den Krieg gewinnen? Wer wird der Nutznießer des Krieges sein? Wird der freie deutsche Mensch zu seinem Recht kommen?»

Auch Fredy hatte Fragen im Kopf. Die Tsingtau war sein erstes Schiff. «Woher weht der Wind, und wo bläst er hin?», diese Frage lag ihm auf der Seele, sie war jedoch tabu. Wie konnte er mit «Luv» und «Lee» Grüße nach Kassel schicken und Antworten erhalten? Was waren «Backbord» und «Steuerbord» für komische Wörter! Und das Gegenteil von «achtern», wie hieß das?

«Stellen Sie hier bloß keine musikalischen Fragen!», sagte ein Fürst der Unterwelt.

Der Feldpostdienst funktionierte. Die an Deck liegenden Torpedos glänzten im Fett. Mit einem Brief von Paula in der Tasche stieg Fredy steile Niedergänge auf und ab. Warum ging man «Niedergänge» hinauf? Warum ging man keine «Aufgänge» hinab? Immer brummten Dieselmotoren, immer ging ein Zittern durchs Schiff, Grüße von Paula, die bei den Fieseler Flugzeugwerken Kaffee kochte, manchmal auch Bleche zusammenschraubte. Außerdem führte sie Buch im Betriebsbüro. Sie trug einen Arbeitsanzug, den «Blaumann». Ihr dunkelblondes Haar schützte sie mit einem Kopftuch gegen Aluminiumstaub. Derweil schlief Fredy in der Hängematte oder jagte Kakerlaken. Beides wollte gelernt sein. Kakerlaken gab es in Braun, Gelb und Weiß. Die weißen waren die Offiziere. Nachts sangen sie laut. Oder sie schliefen, genau wie die Bienen. Bald hatte Fredy kapiert, wie man bei Seegang wunderbar ruhig liegt, während das Schiff munkelte und schunkelte und aus Paulas Briefen plauderte. Paula und Fredy hatten sich fest versprochen, dass sie «irgendwie den Krieg überstehen und dann heiraten». Fredy liebäugelte schon mit Verlobungsringen, die er bisher nicht hatte besorgen können. Paula fühlte sich von dem Liebäugeln schon so verlobt, dass sie glaubte, ihres Verlobten Hals-, Nasen- und Ohrgeruch schnuppern zu können. Als Fredy im Februar 44 neunzehn Jahre alt wurde, machte die Kriegsmarine ihm richtig Spaß.

Nachts, wenn die Tsingtau übungshalber und völlig abgedunkelt auf unbekannten Kursen in der Ostsee zwischen Danzig und Kiel im Schießquadrat herumkreuzte, mussten die Schnellboote warten, bis das Funksignal «Übung beginnt» gesendet wurde. In der Funkbude der Tsingtau war das auch Fredys Aufgabe gewesen, inzwischen aber saß er in der Funkbude eines Schnellbootes, gleich neben ihm stand die Funkschlüsselmaschine Enigma. War das Signal gesendet, musste sich das Schnellboot im Finsteren anschleichen. Die Einstellung der Enigma-Schlüsselwalzen wechselte alle achtundvierzig Stunden, manchmal alle vierundzwanzig: Der Feind sollte absolut im Dunkeln tappen. Wer von der Tsingtau gesehen wurde, bekam einen Stern vor den Bug geschossen und hatte einen Minuspunkt weg. Selbstverständlich wurde auch der Funkverkehr bewertet. Der Minuspunkt galt für alle Mann an Bord, also auch für Fredy. Fredys Boot war noch nicht entdeckt. Jetzt durfte auf keinen Fall gefunkt werden. Das Geheimste vom Geheimen durfte auf keinen Fall in Feindeshand fallen. Mit einem einzigen Hammerschlag konnte Fredy die Verschlüsselungsmaschine, die aus einem besonderen Metall gebaut war, in tausend Stücke schlagen. Darum lag immer ein Hammer bereit. Der Kommandant befahl jetzt Schleichfahrt. Oben an Deck schoss die Besatzung einen Übungstorpedo auf die Tsingtau ab. Pressluft jagte den Aal zum Rohr hinaus, Pressluft startete auch seinen Motor und seinen Kreiselkompass. Der Torpedo schob statt Sprengladung hell leuchtendes Scheinwerferlicht in Zielrichtung Tsingtau. Er lief unter Wasser nach eingestelltem Programm und verbrauchte Zeit. Das zweitgrößte Geheimnis in der Funkbude war das Signalbuch. Die Buchdeckel bestanden aus Blei; Papier und Druckerschwärze waren wasserlöslich. Im Notfall würde Fredy also den Hammer nehmen und die Enigma zerschlagen, dann würde er das Bleibuch über Bord werfen. Unten, auf dem Meeresgrund, würden sich Papier und Gedrucktes auflösen und mit ihnen alle Geheimnisse. Jetzt war kein Notfall; der Übungstorpedo war aufgetaucht und dümpelte Kopf oben wie eine Boje in der Ostsee. Ein Karbidfeuer hatte sich in der

Torpedospitze entzündet, die Decksmannschaft sah, wohin sie steuern musste, sie warf eine Drahtschlinge aus und zog den Torpedo an Bord. Irgendwie war man stolz drauf, wenn alles klappte und Pluspunkte auf dem Schnellbootkonto gutgeschrieben wurden. Auch stolz auf die Enigma und auf das schwere Signalbuch, auf den Kommandanten, die ganze Mannschaft. Niemand aber ahnte, dass die Engländer längst die Geheimnisse der Enigma gelüftet hatten und über das Geheimste vom Geheimen Bescheid wussten.

Und Paula? Nach den amerikanischen Bombenangriffen auf Kassel zogen die Fieseler-Flugzeugwerke mit ihrer Produktion aufs Land. Ein Firmenrest blieb. Paula wurde, zusammen mit Technikern, Arbeitern, Zwangsarbeitern und Gefangenen, ins Lengeltal bei Frankenau evakuiert. Dort, in einer ehemaligen Stuhlfabrik, im Schutze von Wäldern, Bergen und Wetter, lautete das tägliche Soll: zweiundzwanzig Flugzeuge vom Typ Focke-Wulf 190 A8 zusammenbauen. Man arbeitete im Schichtbetrieb, pro Schicht zwölf Stunden am Tag. Hier war Paula in ihrem Blaumann und unter dem Kopftuch Mädchen für alles, auch Sekretärin, Köchin, Krankenschwester. Mitunter griff sie zum Spaten und hob, Seite an Seite mit den anderen, Splittergräben aus. Man baute sogar eine Startbahn, weil der Bahntransport für die Flugzeuge zu gefährlich geworden war. Immer, wenn es das Wetter erlaubte, flogen Überführungspiloten die fertigen Maschinen zu ihren Einsatzflughäfen. Unter den Piloten waren auch Frauen, die Paula bewunderte.

Als die Splittergräben nicht mehr genügend Schutz vor den Luftangriffen boten, trieb die Firma vier Stollen in die Berge. Schilder mahnten: «Die Maßarbeit unserer Flieger setzt deine Maßarbeit voraus. Denk bei deiner Arbeit daran. Arbeite genau!» Bald boten auch die Stollen nicht mehr genügend Schutz. Nun war es Paulas Aufgabe, in einer der umliegenden Beobachtungsstationen zu sitzen, um Fliegerangriffe zu melden. Nicht immer klappte die Übermittlung der Meldungen. Manchmal trafen sie verspätet ein, manchmal gar nicht. Wenn Paula nicht auf Posten war, dann saß sie im ersten Stollen, wo Notküche, Büro, Schlafräume und Krankenstation eingerichtet worden waren. Von hier aus schrieb sie Briefe an Fredy und an zu Hause.

Noch einmal getroffen haben sie sich nicht. Das letzte Wiedersehen war in Kassel, als Fredy während einer Dienstreise von Swinemünde nach Rotterdam drei Tage Heimaturlaub bei seiner Mutter verbringen konnte und Paula für drei Tage das Lengeltal verlassen durfte. Inzwischen verlobt, sprachen sie von der Zukunft nach dem Krieg. Er werde selbstverständlich bei der Kriegsmarine bleiben, er habe sich ja verpflichtet, sagte Fredy, bis 1955.

«Abwarten», riet Ehrmann, der mit Fredy zusammen gekommen war.

Paula könne eine Arbeit als Krankenschwester oder als Sekretärin finden, die würden immer gebraucht, sagte Fredy mit Blick auf Ehrmann. Sie würden drei Zimmer in einer Hafenstadt an der Ostsee bewohnen. Vielleicht in Swinemünde, wo es ihm gut gefallen habe. Da würden sie dann auch heiraten.

«Es waren drei sehr schöne Tage», erinnerte sich Ehrmann später. Fredy war ihm ein guter Kamerad. «Hat was Leichtes an seiner Oberfläche, auch das Lachen.» Fredy selber spürte die eigene Oberfläche, und ganz tief unter der Oberfläche vernahm er die «musikalischen Fragen», wollte Antworten finden. Er fand keine. Kein Wunder, dass er am Ende seines jungen Lebens als «unwahrscheinlich begabter Lügner» dastehen würde. Manchmal war er das aber auch. Er log, wenn

Ehrmann nach dem Landgang nicht wieder pünktlich an Bord gesehen wurde.

«Ehrmann?»

«Ja, wo ist Ehrmann!» Das wollte der Fürst der Unterwelt wissen.

«Urlaub bis zum Verrecken.»

«Urlaub bis zum Wecken?»

«Nein, der sitzt auf der Toilette und schreibt Tagebuch.»

«Das können Sie Ihrer Großmutter erzählen, Gefreiter!»

«Dann sehen Sie doch nach!»

Fredys Ton war frech und herausfordernd, weil er aus der Angst kam, die tief unten neben den Fragen hockte. Der Fürst der Unterwelt inspizierte die Toilette und rüttelte an der abgeschlossenen Tür.

«Nicht mal in Ruhe scheißen lässt einen die Kriegsmarine», rief Ehrmann von drinnen.

Fredy hatte gelogen und doch die Wahrheit gesagt. Dieses eine Mal war Ehrmann pünktlich gewesen.

Warm ist das Leben, kalt ist der Tod. Eine Luft ist das hier, man müsste mal lüften, dachte der Gerichtsherr in seiner warmen, sauerstoffarmen Kammer. Er öffnete das Fenster und ließ Mailuft herein. In der Mailuft flogen Stimmen: «Nach ehernen Gesetzen führt uns des Schicksals Eisenhand, mit Macht der Zukunft zugewandt. Er kommt so, wie er kommen muss, des Eises alter Todeskuss» – Dichtung eines dichtenden Schnellbootmannes. «Ruhe ist die erste Bürgerpflicht. Gehorsam ist der Christen Schmuck» – Rat eines anständigen Christenmenschen. «Was kümmert uns der Sonnenschein, was kümmert uns der Regen. Wir wollen Kameraden sein, jung, fröhlich und verwegen» – Lied eines mit der Handnähmaschine nähenden Soldaten. «Je eher dabei, desto eher davon» – Gesang des Eisvogelmännchens über dem Wasser, das Weibchen anrufend mit der Aufforderung zum Tanz. «Der Soldat soll wissen: Der Fahnenflüchtige verfällt unerbittlich der Kugel, gleichviel ob in Dänemark, in Italien oder in Afrika» – Erlass des Großadmirals. «Erst mal das Chaos bändigen. Kampf gegen das Chaos ist von jeher Tradition der Kriegsmarine gewesen» – innere Stimme des Gerichtsherrn.

Endlich meldete sie sich. Der Gerichtsherr strich mit der Rechten übers unrasierte Kinn und ließ die Hand am Kinn, als er den Mund aufmachte, um zu gähnen und auf die Armbanduhr zu sehen. War es schon Morgen? War es noch Nacht?

· Was, so müde? Er sei wohl wieder beim Staatsoberhaupt in Mürwik gewesen?
· Genau. Ein paar Stunden zuvor, am Verhandlungstag, sei er doch mit dem Dienstwagen nach Glücksburg und Mürwik gefahren, das sei einem nicht entgangen.
· Wie! Ständige Funkverbindung mit dem Großadmiral hätten vorzügliche Funktechniker ermöglicht. Warum dann diese Hin- und Herfahrerei?

Der Gerichtsherr rieb sich mit dem rechten Zeigefinger über die Augenbrauen. Genug frische Luft. Er schloss wieder das Fenster und schüttelte den Kopf. Ruhe jetzt.

Ähnliche Fragen sollten ihm später erneut zusetzen. Da kam er um eine Antwort nicht herum:

Er sei in der Tat aus dienstlichen Gründen mehrmals persönlich beim Großadmiral gewesen.

Flucht vor Unannehmlichkeiten?

Nicht Flucht, sondern Pflicht. Selbstverständlich habe er wegen der Vollstreckung rein menschliche Hemmungen gehabt.

Möglicherweise habe er dem Großadmiral am Vollstreckungstag sagen wollen, er könne sich voll und ganz auf die Kriegsmarine verlassen, auch und gerade jetzt noch?

Richtig. Solche Botschaft könne nur persönlich überbracht werden, insofern habe die Zeit gedrängt. Auch die mit der Vollstreckung beabsichtigte abschreckende Wirkung habe Zeitdruck erzeugt.

Aber der Krieg sei doch definitiv zu Ende gewesen.

Das habe man zu diesem Zeitpunkt noch nicht gewusst. Gewusst habe man: Die Kriegsgerichtsbarkeit sei unverändert durch Wehrmachtsgerichte auszuüben, solange die Besatzungsmächte keine andere Anordnung ergehen ließen.

Die sei vielleicht schon erteilt gewesen. Papier sei geduldig.

Man könne sich doch nicht selber den Ast absägen, auf dem man sitze.

Der Ast sei längst von den Siegern abgesägt worden.

Fahnenflucht koste den Kopf. Darüber habe man bis zuletzt jeden Soldaten jeden Monat einmal durch seinen Disziplinarvorgesetzten aktenkundig belehren lassen.

Es liege eine gewisse Tragik in der Tatsache, dass die Marinegerichte den Schwebezustand des abgesägten Astes nicht anzuerkennen wagten. Manches Todesurteil und seine Vollstreckung hätten dadurch vermieden werden können.

Ach, eine qualvolle Nacht lag hinter ihm. Fast wäre er unter der drückenden Last der Verantwortung zusammengebrochen. Hatte er nicht 1942 die Ernennung zum Gerichtsherrn mit äußerst skeptischem Blick angenommen, weil er sich damals, mit siebenunddreißig, für das Amt zu jung fühlte? Aber er begriff es als «Amt vor Gott», und darum musste es sein. Verbürgt ist eine Äußerung im kleinen Kreis aus dem Jahre 1941: «Ich lasse mir meinen Glauben nicht nehmen, und wenn der Führer als Staatsoberhaupt meinen Glauben bekämpft, so ist er mein Feind.»

Der Gerichtsherr seufzte. Er rief sich zur Ordnung mit «Herr Gott noch mal zu». Er wusste nicht, ob er sich am nächsten Morgen in englischer Gefangenschaft befinden würde. Auch deswegen war Eile geboten. In der Eile bloß keine Schwäche zeigen. Schwäche gleich Ungehorsam gleich halbe Sache. Stärke gleich Gehorsam gleich ganze Sache. Dieses kleine Einmaleins der Kriegsmarine war so etwas wie der Admiralsstab im Seesack. Der Gerichtsherr sah auf den Schreibtisch. Würde er den nach Hause mitnehmen? Er mochte das Möbelstück nicht. Trotzdem, die Beurteilung vom 1. Dezember 1941 stimmte: Er sei mehr für die Front als für den Schreibtisch geeignet. Aber Schluss jetzt, zur Sache endlich. Da lag das schriftlich abgefasste Urteil, ein fünf bis zehn Seiten starkes Papier. War es vom vorsitzenden Marinerichter mit der Maschine geschrieben oder per Hand? Egal. Als er sich mit seinen Offizieren beriet, hatte er in dem Papier geblättert und einzelne Abschnitte nachgelesen. Jetzt blätterte er nicht. Es war nur noch der Bestätigungsvermerk zu schreiben. Als Gerichtsherr achtete er auf peinlich genaue Einhaltung der Vorschriften. Papiere vollzählig? Unterschriften gültig und mit Datum? Das Urteil als Erinnerungsstück mit nach Hause nehmen? Lieber nicht. Man würde es wie vieles andere vernichten müssen. Nach mir die Sintflut war ein teils angenehmer, teils unangenehmer Gedanke.

Plötzlich mochte er die solide gearbeiteten Möbel in seiner kleinen, niedrigen Kammer sehr. Auch das Fernglas, das ihm schwer und teuer in den Händen lag, mochte er sehr. Ein Stück Heimat vom Schnellboot; auf den Schreibtisch damit. Auch der Kammergeruch, den er deutlich in der

Nase spürte, als er eine Schublade nach der anderen aufzog, war ein Stück Heimat. Hineinsehen und wieder reinschieben empfand er als «zwei völlig verschiedene Sachen». Sein Blick fiel auf das Briefpapier: Oben links der wehende Kommodore-Wimpel, daneben stand in altdeutscher Schrift «Führer der Schnellboote». Dann, als sei er mitten im Frieden zu Ruhe und Besinnung gekommen, richtete er sich auf, streckte sich wie nach dem Aufwachen in einem senkrecht stehenden Bett und berührte geschlossenen Auges mit beiden Händen das Kopfende; es war die Kammerdecke. Das Strecken war wie ein unübertroffen gutes Stillstehen. Das Kommodore-Briefpapier würde er noch gut gebrauchen können: alten Kameraden schreiben, Reden verfassen. Er ging aus der Kammer, um seinen Stellvertreter anzuweisen, er möge den Abschiedsbefehl für die Kurlandfahrer fertig machen und tippen lassen.

Schon schrieb sein Stellvertreter den «Befehl für die feierliche, letzte Flaggenparade der Kurlandflottillen.» Die sollten extra verabschiedet werden, anständig. Eine Extrawurst, ein Liebesdienst für die Spätheimkehrer. Der Krieg war aus, die Kriegsflagge längst niedergeholt. Trotzdem: noch einmal die Kriegsflagge niederholen, das wird man ja wohl noch dürfen.

Kaum war der Gerichtsherr zurück in seiner Kammer, gedachte er der Menschen, für die er gelebt, für die er alles auf sich genommen zu haben glaubte. Würde man vollenden, was er nicht hatte vollenden können? Er meinte das Menschliche im Krieg. Er meinte das Christliche im Militär. Nur zwei oder drei wie er würden genügen, und nichts wäre umsonst gewesen. Wie auf dem Koppelschloss: Gott mit uns. Glaubte er an die Gottähnlichkeit des militärischen Apparates? Man nehme nur das Gute mit nach Hause: Treue,

Kameradschaft, Anstand, Briefpapier, Fernglas. «Er zog seine Straße fröhlich.» Dieses Bibelwort wünschte er sich für den weiteren Weg. Zugegeben: Es war eine furchtbare Zeit, aber auch eine fruchtbare, große. Man würde es später in Stein gehauen auf den Kriegerdenkmälern und Friedhöfen lesen können. Hatte nicht jeder sein Bestes gegeben? Auch er hatte sein Bestes gegeben, war dabei menschlich geblieben und deshalb geachtet, ja geliebt worden, und der Führer hatte ihn mit dem Eichenlaub zum Ritterkreuz persönlich ausgezeichnet.

Wenn er daran denke, sagte er später, dann schwanke er wie «der Vogel im Wind» und sei recht benommen. Er habe das Leben in Dur und Moll ausgekostet. Das Ritterkreuz gebühre selbstverständlich seinen Männern, denn ohne die hätte es kein Eichenlaub gegeben. Auch für die Misserfolge seiner Flottillen stehe er gerade. Und für dieses Urteil, egal, wie man es noch drehen und wenden werde. Letztlich habe er sich allein vor Gott zu verantworten. Der solle sein Urteil über ihn sprechen. Nicht irgendeine weltliche Instanz. Schließlich wisse er, was es heiße: einen Menschen zum Tode verurteilen. Er wusste es nicht; er konnte es nicht wissen, denn dieses Todesurteil war das erste und einzige, das ihm als Gerichtsherrn je vorgelegen hatte. Eine vorhandene oder eine nicht vorhandene Wissenslücke? Beides erwog der Mann, und mit einem Kurs, bei dem unklar war, ob Nord, Ost, Süd oder West im Kompass anlag, fuhren seine Gedanken im breiten, aufgewühlten Heckwasser dieser Maienzeit und waren nicht zu fassen. Hatten die zwei Todeskandidaten in diesem Wasser überhaupt einen Platz? Hätte er als Schnellboot-Vater mit seinen Schnellboot-Kindern nicht noch ein Wort reden müssen? Das war befohlen: «Der Verurteilte wird am folgenden Tage (spätestens am 6. Tage nach der Urteilsverkündung) zu dem Urteil gehört. Gleichzeitig nimmt der Gerichtsherr zur Gnadenfrage Stellung.» Das kam ihm nicht in den Sinn. Und gesagt hatte ihm das niemand. Auf die Eierschalen seines Gerichtsherrnlebens – sie waren dick wie Panzerglas – schlug der Hammer der Kindheit, des Kaisers und der Kriegsmarine und hämmerte das Todesurteil ins Herz.

Das Eisvogelwunder

Das Sternbild Löwe war hinter einer geballten Ladung Turbulenz verschwunden. Die Wolke stand dunkel und schwer vor der Abendsonne, sah aus nach Donner und Blitz. War die Jungfrau auch von Wolken geschluckt? Die Herkules-Umrisse fand ich nicht. «Du musst genau und lange hinsehen», sagte Hans Hörgebar neben mir im Riesenrad. Er ließ sich in seinen astronomischen Betrachtungen nicht vom Wetter aus der Ruhe bringen. Er wischte sich Schweiß und Gewitterfliegen aus dem Gesicht. Eine dicke Ader stand ihm wie die verlängerte Nase auf der Stirn. Ich kriegte die Sternenbilder nicht zu fassen, sie verzitterten in der schimmernden, feuchten Luft. Wie der dumme August neben dem klugen August, so saß ich in der Riesenradkabine und atmete erst auf, als ich mich am Sommerdreieck festhalten konnte. Tatsächlich, dort waren die drei Sterne, sie leuchteten schwach. Deneb, Wega, Atair. Hörgebars Sternenhimmelwissen war im Laufe seines Lebens reicher und reicher geworden. Sonst war er arm dran.

Seit zwei Jahren saß er im Rollstuhl. «Wieder die Hüfte», hatte er unlängst gesagt, als ich zu einem Spaziergang bei ihm vorfuhr. Noch einmal wollte er sich nicht operieren lassen: «Ich sterbe ja sowieso bald.»

«Wenn man tot ist, kann man sich nicht mehr freuen», sagte Klara.

«Wie meinst du das?», fragte er zurück.

«Wie ich es sage.» Sie schob ihn aus dem Haus, dann über den Plattenweg bis an die Straße. Da gab sie ihm eine Tüte Bonbons und sagte: «So.» Sie zog das «s» sanft und lange zwischen Zunge und Gaumen hin, das «o» stieß sie kurz hinaus. Damit setzte sie den Punkt, und Hörgebar erhielt den Schubs. Er rollte los, packte beide Räder an den Reifen und rief mir zu: «Zwomal Alle Kraft. Dreingreifen und Packen ist das Wesen der Meisterschaft.»

Diesmal war ich kurz nach der Tagesschau bei ihm zu Hause vorgefahren. Er stand schon «gestiefelt und gekatert» mit seinem Rollstuhl vor der Gartenpforte und sah zu, wie Klara ihre Geranien unter dem Wohnzimmerfenster begoss. Sie begrüßte mich immer mit demselben Ritual. Für sie war ich immer noch das Kind, für sie gehörte ich an die Brust gedrückt. Von ihrer Brust spürte ich beim Drücken schon lange nichts mehr. Was ich spürte? Brustbein, ein paar Rippen und die Bernsteine ihrer Halskette. Sie war nur noch Haut und Knochen. Ich brachte sie zum Lachen, indem ich ihr wieder einmal vorführte, wie sie in ihrer Zigarettenraucherzeit mit einem weit vorgeschobenen, kreisrunden Mund Rauchringe in die Luft gepustet hatte.

«Ich rauche doch seit zig Jahren nicht mehr», sagte sie.

«Ich sehe dich aber seit fünfzig Jahren so mit deinem Mund.» Dann fragte ich: «Wie geht's?»

Klara sah einen Atemzug lang auf die weißen Blumen in den Blumenkästen, dann schob sie die Brille mit dem Zeigefinger auf der Nase zurück und blickte mich an: «Mein Hörgebar wird immer weniger.» Sie sagte das mit vernehmbarem Vorwurf, stillem Triumph und Mitleid in der Stimme.

«Mir geht's gut!», sagte Hörgebar schnell.

Stimme gebrochen, Hörgebar?, dachte ich. Seine Stimme hatte geklungen, als wäre ihm ein Tropfen Spucke in die Quere gekommen, als wäre seine Stimme ausgerutscht und hingefallen und hätte vor Schmerz eine Träne ins Auge bugsiert.

Er aber sagte: «Ich habe mich nur verschluckt.»

Aha. Ich wusste, woher der Wind in Hörgebars Worten wehte. Ich habe mich nur verschluckt. So hatte ich immer als Kind gesprochen, wenn ich erkältet war und husten musste. So hatten meine Töchter auch immer gesprochen. Kinder, die Erwachsene beruhigen.

Ich sah die große Nase und die große Warze und die vielen Falten. Wäre im Faltengebirge seines Gesichtes nur ein großes blaues Auge gewesen, dann hätte ich ausgerufen: «Victoriasee.» Er aber hatte zwei schöne, blaue, tief unter mächtigen Brauen liegende Augen, also schwieg ich und öffnete die Beifahrertür. Hörgebar hievte sich mit seinen kräftigen Armmuskeln vom Rollstuhl auf den Sitz. Dann hob ich den Rollstuhl durch das geöffnete Autoheck, schlug die Klappe zu. Das knallte. Ich sah zu Klara hin. «Bis später.»

Klara hörte nicht oder wollte nicht hören. Sie goss, Auge in Auge mit den Geranien, das Wasser an den Blumenkästen vorbei.

Wir umrundeten erst mal Sankt Ursula. Solsbüll-Mühle wurde von unseren Vorfahren so angelegt, dass man in ein paar Minuten um Friedhof und Kirche herumfahren kann und beides immer im Blick behält. Hier hatten die Bäcker und Kaufleute ihre Läden gehabt. Heute sind die Läden verschwunden. Nur der «Eichenhof» unter den Linden hat noch ab siebzehn Uhr geöffnet. Das Umrunden von Kirche und Friedhof habe ich von Hörgebar. Der drehte seine Runden mit dem Rollstuhl und verteilte Bonbons an die Kinder. Auf diese Weise wollte er ihnen ein paar Worte entlocken und ein Gespräch anzetteln.

Immer, wenn mein Weg durch das Dorf führt, in dem ich aufgewachsen bin, fahre ich einmal um Sankt Ursula herum. Meine Seitenfenster sind geschlossen, weil ich nicht so ein Kinderfreund bin. Statt Bonbons liegen Feigen und Datteln in meinem Handschuhfach. Kinder mögen die nicht, erst recht nicht, wenn sie getrocknet sind. Ich aber esse sie gern beim Autofahren, besonders gern, wenn ich Sankt Ursula umrunde. Mit den süßen Früchten im Mund halte ich das Gotteshaus für eine Schutz- und Trutzburg. Es steht da seit ein paar hundert Jahren mit dickem Turm und dickem Kirchenschiff und mit dicken, eisernen Ankern in den Mauern.

Übrigens neigt sich das Dach über dem Vorhaus an der Südseite zu wenig; das störe, belehrte mich ein Kirchenkenner, die Harmonie.

Mich stört das alles nicht, denn in dieser Kirche bin ich getauft und konfirmiert worden. Wenn die Glocken, die «Lehre» und «Mahne» heißen, zum Gottesdienst, zur Taufe, Konfirmation, Hochzeit und Beerdigung rufen, dann sieht die heilige Ursula zu den Schall-Luken im Turm hinaus und lässt Friedhof, Dorf und umliegendes Land nicht aus den Augen. Auf dass in Nord, Ost, Süd und West alles geregelt sei.

Genau wie da auf der Kirchturmspitze der goldene Hahn.

Er saß uns mit seinen Blicken im Nacken, als wir aus dem Dorf fuhren, am zugeschütteten Wasserfall vorbei und über die begradigte, tief unten dahinfließende Solsbüller Au. Zehn Minuten später waren wir in Solsbüll. Ich parkte das Auto in der Nähe der heiligen Quelle und schob Hörgebar am Moor vorbei, wo die Teichrosen still auf dem Wasser lagen und blühten. Hörgebar zählte auf, was in diesem

Marktjahr wieder fehlen würde: die Steilwandfahrertruppe, die Boxerbude, die Geisterbahn. «Vorbei, die kommen nicht mehr wieder.» Früher habe es auch noch Kälber mit zwei Köpfen gegeben und das Schankzelt von Tante Goos. Was nicht fehlte, war das Riesenrad; wir hatten es schon aus der Ferne gesehen.

Nach einer Runde Markt im Uhrzeigersinn, wir aßen am «Wurst-Palast» eine Thüringer vom Holzkohlegrill und tranken ein Bier vom Fass, nach einer weiteren Runde gegen den Uhrzeigersinn, ohne Wurst und Bier, kaufte ich an der Riesenradkasse zwei Karten. Hörgebar fuhr seinen Rollstuhl bis an die in sechs Uhr bereit stehende Riesenradkabine. Mit den Worten «Geht schon» stemmte er sich hinein, und ich übergab einem von den Riesenradleuten das Gefährt. Dann setzte ich mich neben meinen alten Freund, hob den Kopf und blickte in ein weißes Segeltuchdach. Freie Sicht in alle Himmelsrichtungen erhielten wir, als sich das Riesenrad in Bewegung setzte. Es waren die Sterne, wonach wir suchten.

War Hörgebar eingeschlafen? Träumte er vom Sommerdreieck? Lebte er wieder im Verzehrkino seiner Erinnerungen? Wunderte er sich wieder einmal über das nahe Beieinander und den «non existent»-Zusammenhang von Wörtern wie «Milz» und «Miliz», «Blinddarm» und «Blindalarm»? Oder den «existent»-Zusammenhang von «Rhetorik» und «Erotik»? Grübelte er über «Artefäkalien»? (Nicht vergessen und für später aufbewahren.) War er auf der Suche nach einer Antwort auf die Frage, warum der Spiegel nur rechts und links vertauscht und nicht oben und unten? Ich tippte ihm vorsichtig auf die linke Schulter. Leise, wie in Trance, sagte er das erste Hörgebar-Gebot auf: «Du sollst keine Lust haben, im Staub, der du einmal sein wirst, schon zu Lebzeiten zu versinken.»

«Ich werde mich hüten», sagte ich und wusste nicht, ob das auch wirklich meine Meinung war. Ein Stück nach dem anderen nahm ich aus Hörgebars Herzensvorräten. Immer noch: Jeden Morgen nehme ich mir ein Stück heraus. Immer, wenn ich einen Kaffeefilter aus der Packung ziehe, denke ich an Hörgebar. In einer Packung sind hundert Filter, macht hundert Tage mit meinem alten Freund.

Die Gewitterwolke war größer und schwärzer geworden. Wetterleuchten flackerte über den Riesenradhimmel. Unten tönte Blas-, Pop- und Rockmusik, Karussellsirenen heulten. Losverkäufer redeten mit ihrem Megaphon am Mund Gewinne, Gewinne, Gewinne gegen den Donner an, den wir in der Ferne hörten. War das überhaupt Donner gewesen? Seltsam bunt und still und ohne voranzukommen bewegten sich die Menschen unter uns. Das Riesenrad drehte uns durch alle Uhrzeiten, immer wieder. Ich griff nach einem Stück Zuckerwatte, das an der Kabine vorbeiflog, als wir oben in zwölf Uhr stehen blieben. «Letzte Fahrt», rief eine Stimme aus dem Lautsprecher.

«Das Gewitter», sagte ich.

«Der Regen.»

«Noch regnet es nicht.»

«Wart's ab, Gustav Hasse.»

Wir blieben da oben lange stehen, erspähten weit hinten im Westen den mäandrierten Abschnitt der im Nachtlicht schimmernden Güldenholmer Au, sahen das nördliche Steilufer des Güldenholmer Sees, wo die Eisvögel in den künstlichen Nisthöhlen wohnten. Sehen konnten wir sie nicht.

Ein Vogel rief. Kein anderer als der Eisvogel mit seinem aus Sagen und Märchen bekannten «Alzidinidä», dem «Folge mir», hatte in der Geltinger Bucht gerufen. Sprühend flog er dahin und verwandelte die zeitweilig bewegte See in Glattwasser, in Stille, in Musik. Ein getrocknetes Eisvogelherz am Hals soll vor großer Not schützen. Eines für Fredy, eines für Ehrmann. Es hebt Zeit und Raum auf, befreit von allen Sorgen.

Mitten in der Geltinger Bucht schaukelte das Eisvogelnest auf den Wellen. Der Eisvogel hatte Fischgräten so lange miteinander verflochten, bis das Nest fertig war. Dann hatte er in Rufweite der Buéa Anker geworfen, in Rufweite aller dort liegenden Schiffe. Da saß er nun in Bereitschaft, sein diamantbesetztes, meerblaues Federkleid funkelte.

Er wollte, dass man ihn rief, dann wollte er Kompass und Windfahne sein. Aber alles schwieg. So rief er selbst: «Ich, Eisvogel, heiß dich aufzubrechen und Folgendes mir herzusagen: Aus Höh'n, wohin mich's zieht, komm ich zu dir. Und Liebe treibt mich, Liebe lässt mich.»

Fredy sprang als Erster aus dem Leck, das Ehrmann mit seiner Klaue in die Kammerwand knapp oberhalb der Wasserlinie geschlagen hatte. Zurück blieben zwo verwirrte Bewacher, jeder schrie laut auf vor Schreck. Die beiden Fahnenflüchtigen wurden mit ihrem getrockneten Herzen am Hals ganz leicht. Fredy, Feder und Flügel, fast ein Engel, entschwebte auf Funkwellen, die er kürzlich noch eigenhändig von Grenaa aus in den Wehrmachtsäther gefunkt hatte. Ehrmann hob mit einem Propeller aus dottergelb leuchtenden Löwenzahnblüten ab. Er wischte fünf Spritzer Ostseewasser von den Schuhen und sauste schnurgerade los. Sauste los mit dem Glück, das er in seinem Tagebuch beschworen hatte: «Wo bleibt mein sagenhaftes Glück. Es wird mich doch diesmal nicht verlassen wollen?»

Mann, da war es doch, das Glück! Das hatte ihn doch gepackt. Nun wusste er, was Glück war. Ehrmann, der am

2. Januar 1943 notiert hatte: «Was ist Glück, ich weiß es nicht. Vielleicht habe ich es noch nicht erfahren», hatte auf einmal Glück für mehr als hundert Jahre Gefängnis. Das war besser als der Tod. Wer auf unserem Planeten so lossauste und fliegend den eigenen Schatten unter sich sah, begab sich auf einen Großkreis, der für die beiden Seefahrer keine Unbekannte war: Sie würden wieder an denselben Ort zurückkehren.

Damals auf der Steilküste, im Mai 45, verfolgte Hörgebar das Wunder dieser Nacht, gekleidet wie ein österreichischer Graf in einen grauen, gewalkten Janker mit Knöpfen vom letzten Altweibersommer. Links von ihm hob Klara wie eine Gräfin die Hand an die Stirn und suchte die Geltinger Bucht mit Blicken ab. An ihrer linken Hand hielt sie das Kind. Rechts von Hörgebar stand Paula. Zwei hängende Mundwinkel und zwei lange, hängende Arme durchkreuzten die Hoffnung: «Hoffentlich ist ein Brief an mich unterwegs.» Klara schien diesen Gedanken gelesen zu haben. Sie knöpfte ihre Strickjacke bis oben zu und empfahl Paula, auch ihre Strickjacke, «wenigstens bis zum vorletzten Knopf», zu schließen. Paula rührte sich nicht. Hatte sie überhaupt zugehört? Hörgebar streckte den Arm über die Steilküste. Von der Fingerspitze her sollten die Kurlandboote kommen. Die interessierten ihn gerade weniger. «Ich sehe unsere beiden Burschen. Wisst ihr noch, im Mai/Juni 1934? Man muss die Augen zusammenkneifen und scharf hinsehen. Möge das Sommerdreieck sie beschützen. Unsterblich ist der Krieg nicht.» Er öffnete seinen Janker, nahm mit der Rechten die Knopfseite, nahm mit der Linken die Knopflochseite, hielt die schwere Jacke mit beiden Händen weit ausgebreitet, drehte sich und suchte Wind, fand Wind, sprang in die Tiefe und flog los: krähengroß, dämonisch lachend wie der australische Kookaburra, der als Lachender Hans eine Attraktion im Zoo ist.

«Hoffentlich passiert ihm nichts», rief das Kind.

«Unsinn. Dem doch nicht. Sieh nur», antwortete Klara. Hörgebar segelte mit seinem prächtigen Gefieder im schönen Bogen der Meeresoberfläche entgegen. Flügelschlag war hier und heute entbehrlich. Auch das Eisvogelmännchen kann darauf verzichten, wenn es in schönem Bogen um das Weibchen herumsegeln will. Paula sah Hörgebar mit Stirnrunzeln und «Was macht der denn da» hinter dem Stirnrunzeln nach.

Sie war noch nicht lange zurück im Kinderschiff. Im März 1945 war schwerer Bombenhagel auf ihre Flugzeugfabrik im Lengeltal niedergegangen; ein Toter wurde beklagt. Als die Spitze der 3. US-Panzerdivision auf der Ederstraße in Richtung Korbach fuhr, dröhnten noch die Niethämmer in den Produktionsstollen. Da war Paula schon auf der Flucht. Eine Nacht verbrachte sie in Kassel bei Fredys Mutter und Großvater Klaas in der Fünffensterstraße. Die beiden gaben ihr Fredys Rucksack aus Faltbootzeiten mit. Im Rucksack lagen das Verlobungskleid und ein silbernes Essbesteck, das Fredys Mutter schon von ihrer Mutter geschenkt bekommen hatte. Das sollte nun Paulas Verlobungsgeschenk sein.

Sie folgte den Spuren, die sie für Spuren ihres Verlobten hielt: immer den Amerikanern voran, die sich an ihre Fersen hefteten. Fredys Traum war stets gewesen, im Faltboot von einer Weltreise nach Hause zu kommen. Paula kehrte den Traum um, als sie am Ufer der Fulda das «Bootshaus Sinning» neben der Drahtbrücke entdeckt hatte. Das Bootshaus ist heute verschwunden, die Drahtbrücke ist immer noch da. Sie fand das Faltboot, fand im Faltboot Fredys Kleppermantel und paddelte los, an der Anlegestelle und am Hafen vorbei, links winkte der Wolfsanger, rechts der Staufenberg, «Fulda, ich muss dich lassen», so hieß das Lied, das sie in den Weserstrom paddelte und, weiter, immer weiter, abwärts bis zur Aller-Mündung, ging die Fahrt. Hier erwartete die Bevölkerung die Engländer, nun also immer den Engländern voran. In Verden ließ sie das Paddelboot liegen, bestieg einen Zug, kam bis Uelzen und bis Lauenburg, wo sie sich einem Treck aus Ostpreußen anschloss. Sie trottete mit ihren Siebensachen hinter einem Pferdewagen her. Die Pferde trugen ihre Mäuler in Futtersäcken. Ein deutscher Schäferhund lief in Haut und Knochen und mit eingezogenem Schwanz unter dem Wagen dicht an der Hinterachse. Er lief auf blutigen Pfoten. Paula ging fünf Schritte hinter ihm und wich mit ihren Schnürstiefeln seinen Blutspuren aus. Manchmal schlug eine Wanduhr, die im Wagen in Wolldecken eingewickelt lag. «Diese Klänge sollte ich nie, nie vergessen», sagte Paula später. In Schleswig trennte sie sich von den Flüchtlingen. Sie folgte der Reichsstraße 77 bis Lager Solsbüll, dem Flugplatz, wo immer noch deutsche Jagdflugzeuge starteten und landeten. Dann ging sie am Nordufer des Güldenholmer Sees entlang und weiter über Solsbüll-Mühle, sie ging ohne einen Gruß an St. Ursula vorbei. Das Hilfskrankenhaus in Kummerby spendierte eine Graupensuppe. Am 16. April erreichte sie das Kinderschiff an der Geltinger Bucht.

Nach ihrer Ankunft hatte Hörgebar mit seinen Flugübungen begonnen. Er hatte U-Boot- und Schnellbootfahrer abgewehrt, die mit Paula gerne einen Maispaziergang oben auf der Steilküste unternommen hätten. «Wir sind ja so froh, dass du wieder heil und gesund nach Hause gekommen bist. Das liebe Kind ist eine verdammt hübsche Frau geworden», so sprach er zu seiner Adoptivtochter und schüttelte über die neckischen Hasche-Spiele mit nacktem

Oberkörper zwischen Waldlust und Kinderschiff den Kopf. Er meinte die jungen Soldaten, die Völkerball, Faustball und Fußball spielten. Andere knobelten in der Sonne mit Uniformknöpfen aus Aluminium oder nähten mit einer Handnähmaschine Uniformjacken in Ziviljacken und Rucksäcke um. Dabei ließen sie sich von einem ebenfalls gestrandeten Kriegsberichterstatter fotografieren. Der fotografierte auch zwölf junge Frauen und drei junge Männer unter einer Linde hinter einer Scheune an einer gedeckten Tafel bei Buttermilch und Zwieback in der Maisonne. Die jungen Frauen dachten schon an den Feierabend. Sie wollten aus der weißblau karierten U-Boot-Wäsche Kleider für den nächsten Ernteball nähen. Der Saum aus rotem U-Boot-Inlett an Kragen und Ärmel würde leuchten, ein unvergessliches Fest.

Im Aufwind der Steilküste segelte nun Hans Hörgebar, der große Kookaburra. Er flog mit einem Sturzwinkel von dreißig Grad dem Wasser entgegen, fing sich einen Meter über dem Wasser ab und brachte noch so viel Schwung in die Fahrt, dass ein Steigflug möglich war. Zusätzlichen Schwung gab ein Luftkissen, das er als schönes Polster an der Abbruchkante fand. Genug Energievorrat, der ihm oben müheloses Einschweben erlaubte. Mit einem Knick in den Knien setzte er zur Landung an, setzte die Stiefel auf, hockte eine Sekunde vor Paula. Dann erhob er sich schwankend, ein Schritt links, ein Schritt rechts, als stünde sein Gleichgewicht auf dem Spiel, griff mit der rechten Fliegerhand in Paulas vollen, dunkelblonden Schopf, hielt sich darin einen Augenblick fest und ruhte wieder mit austarierter Balance in seinen Fliegerstiefeln. «Ach, der wunderbare Kramladen in deinem Schopf», seufzte er und knöpfte seinen Janker zu, während die Altweibersommer-Knöpfe in der Frühlingssonne glänzten, griff in die rechte Seitentasche und holte ein Stück Fliegerschokolade hervor, Abschiedsgeschenk des jungen U-Boot-Kommandanten. Wie lange war das her? Mit der Höflichkeit eines Grafen, der seine Etikette auch nach der bedingungslosen Kapitulation beherrscht, sagte er zu Paula: «Sonst fallen Sie uns vom Fleisch, my Lady.»

«Komm, wir gehen», sagte Klara da zum Kind. «Er hat einen Vogel.»

«Er hat keinen Vogel», sagte das Kind.

«Wir gehen trotzdem.»

«Was hat er denn?»

«Ich weiß es nicht.»

«Dann können wir ja hierbleiben.»

«Nein, wir gehen.» Klara nahm das Kind fest an die Hand und zog es mit sich fort. Sie gingen den Weg, der gemächlich von der Steilküste abwärts führt, bis zum Strand, wo ihnen der stechende Geruch von Seetang in die Nase zog. «Wenn wir zu Hause sind, dann kriegst du auch Schokolade», sagte Klara.

«Ich will keine Schokolade.»

«Was willst du denn?»

«Hierbleiben.»

«Du kommst mit nach Hause. Hier zwischen all den Soldaten kannst du doch nicht bleiben.»

«Doch. Ich will aber.»

Die Soldaten hatten eine Schlauchleitung über die hölzerne Brücke gelegt; sie pumpten Dieselöl von einem Schnellboot in einen Jauchewagen. Das Kind ließ sich vom Jauchewagen locken, weil der so schön nach Dieselöl roch.

«Du kommst jetzt gefälligst mit.»

«Ich schrei aber.» Das Kind schrie aus voller Kehle. Alle Soldaten hielten inne mit Schleppen, Rauchen, Zuhören und Sprechen. Tatsächlich, die ganze Welt stand still. Allein das Dieselöl floss noch durch die Stille und durch die Schlauchleitung in die Jauchetonne, plätscherte und verbreitete Dieselölgeruch. Endlich sah einer von den Soldaten auf und hielt mit beiden Händen seinen halb ausgezogenen rechten Knobelbecher fest.

«Du brauchst keine Knobelbecher, du kannst schon Schnürsenkel binden», sagte Klara zum Kind. «Und bald wirst du mit Messer und Gabel essen können.»

«Will ich aber nicht.»

Klara ging vor dem Kind in die Knie und sagte: «Meine Güte, war das schön, als du noch ein kleiner Wonneproppen warst.»

«Das war nicht schön!», schrie das Kind.

Die Soldaten hörten und sahen, wer der Schreihals war. «Schreihals!», rief der Soldat, der nun den Knobelbecher ausgezogen hatte.

Klara sagte: «So was Undankbares, jetzt, am Schluss des Krieges, hier rumzuschreien. Was sollen die Soldaten von uns denken.»

Das Kind löste sich aus ihrer Hand, als sie den Griff lockerte, weil sie sich eine Haarsträhne aus der Stirn streichen musste. Während sie «Ach, mein blödes Haar» sagte, leise und nicht zum Mithören, lief das Kind mit seinen Kinderschritten zunächst noch neben ihr, lief dann schnellere Schritte, dann noch schnellere und war bald außer Reichweite. Der Knobelbecher-Soldat rief: «Keine Angst, der kommt wieder.»

Vom dümpelnden Eisvogelnest aus muss Fredy fünf Minuten lang mit Westkurs fliegen, dann ist er da. Er kennt den Ausguck zur Vogelbeobachtung von seiner Zeit im Kinderschiff. Auch das Kind hat hier schon mit Hans Hörgebar auf der Lauer gelegen. Schon liegt Fredy bäuchlings neben dem Kind im Ufergras am Eisvogelbach. Es ist dicht an ihn herangerückt, so dicht, dass es den warmen, imprägnierten Stoff seiner Marineuniform riechen und fühlen kann. Beide schlafen ein.

Beide wachen auf. Das Eisvogelmännchen hat sie geweckt mit seinem Alzidinidä. Sie sehen die kleine Steilküste des gegenüberliegenden Ufers, wo das Eisvogelpaar wohnt. Sie sehen das Einflugloch und den weißen Kotfleck; zwanzig Meter bachaufwärts sehen sie die Sitzwarte, den Eisvogelausguck, auf einem abgestorbenen, armdicken Weißdornast. Von hier aus stürzt sich der Vogel den Fluten entgegen, schlägt gleich nach dem Abhüpfen mit den Flügeln, beschleunigt den Sturzflug, taucht ein, zieht unter Wasser ein schützendes Lid über die Augen, legt Flügel und Beine eng an. Da ist die Beute. Der Eisvogel bremst seine Fahrt, er fährt Flügel und Beine wie Störklappen aus. Dann schnappt er zu. Mit der Restfahrt und mit Hilfe der Luft im Federkleid steigt er, Nacken voran, Schnabel auf der Brust, nach oben. Jetzt reißt er den Schnabel von der Brust, wirft ihn hoch, durchsticht Schnabel voran die Wasseroberfläche, schießt aus dem Wasser, schlägt kräftig die Flügel und fliegt wieder zur Sitzwarte, wo das Weibchen wartet. Drei Sekunden hat dieser Beuteflug gedauert. «Uff», singt das Männchen.

Es hat seinem Weibchen einen Leckerbissen gefangen; der zappelt nun im Schnabel. Jede zukünftige Schwangere muss gut essen und trinken. Bringt der Mann weder Fisch noch Fleisch, dann sucht die Frau sich einen anderen. Dieser hier hält die Tafel für seine Liebste reich gedeckt; er singt, so viel er kann und so gut er kann. Gesang ist das nicht, nur fleißiges Rufen. Und jetzt wird der Schnabel geöffnet, der zappelnde Happen, eine leckere Groppe, die tagsüber unter

Steinen versteckt lebt und erst in der Dämmerung herauskommt, wird festgehalten und gedreht und in die richtige Lage gebracht. Am Schwanzende hält der Vogel den Fisch im Schnabel, und nun schlägt er den Fischkopf so lange auf den Weißdornast, bis der Leckerbissen leblos im Schnabel liegt. Dann schenkt der Mann seiner Frau mit einer Verbeugung, Fischkopf voran, den toten Fisch. Sie schnappt zu, dankt mit zitternden Flügeln und verschlingt das Fressen. Weiteren Dank erstattet das Eisvogelweibchen, indem es von der Sitzwarte hüpft und zu einer Ehrenrunde um das Eisvogelmännchen abhebt. Das Männchen hüpft auf dem Fuße und folgt auf Flügeln. So viel Dank will es nicht. Es will nur auf der Warte neben dem Weibchen sitzen. Es will mit ihm Worte und Töne wechseln und gleich noch einen Fisch für sein Weibchen fangen.

All das beobachten Fredy und das Kind. Fredy ist von jeher eine Wasserratte gewesen, Rettungsschwimmer und Faltbootfahrer. Wenn er eine schwarze Fliege zum weißen Hemd trägt und seinen Kopf etwas schief hält, dann sieht er wie ein junger, seriöser Geschäftsmann aus. Das Kind neben Fredy sieht aus wie ein Kind und kann noch nicht schwimmen; es möchte schwimmen können und so ein Geschäftsmann werden wie Fredy, auch eine Wasserratte und ein Faltbootfahrer.

«Dann kauf ich mir ein Faltboot», sagt das Kind.

«Du kannst meins haben.»

«Wo ist das Boot?»

«In Kassel, im Bootshaus.»

«Warum schenkst du mir das Boot?»

«Weil ich zum Tode verurteilt worden bin und sterben muss. Ich brauche es nicht mehr.»

«Wann stirbst du denn?»

«Morgen. Nein, heute.»
«Danach kann ich es haben?»
«Ja.»
«Warum musst du sterben?»
«Ich wollte nach Hause und durfte nicht.»
«Warum wolltest du nach Hause?»
«Weil der Krieg aus ist.»
«Wem sein Krieg ist das?»
«Unser.»
«Euer?»
«Ja.»
«Gehen jetzt alle vom Krieg nach Hause?»
«Ja, nur die Eisvögel bleiben hier. Die sind schon zu Hause.»
«Aber die sterben auch.»
«Jeder muss mal sterben. Du auch.»
«Du bist aber zuerst dran.»
«Ja, bald.»
«Dann bist du tot?»
«Ja.»

Hörgebar hat dem Kind einmal gesagt, wenn man gestorben sei, dann gehe man zwischen den Sternen spazieren, da sei es warm, von Eiseskälte könne da oben gar keine Rede sein. Man träume viel, man wache auf und schlafe wieder ein. Man habe keinen Hunger. Und habe man doch Hunger, dann gebe es heiße Milch mit Honig und Schwarzbrot mit Johannisbeergelee. Wer weiß schon, warum Hörgebar das gesagt hat. Vielleicht, weil Paula keine heiße Milch mit Honig mag. Will er Paula auf den Arm nehmen und zum Besten halten? Nein, Hörgebar will dem Kind die Angst nehmen und es trösten; denn auch das Kind muss irgendwann sterben. Dass es sterben muss, weiß es. Es möchte aber nur dann sterben, wenn es oben zwischen den Sternen so ist wie hier unten zwischen den Menschen. Wie in der Halle des Eisvogels, wie im Kinderschiff, wie in Waldlust. Es will nur sterben, wenn Hörgebar und Klara, Fredy und Paula auch sterben und dann bei ihm sind.

«Ich fang schon mal an mit Sterben», sagt Fredy.

«Wenn ich jetzt sterbe, dann bin ich vier», sagt das Kind.

«Du stirbst aber nicht.»

«Aber du. Und wie alt bist du dann?»

«Zwanzig.»

«So alt wie Hörgebar?»

«Nein, der ist älter als ich. Da, schau mal!»

Der zweite Fisch wird jetzt serviert. Die Stimmung ist der Natur gemäß. Das Weibchen lehnt sich vor, streckt seinen Rücken und legt sich fast waagerecht auf den Weißdornast. Das Männchen hüpft von hinten hoch, lässt sich dann rüttelnd nieder und packt mit seinem Schnabel die Federn in seines Weibchens Schopf. Beide Flügel ausgebreitet, schlägt es sie wie in Zeitlupe, dehnt so die Zeit, hält so das Gleichgewicht. Das Weibchen bewegt seinen Schwanz seitwärts, das Paar vollzieht die Begattung. Sie dauert nur fünf Sekunden. Immerhin: länger als beim Spatz, der in einer Zehntelsekunde damit fertig ist. Von einer wochenlangen Kopulation, die der braun glänzende australische Wüstenkäfer erlebt, kann auch der Eisvogel nur träumen.

«Wenn man ein Eisvogel ist, wie fühlt man sich dann?», fragt das Kind.

«Erst mal muss man einer sein», antwortet Fredy und legt den Arm um das Kind.

«Ich hab dich lieb.»

«Ich dich auch.»

Das sagt Fredy zum Kind. Er sieht eine Überschwemmung voraus, hier in der Geltinger Bucht. Eine Regenzeit steht bevor. Es wird vierzig Tage lang regnen. Der Himmel wird Sintfluten in den Eisvogelbach schütten. Mit der Wucht der Victoriafälle, dreihundertvierzig Millionen Liter pro Minute stürzen während der Regenzeit in die Tiefe, wird er seine Wasser talwärts donnern lassen und die kleine Steilküste mitsamt Fossilien ausschwemmen und einreißen. Die Eisvogelwohnungen werden zerstört sein. Die alten und jungen Eisvögel werden fliehen. Sie werden umkommen auf der Flucht. Vielleicht werden einige überleben und woanders Steilufer, Wasser und Fische finden. Inzwischen wird sich ein großer See mit untermeerischen Schätzen gebildet haben. Die Schätze werden von der Geltinger Bucht verschluckt sein. Das Kinderschiff aber wird stehen bleiben, auch das Hotel Windvogel. Die Steilküste wird sich erheben wie eh und je. Der Blick über die Bucht wird der alte sein.

«Jetzt muss ich aber gehen», sagt Fredy.

«Warum denn jetzt schon?», fragt das Kind.

«Die Pflicht ruft.»

«Aber du musst doch nicht sterben, oder?»

«Ach iwo. Das habe ich vorhin nur so gesagt.»

«Ich hatte schon Angst.»

«Musst keine Angst haben», sagt Fredy und fliegt über die Steilküste und den Strand und das Wasser zurück zum dümpelnden Eisvogelnest.

Himmelfahrt

Zeugen erinnern den 10. Mai 1945 als strahlenden Sonnentag. Gestern noch war es böig gewesen, die Wellen hatten weiße Köpfe gehabt. Bei diesem Wetter waren die Schnellboote aus Kurland unterwegs gewesen. Man hatte gewaltsam von der Libauer Pier ablegen müssen und die Zurückbleibenden russischer Kriegsgefangenschaft ins Auge sehen lassen. Dann waren zweiundzwanzig Boote in Kiellinie auf Westkurs gefahren. Der Engländer hatte die Herausgabe aller Schnellboote verlangt. Das war auf der Heimfahrt bekannt geworden, weil der Gerichtsherr über Funk eindringlich darauf hingewiesen hatte. Ohne Störungen brachten die sechsundsechzig Daimler-Benz-Motoren den Verband zur Geltinger Bucht.

Der Gerichtsherr hatte von der Hermann von Wissmann aus Begrüßungsworte durch ein Megaphon gesprochen. Besatzungen und Passagiere sollten sich von der langen Seereise erholen. Jetzt schliefen sie irgendwo, irgendwie auf ihren Booten und Schiffen.

In einer kleinen, fensterlosen Kammer, tief unten in der Buéa, schliefen vierundzwanzig Mann. Auch das Mitglied der Bekennenden Kirche, der evangelische Militärpfarrer, der schon in Svendborg den Kameradschaftsabend und die Überfahrt in die Geltinger Bucht miterlebt hatte, schlief hier. «Es gibt kein Trink- und Waschwasser, dazu wieder so völlig die Stille», hatte er in sein Tagebuch notiert.

Fredy und Ehrmann blieben in ihrer Arrestzelle allein. Sie hörten Getrampel vom schmalen Gang, der an ihrer Kammer vorbeiführte, Seesäcke wurden über den Boden geschleift. Kein Fenster, keine Entlüftung. Sie rauchten eine Zigarette nach der anderen und tranken Wasser. Die Luft war zum Schneiden. Die Glühbirne hing im Zigarettenqualm. Sie wussten nichts von den zurückgekehrten Kurlandbooten. Fredy fragte: «Wie spät ist es? Ob die Sonne scheint?» Ehrmann sah nicht auf, er sagte nichts. Er schrieb Tagebuch oder hielt den Kopierstift an die Lippen und hob den Kopf. Guter Kamerad Ehrmann, der schnell überkochte und dessen Händedruck Schmerzen bereitete. Schlechter Soldat Ehrmann, der sich zu viele Gedanken leistete. Immer wieder Meckern, immer wieder Tagebuchschreiben. Seine Neigung, Geistesgut über das Leben «an sich» zu verfassen. Seine Neigung zu Aufsässigkeit und Befehlsverweigerung, sein Überschwang, den schon seine Mutter Anna nicht in vernünftige Bahnen hatte lenken können. Jetzt legte er den linken Zeigefinger an die Lippen, er lauschte. Draußen vor der Tür wurde der Fall diskutiert.

«Es wird Hau Dich geben. Beide haben das verdient, weil sie die anderen im Stich gelassen haben.»

«Der Krieg ist aus. Du hast sie wohl nicht mehr alle.»

«Fahnenflucht bleibt Fahnenflucht. Jeder weiß, dass darauf die Todesstrafe steht. Das haben sie nun davon.»

«Der Krieg war aus, und sie wollten nach Hause. Das ist keine Fahnenflucht.»

«Sie haben versucht, sich einen Vorteil gegenüber uns Anständigen zu verschaffen.»

«Der Krieg ist aus, sage ich.»

«Der Krieg geht weiter mit den Engländern gegen die Russen.»

«Jawohl, am besten gleich weitermarschieren. Durch die Wüste Gobi bis nach Tsingtau.»

«Soll wohl ein Witz sein. Kannst du deiner Großmutter erzählen.»

«Kennst du den kürzesten Witz?»

«Na los!»

«Wir siegen.»

«Deutschland ist groß, du Witzbold.»

«Es war einmal.»

«Wie auch immer: Die beiden waren feige.»

«Lieber fünf Minuten feige als das ganze Leben tot.»

«Sei still, sonst stellen sie dich auch noch an die Wand.»

«Na gut. Das Urteil mag richtig sein; aber deswegen müssen die beiden doch nicht gleich erschossen werden.»

«Wären sie stinkbesoffen gewesen, dann hätte das Gericht vielleicht noch was machen können.»

«Halten Sie den Mund, sonst sind Sie auch noch dran!»

«Jawohl, Herr Kaleu.»

«Während andere im Kriege reifen, scheint das bei Ihnen anders zu sein.»

Die Stimmen wurden leiser und verklangen. Ruhe trat ein, hielt über Stunden. Schon verließen die ersten Kurlandfahrer wieder das große Schiff, stiegen um in ein kleines und fuhren an Land. Ob Fredy und Ehrmann ein Frühstück serviert wurde? War an eine Henkersmahlzeit gedacht worden?

Bitten des Verurteilten, ihm Lebens- und Genussmittel zu verabreichen, seien in angemessenen Grenzen zu erfüllen. So spricht die Vorschrift. Etwas zu trinken und ein Freund verscheuchen die Gedanken. So spricht der Volksmund.

Davon sprach hier niemand. Aber davon: Keiner werde jetzt noch so ein Urteil vollstrecken. Das rief man in die

Kammer. Wer habe denn jetzt noch Lust, Soldat eines Erschießungskommandos zu sein. So wurde zuletzt gesprochen und hinter vorgehaltener Hand sogar dies: «Sollen wir nicht die Offiziere festnehmen und so die Vollstreckung verhindern?» Das fragte jedoch bald niemand mehr aus Angst vor Denunziation und eigener Bestrafung. Erst fünf Tage zuvor waren die elf Kameraden in Sonderburg erschossen worden. Dann noch einer und noch mal drei auf dem Standort-Schießplatz am Twedter Holz in Mürwik. Nun werde die nächste Erschießung anstehen, glaubte man. Dass es schon am selben Tag soweit sein könnte, dachte allerdings keiner.

An diesem Himmelfahrtsvormittag schrieb der Gerichtsherr seinen Bestätigungsvermerk unter das Todesurteil: Name, Dienstgrad, Dienststellung, Datum. Er übergab die beschlossene Sache seinem Stabsrichter mit der Bemerkung: «Vollstreckung heute um 16.30 Uhr auf der Buéa.»

Als Zeitpunkt für eine Vollstreckung seien zweckmäßig die frühen Morgenstunden zu wählen, erwiderte der Stabsrichter.

In dieser eiligen Sache könne auf die Vorschrift keine Rücksicht genommen werden.

«Jawohl, Herr Kommodore.»

Ob der Gerichtsherr auf seinem Führungsschiff blieb, um die feierliche Flaggenniederholung für die Kurlandfahrer vorzubereiten? Wollte er in seiner Kammer einen geruhsamen Himmelfahrtsnachmittag mit der dazu passenden Dibelius-Lektüre verbringen? Wollte er von Bord gehen und auf den krummen Straßen der lieblichen Hügellandschaft zwischen Schlei und Flensburger Förde nach Mürwik zum Großadmiral fahren? Am Himmelfahrtstag jedenfalls war er von der Bildfläche verschwunden. In seiner Abwesenheit ging die Vorbereitung der Vollstreckung ihren geordneten, vertrauten, schnellen Gang, denn der Befehl lautete: «Bestätigte Todesurteile sind unverzüglich im Angesicht der Truppe zu vollstrecken.»

Der Marinerichter bestimmt den Vertreter der Anklage zum Todesboten, «denn Sie haben das ja auch beantragt».

«Jawohl, Herr Stabsrichter», und er geht ab.

Der Marinerichter weist den Kommandanten der Buéa an: «Vollstreckung des Urteils um 16.30 auf Ihrem Schiff.»

«Jawohl, Herr Stabsrichter.» Der Kommandant ruft seine Offiziere und befiehlt, was zu befehlen ist.

Der Marinerichter meldet dem Kommandeur des nunmehr nutzlos gewordenen Marine-Infanterie-Bataillons: «Vollstreckung um 16.30. Rufen Sie Ihr Bataillon zusammen. Antreten 16.00 Uhr. Befehl vom Kommodore.»

«Jawohl, Herr Stabsrichter.»

Der Marinerichter bittet den Stellvertreter des Gerichtsherrn, das Vollstreckungskommando anzufordern beziehungsweise herzubefehlen.

«Schon eingetroffen», sagt der Stellvertreter.

Eingetroffen waren zehn Marinesoldaten unter Führung eines Kapitänleutnants. Diese Truppe hatte Erfahrung. Erst vor fünf Tagen hat sie auf der Reede vor Sonderburg die elf Meuterer vom Minensucher M 612 erschossen.

Im Maschinenraum der Buéa sprang der Maschinentelegraph von «Achtung» auf «Langsame Fahrt Voraus», weiter auf «Halbe Fahrt Voraus». Die Buéa verließ ihren Ankerplatz in der Geltinger Bucht mit Nordwest-Kurs. Wollte man die Erschießung im internationalen Gewässer vornehmen? Bug voraus, im hellen Sonnenlicht dieses Himmelfahrtstages, leuchteten die weißen Doppeltürme der Kirche von Broager. Das Marine-Infanterie-Bataillon machte sich zum Antreten bereit, der Vertreter der Anklage stieß die Tür zur Gefangenenkammer auf. Eine Todesbotschaft braucht das energische Auftreten des Todesboten in voller Montur. Als Kapitänleutnant trug er die Dienstmütze mit dem dünn gestickten Goldrand auf dem Schirm. Drei Kolbenringe, zwo eins Komma sechs Zentimeter dick und einer null Komma neun Zentimeter dünn, im Kriegsende-Zustand auf seinen Ärmeln. Weißes Hemd, marineschwarzer Schlips. Mit dem Papier in der Hand überschritt er die Schwelle. Der Bestätigungsvermerk des Kommodore gab ihm Sicherheit und Wissen: Alles in Ordnung, du tust nur deine Pflicht, dir kann nichts passieren. Ihm war nach Husten. Mehr als ein Räuspern ließ er nicht zu, denn ein Todesbote hustet nicht.

Dann stand er in der Kammer vor den beiden Todeskandidaten, stramm zur Meldung. Es handelte sich hier um Strammstehen vor dem Tod.

Die Todeskandidaten standen nicht stramm, sondern wie zum Empfang der Entlassungsurkunde für treu geleistete Dienste, ein Schimmer Hoffnung in den Augen und um die Lippen, jeweils ein Fragezeichen an den Ohren.

«Ich habe Ihnen mitzuteilen», der Todesbote nahm die Hand vor den Mund und unterbrach die Botschaft, weil er nun doch husten musste, «ich habe Ihnen mitzuteilen, dass der Kommodore das Urteil des Kriegsgerichts bestätigt und eine Begnadigung oder eine Abmilderung der Strafe verweigert hat.» Das Urteil sei noch heute, in etwa zwei Stunden, zu vollstrecken.

Was antworteten Fredy und Ehrmann? Der Vertreter der Anklage hat später dazu nicht ausgesagt. Er ist auch nicht dazu befragt worden. Wie reagieren zwei Menschen auf die unabänderliche, endgültige Todesbotschaft? Fredy versank vielleicht in einen Dämmerzustand, atmete flach und lebte den Rest seines Lebens auf Sparflamme. Ehrmann griff noch einmal zum Tagebuch und schrieb mit blauem Kopierstift die letzten, nicht vollständig zu entziffernden Zeilen: «Lieber [unleserlich], an meine Mutter schreibst du, sie soll nicht auf meinen armen Körper warten. Und sonst schreibst du, dass mir der Vorsatz der Einhaltung eines gegebenen Versprechens, nach Kriegsschluss nach Hause zu kommen, misslungen ist. Mit meinen privaten Klamotten kannst du nach Gutdünken verfahren. Briefe und Bilder bitte ich dich zu vernichten, soweit es nicht solche von meinen Angehörigen sind. Die kannst du ihnen ja schicken. Im Angesicht des Todes sage ich dir, dass die Worte des Zeugen, dieses Ochsen von Oberbootsmann aus Leipzig, in keiner Weise stimmen. Sage das den Kumpels.» Dann händigte er das Tagebuch einem Kameraden zu treuen Händen aus. Der hatte die beiden Wachsoldaten gebeten, die Zellentür zu öffnen, «weil ich mich von den beiden verabschieden möchte». Auch ein Passbild war dabei für Rita, eine Rotblonde aus Windau. Es war einmal: «Meiner lieben Rita als letzten Gruß. Herzlichst Dein Fritz. Ich musste dich leider doch verlassen.» Ob dieser Gruß auf der Rückseite des Fotos, das Ehrmann mit dem Datum des 9. Mai 45 versehen hatte, Rita jemals erreichte?

Nachdem er das Foto aus der Hand gegeben hatte, machte er sich darüber keine Gedanken. In der Kammer sah er die Freundin aus Kurland noch einmal deutlich vor sich. Er hatte sie während seiner Dienstzeit auf dem Feuerschiff Ovisi kennengelernt. Sie war dünn und groß und trug langes, rotes Haar. Sie sprach Deutsch, Russisch und Lettisch. Die «rote Rita» arbeitete als Aushilfe in der

Stadtbücherei. Ehrmann tauchte da regelmäßig auf. «Lesen soll bilden. Unterhaltung, oder besser: Gedankenaustausch von Mann zu Mann bildet noch mehr. – Aber nicht das leichte Gewäsch der kleinen Geister», notierte er. Er lieh sich Romane aus, zuletzt «Unwiederbringlich» von Theodor Fontane, er schlug in Wörterbüchern und Lexika nach, und Rita sagte: «Fontane reimt sich auf Romane.» Er warf Rita Blicke zu. Rita blickte zurück mit kleinem Busen und großen, grünen Kugelaugen und warf ihr rotes Haar gegen einen kolorierten Stich Friedrichs des Großen. Das Haar flog, landete aber gleich wieder. Sie lachte einladend und schrieb etwas mit einem Kopierstift auf die Karteikarte. Am nächsten Tag fragte Ehrmann, ob sie Lust habe, ins Kino zu gehen.

«Kommt auf den Film an.»

«‹Geliebte Welt›.»

«Willy Fritsch in der Hauptrolle. Ich komme mit», antwortete sie.

Auch diesen Kinobesuch hielt Ehrmann fest: «Es war gut, neben ihr zu sitzen, ganz nahe, und sie zu berühren. Ein ganz schwerer, zarter Duft alten Parfüms stieg aus ihrer Handtasche, wenn sie diese öffnete, um ihr perfekt zusammengelegtes Taschentuch aufzufalten.»

Er schluckte. «Ich werde sie nicht mehr wiedersehen», sagte er zu Fredy und blickte zu ihm hinüber.

Der schwieg. Sein Kopf lag auf den Armen, seine Arme lagen auf dem Tisch. Er drehte sein Gesicht zur Bordwand und murmelte, ohne aufzuschauen: «Wann hast du sie zuletzt gesehen?»

«Vor einem Jahr? Ich weiß nicht mehr genau.»

Zuletzt getroffen hatten sie sich unterhalb der Mauern des Komturhauses, das von den deutschen Ordensrittern im dreizehnten Jahrhundert erbaut worden war. Von erhöhter Warte aus wollten die Ritter Land, Leute und Ostsee überblicken.

«Wie war sie?», fragte Fredy mit tonloser Stimme.

«Ja, wie war sie, wie eigentlich ist der Mensch?»

Wie sie war, das hatte er aufgeschrieben während seiner Versetzungsreise nach Swinemünde: «Ich dachte plötzlich an sie, es war ein kurzes und fast gleichgültiges Denken. Sie war mir kein interessantes Mädchen, nicht einmal ein besonders temperamentvolles Wesen. Sie hatte manchmal direkt typisch kleinbürgerliche Anschauungen gegen die Wünsche und Sehnsüchte ihres Herzens ins Treffen geführt. Aber sie verteidigte das, was sie selbst als lächerlich erkannte, und empfand mit einem so festen Willen und so besonderen Gründen, dass sie Respekt einflößten. Ihr Leben, das sie leben musste, gestattete ihr nicht die Forderungen der Leidenschaft. Sie hatte Angst vor diesem Leben, dessen Ausmaß sie nicht übersehen konnte. Ich glaube, dass sie ihre für sich selbst aufgestellten theoretischen Forderungen verachtete; aber sie hielt krankhaft an ihnen fest, weil sie von ihnen gehalten wurde. Ich achtete sie deswegen.»

Fredy war eingeschlafen oder döste im Halbschlaf oder war in Furcht erstarrt.

«Schläfst du?», fragte Ehrmann.

«Nein.»

Sie schwiegen wieder. Sie saßen tief eingehüllt in ihr Schweigen. Dann räusperte sich der Kamerad, der Ehrmanns Tagebuch an sich genommen hatte, er musste sich sputen. Um 16.00 Uhr war Antreten des Bataillons befohlen; mittschiffs. Es war schon 16.00 Uhr durch.

«Wo, verflixt noch mal, ist mittschiffs?»

«Die Mittellinie des Schiffes ist gemeint.»

«Wie soll ein Bataillon auf der Mittellinie des Schiffes antreten!»

«Kommando zurück: Das Bataillon tritt auf dem Mittelschiff an.» Auch da war Antreten für mehr als hundert Leute nicht möglich. «Das Bataillon tritt auf dem mittleren Teil des erhöhten Achterdecks der Buéa an, verdammt nochmal!» Dieser Befehl kam laut und deutlich vom Kommandeur. Der musste es schließlich wissen; der wollte seine Leute da und nirgendwo sonst haben. Nur da war genug Platz zum Augen-Schließen und Ohren-Aufsperren.

Für den Kameraden mit Ehrmanns Tagebuch war es schon zu spät. Er hatte sowieso keine Lust. Worte des Kommandeurs? Die kannte er aus Svendborg. Er verkroch sich unter Deck, noch unterhalb der Wasserlinie; er nicht allein. Es gab Gesinnungsgenossen, die ähnlich dachten: Verpissen und keine Wellen machen. Das fiel nicht auf, weil auch auf dem erhöhten Achterdeck der Platz fürs Bataillon nicht reichte.

Der Kommandeur ließ seiner Rede freien Lauf wie beim Svendborger Kameradschaftsabend. Selbst an diesem Hinrichtungstag verstand er sich auf laut und leise, Pause und Tempo, Hebung und Senkung. Wörter waren im Körper genügend vorhanden und strömten vom Gehirn ins Mundwerk und zum Mundwerk hinaus. Der Wettergott zeigte seine Schokoladenseite und quatschte nicht dazwischen, im Gegenteil: Sonne über Sonne goss er in die Geltinger Bucht. Es wurde langsam Abend. Wer hören wollte, konnte eine halbe Stunde lang hören, wie der Kommandeur seine Ansprache um folgende Gesichtspunkte drehte und wendete: Er habe mit dem Kommodore stundenlang geredet, und der sei weiß Gott ein frommer Mann. Bei ihm spiele die Verantwortung vor Gott und dem deutschen Volk die größte Rolle. Durch seinen Beschluss vom Morgen dieses Tages sei eine Wiederholung des schmutzigen Dramas vom November 1918 verhindert worden. Die Kriegsmarine stehe diesmal ihren Mann. Sie werde unbefleckt aus dem jahrelangen Ringen hervorgehen. Im vorliegenden Falle handele es sich um ein todeswürdiges Verbrechen, nämlich Fahnenflucht. Das sei kein Feldpostdiebstählchen gewesen. Renitenz bei der Verhandlung, fehlendes Geständnis und hartnäckiges Leugnen hätten auf die Härte des Urteils eingewirkt. Das möge eventuelle Nachahmer warnen. Einer der Verurteilten sei gar ein Rädelsführer und Kommunist. An wörtlicher Rede floss den zuhörenden Soldaten noch folgender Satz in die aufgesperrten Ohren: «Diese Kerle müssen ausgelöscht werden.»

Bei den zuhörenden Soldaten lösten die Worte unterschiedliche Empfindungen aus. Einige empfanden Zustimmung, andere lehnten das Vernommene ab oder dachten «arme Schweine», wieder andere hielten den Kommandeur für einen guten Redner und zum nationalsozialistischen Führungsoffizier bestens geeignet.

«Ein dunkler Schatten liegt auf diesem Tag, dem Himmelfahrtstag. Gegen vier Uhr spricht der Kommandeur zu uns und teilt uns mit, dass anschließend die Exekution der beiden stattfinden wird. Ich bin erschüttert von dieser Härte», notierte der evangelische Militärpfarrer in sein Tagebuch. Nach kurzem Bedenken habe er sich von den anwesenden Offizieren, unter Hinweis auf seinen Beruf, die Erlaubnis erbeten, beide Verurteilten sprechen zu dürfen. Die habe er anstandslos erhalten.

Aber nur zehn Minuten.

Während dieser zehn Minuten habe Ehrmann Gebet und

Gottes Wort verweigert und leidenschaftlich gegen das Urteil protestiert. Mit vollem Zorn sei ihm, dem Pfarrer, «große Ungerechtigkeit» ins Gesicht geschrien worden. Da habe auch er an den Kommunisten und Verführer in Ehrmann geglaubt, der Fredy in seinen Bann gezogen habe.

Fredy hingegen brachte kein Wort mehr über die Lippen. Er hatte alles gesagt in den beiden Briefen, die er dem Geistlichen nun in die Hand drückte mit der stummen Bitte, sie weiterzugeben. Tränen in den Augen? Keine Spur. Fredy sei ihm, dem Geistlichen, durch seine «kindlichen, reinen Gesichtszüge» aufgefallen. Ja, wäre Ehrmann nicht gewesen, dann hätte er als Geistlicher Fredy noch ein Gotteswort sagen und ein Gebet mit ihm sprechen können. Aber der kindliche Fredy habe wohl unter dem Einfluss seines älteren Kameraden gestanden. Das sei in der Gefangenenkammer sofort zu spüren gewesen. Sein Amt habe er leider nicht so wahrnehmen können, wie er sich das gewünscht habe. Er habe jedoch den beiden noch bezeugen können, dass sie auch ohne Gottes Wort «in die Ewigkeit treten werden».

Auf dem erhöhten Achterdeck rückte das Bataillon unterdessen auf engste Tuchfühlung zusammen; man brauchte noch Platz für das Hinrichtungskommando, für den Marinerichter, den Arzt, den Ankläger, den Protokollführer. Schon führte der Ankläger Fredy und Ehrmann, aneinander gefesselt, zur Gefangenenzelle hinaus. Hinter ihnen die Wachsoldaten, neben ihnen der Militärgeistliche, vor ihnen der Marinerichter. Ich war ein ehrlicher Arbeiter und ein ehrlicher Soldat, das dachte Ehrmann. Wie gern würde ich jetzt den von Großvater genähten Anzug tragen! Weißes Hemd und passend dazu eine Fliege von Paula. Das schoss Fredy durch den Kopf. Ohne Worte, ohne zu stolpern oder anzustoßen, näherte man sich dem Hinrichtungsplatz.

Die Maschinentelegraphen standen auf «Stopp». Der Anker rasselte in die Tiefe. Der dicke, kurze Kirchturm auf der Steilküste von Neukirchen grüßte im Süden. Die weiß strahlenden Zwillingstürme von Broager leuchteten im Nordwesten. Das Schiff befand sich nach wie vor im Hoheitsgewässer der Sieger. Der Hauptwachmeister vom Erschießungskommando legte Fredy die marineblaue Binde über die Augen. Ehrmann lehnte die Binde ab; er legte seinen Kopf in den Nacken und rief: «Ich will diejenigen sehen, die uns hier umlegen.» Der Marinerichter ließ Ehrmanns Wunsch durchgehen, obwohl er das nicht hätte durchgehen lassen dürfen, denn der Befehl vom 4. Januar 1945 zum Thema Augenbinde lautete: «Der zum Tode Verurteilte ist ein Mensch, der sich durch sein ehrloses Verbrechen so schwer gegen das Volk, die Gemeinschaft, seine Kameraden oder seine militärischen Pflichten vergangen hat, dass er aus der Wehrmacht ausgestoßen werden musste und durch einen schimpflichen Tod sein Verbrechen sühnen soll. Es muss daher alles vermieden werden, was den Verurteilten etwa vor sich selbst oder seinen früheren Kameraden als Märtyrer oder überzeugungstreuen Helden erscheinen lassen kann.»

Ruhe und Gewissheit erfüllten die beiden Todgeweihten jetzt. Sie hatten den Tod bereits empfangen. Sie hatten Angst und Schrecken auffahren sehen an diesem Ort, wo König und Königin gebadet und Zwillinge gezeugt hatten. Ehrmanns Zorn hing verraucht als einsamer kleiner Kumulus am Himmel über der Geltinger Bucht. Fredys Angst hatte den Körper wie eine Krankheit verlassen und Gesundheit gestiftet. Beide hatten den Lebenswillen verabschiedet und Signale aufsteigen lassen, die keines Menschen Auge je gesehen und keines Menschen Ohr je gehört haben: «Hier sind wir, vergesst uns nicht.»

Zehn Todesschützen standen fünf Schritte vor den Verurteilten mit «Gewehr über». Nach dem Kommando «Gewehr ab» verlas der Marinerichter vor versammelter Mannschaft noch einmal Todesurteil, Bestätigung des Todesurteils und Anordnung der Vollstreckung durch den Gerichtsherrn. Die Frage, ob die Verurteilten noch etwas sagen wollten, beantworteten die Aneinandergefesselten mit Schweigen.

Ob der Geistliche noch einmal Trost zusprechen solle.

Ehrmann und Fredy schwiegen.

Soldaten, die in früheren Zeiten arkebusiert wurden, hatte man ein Herz aus Papier an die Brust gesteckt, damit das Herz sicherer zu treffen war. Das musste nun nicht mehr sein, denn moderne Waffen sind viel zielgenauer. Wer auf wen schießt, hatte der Führer des Exekutionskommandos rechtzeitig befohlen. Die Kommandos «Entsichern», «Anlegen», «Feuer» erfolgten schnell nacheinander. Dann die Salve aus zehn Gewehren, das Zusammenbrechen der beiden Hingerichteten. «Abteilung kehrt. Rührt euch.» Das kommandierte der Leitende, weil die Todesschützen nicht ihr Auge bei den von ihnen getöteten Kameraden haben sollten.

Machte das Schiff, obwohl vor Anker liegend, etwa kleine Fahrt? Jedenfalls wehte ein Wind, der den beiden Erschossenen erlaubte, sich von ihren Leichnamen zu entfernen, um sich bereit zu machen für die Klagen der Angehörigen. Eine Rückkehr ins irdische Leben würden die beiden von diesem Zeitpunkt ab als «enttäuschend» beschreiben. Musikhören in der großen Stille war ihnen nun vergönnt. Ehrmanns Mundharmonika spielte die schönste Arie aus «Figaros Hochzeit». Fredy legte seine Finger in eine mit weißen Segeln dahingleitende Wolke und spielte «Die Himmel rühmen».

Weiße Segel sind ein Gotteszeichen.

Der Arzt untersuchte Fredy und Ehrmann nun auf Tod und Leben. Die Schüsse hätten nicht den alsbaldigen Eintritt des Todes gewährleistet. Darum schoss der Leitende den beiden noch einen Gnadenschuss mit seiner Siebenfünfundsechziger ins Genick. Dann wickelte man ihnen ein altes Segeltuch um den toten Leib und zog dicken Draht fünfmal fest um die Beine. Daran wurden Torpedogrundgewichte befestigt. Diese hier waren dreißig bis vierzig Kilo schwer. Man brauchte sie beim Übungsschießen, um Bojen zu verankern.

Früher wurden in Deutschland auch Landstreicher gebunden beerdigt. So sollte ihr Wiederkommen verhindert werden.

Das Segeltuch hatte sich inzwischen da, wo der zerschossene Brustkorb und der zerschossene Nacken waren, rot gefärbt. Rasch «wurden die Leichen, wenn auch nicht mit militärischen Ehren, so doch in würdiger Form, ins Meer versenkt», schrieb der Militärgeistliche später in einem Brief an Fredys Mutter. Das erhöhte Achterdeck der Buéa war längst mit frischem Ostseewasser gespült, zwei Flaschen Martell-Cognac, die übliche Ration, waren längst an das Exekutionskommando verteilt worden. Der Geistliche legte noch einen Trost in seinen Brief. Jesaja 8, Vers 23: «Doch es wird nicht dunkel bleiben über denen, die in Angst sind.»

Die Jakobsleiter

Es wird renoviert. Die Zukunft muss heller und schöner, stiller und stabiler werden. Die Bäume sollen nicht so ächzen und stöhnen: Knarz-Experten beseitigen das Knarzen im Holz. Fußbodenleger streuen Sand und reparieren schadhafte Stellen im Parkett. Maler beizen das Altgrau vom Himmel und streichen ihn himmelblau. Elektriker drehen vorschriftswidrige Sicherungen heraus, ziehen schadhafte Kabel aus der Wand und installieren augenfreundliches Licht. Kammerjäger jagen Ungeziefer und behandeln Wurmstiche in Stuhl, Tisch, Katheder. Arbeiter vom «Amt für Ländliche Räume» geben der Böschung den alten Böschungswinkel zurück. Vogelfreunde saugen Staub in der Nisthöhle und hängen Bilder von Schiffen, Seeschlachten und vom großen Kookaburra auf. Gewässerkundler füllen Proben in Reagenzgläser und fahren damit ins Labor. Petrijünger setzen Jungfische aus. Meteorologen messen Temperatur, Regen und Wind, sie schlagen in Tabellen nach, sie rechnen, sie überprüfen die Rechnung, sie sagen voraus und unterschreiben mit Namen und Datum. Dann kommen Putzfrauen zum Feudeln und Bohnern. In der Frühstückspause öffnen sie Aluminiumdosen; sie greifen sich Wurst- und Käsebrote und beißen rein.

Raus mit dem alten Geruch! Rein mit der neuen Sauberkeit!

Überall hört man es beißen und kauen.

Immer ist Mai. Immer blüht Löwenzahn. Immer bleiben Buttermilch und Zwieback die erste Lieblingsspeise des Kindes. Rote Grütze mit Vollmilch und Zwieback bleibt die zweite. Immer sitzt es unter dem austreibenden Jelängerjelieber, das sich um seine Arme und Beine rankt und ihm Blüten und Duft direkt unter die Nase hält. Das Kind atmet und ist erfüllt von Duft. Niemand hört sein Atmen. Jeder sieht den Kinderbrustkorb sich heben und senken. Jeder atmet selber den Jelängerjelieber-Duft und fasst sich an die Brust. Niemand vermisst das Kind. Das Kind vermisst niemanden. Kein Dunkel ist über ihm, und in ihm ist keine Angst.

Immer bleibt es dunkel über Fredys Mutter. Immer bleibt die Angst. Fredys Abschiedsbriefe hat sie erhalten am 25. November 1945. Der Brief des ehemaligen Marinepfarrers kommt einen Monat später, zu Weihnachten. An das Landgericht Hamburg schreibt sie am 9. Mai 1947, dem zweiten Jahrestag des Todesurteils: «Ich war immer der Meinung, dass dieses Urteil nicht mehr durfte vollstreckt werden. Ich bitte den Herrn Staatsanwalt um eine gerechte Sühne. Mit meinem Sohn hat man mir alles genommen, meine Stütze und meine Hoffnung für mein Alter. Mein zweiter Mann ist noch in russischer Kriegsgefangenschaft. Mein Vater versorgt als Schneidermeister noch meinen Lebensunterhalt, diese Sorge hätte uns sicher mein Sohn genommen, da ich ihn hatte Kaufmann lernen lassen.»

Ehrmanns Mutter ergänzt: «Ich selbst kann Ihnen nur schreiben, dass die Kriegsmarine mir, nachdem mein zwanzigjähriger Sohn gefallen war, auch noch meinen Ernährer in letzter Minute genommen hat, denn mein Sohn Fritz hat für mich gesorgt. Dieser Gerichtsherr hat ja auch bestimmt meines Sohnes Papiere gesehen und daraus gemerkt, dass er wohl nicht so ein guter Soldat war. Durch die Hinrichtung meines Sohnes ist mir außer einem nicht wieder gut zu machenden seelischen Schaden der Ernährer in meinem Alter genommen worden.»

Keiner der beiden Söhne bekam ein Grab, an dem die Mütter hätten trauern können. Keine Trauerbirke, kein Immergrün, keine Ringelblumen, keine Stranddistel.

- Warum habe man die Körper der Erschossenen im Meer versenkt? Die Steilküste sei doch in greifbarer Nähe gewesen.
- Das sei in der Seefahrt die üblich-rasche, zweckmäßige Methode. Man wolle tote Kerls nicht ewig übers Meer fahren lassen.
- Um Gottes willen!
- Und erspare sich damit die unangenehme, zeitraubende Arbeit des Gräbergrabens.
- Daher die Gewichte an den Toten?
- Das Torpedogrundgewicht simuliere den Grabstein, weil es den Auftrieb verhindere. So schütze der Seemann sich vor Wiedergängern. Darum auch die Fessel.
- Welche bekanntlich bei Fredy und Ehrmann nicht die erhoffte Wirkung gezeitigt habe.
- Ja, die beiden seien über eine Jakobsleiter entstiegen. Aus dem stillen Raume, von des Meeres Grund. Siehe, eine Leiter war auf die Erde gestellt, deren Spitze den Himmel berührte. Und siehe, Engel Gottes stiegen daran auf und ab. Schließlich habe man Fredy und Ehrmann einen Stein setzen müssen, um das Auf- und Absteigen zu unterbinden.
- Einen Grabstein?

- Grabstein oder Gedenkstein, das sei einerlei. Beide erfüllten nur den einen Zweck: mit ewiger Schwere Druck erzeugen.
- Im Meer würden Erschossene sonst gefressen und verwesen wie auf dem Friedhof?
- Prinzipiell ja, nur anders gefressen und verwesen. Am Ende blieben nur Weichbleikerne, Vollmantelgeschosse und Torpedogrundgewichte übrig. Bei Fredy und Ehrmann sei die postmortale Phase jedoch abweichend verlaufen.
- Wunderbare Trennung von Fleisch und Metall?
- Fleisch entsteige dem Meer. Metall treibe am Meeresboden der Küste zu, werde von Fossiliensammlern entdeckt und als interessantes, jedoch wertloses Zeug in den Sammelsack geworfen und mit nach Hause genommen.
- Und den Sammlern komme nicht der Gedanke, dass die Projektile aus den Körpern von Erschossenen stammten?
- Sie dächten nicht im Entferntesten daran.

Die Ufer des Eisvogelbaches sind bearbeitet. Schritte knirschen im frisch gestreuten Sand. Stimmen fliegen deutlich und klar von einem Ufer zum anderen und wieder zurück.

«Wissen Sie, was Sie getan haben? Sie haben mir meinen Sohn gemordet!»

«Ja, ich weiß, dass ich Ihnen das Liebste genommen habe.»

«Das Allerliebste haben Sie mir genommen.»

«Ich weiß auch, dass Sie einen ewigen Hass auf mich haben werden. Dass Sie mich am liebsten umbringen möchten.»

«Den Gedanken habe ich gehabt, aber eine Selbstjustiz gibt es ja nicht.»

«Gott bewahre! Selbstjustiz ist Chaos.»

«Sie hätten die beiden doch begnadigen können.»

«Ich musste sie opfern, um die Disziplin aufrecht zu erhalten. Die Disziplin war schlecht. Ich könnte Ihnen Beispiele aufzählen.»

«Fühlen Sie sich nicht schuldig?»

«Ein irdischer Richter kann nicht urteilen über meine Schuld. Das kann nur Gott, wenn ich vor seinen Richterstuhl trete.»

«Nun hat der irdische Richter Sie freigesprochen. Würden Sie heute noch einmal so urteilen?»

«Notgedrungen. Unter den Umständen von damals würde ich auch heute wieder so urteilen müssen.»

«Ich wollte damals aus dem Leben gehen. Noch immer ist es schwer für mich, das zu tragen.»

«Beten Sie zu Gott, er möge Ihnen Kraft dazu geben.»

«Nein, ich glaube nicht mehr an einen Gott, denn ich habe einmal jede Nacht um meinen Jungen gebetet.»

«Ich fühle mit Ihnen. Ich möchte Ihnen die Hand reichen.»

«Nein, ich kann Ihnen meine Hand nicht geben.»

«In Gottes Namen.»

«In Gottes Namen, ja, dann reiche ich Ihnen die Hand, aber verzeihen kann ich Ihnen nicht.»

«Ich habe sieben Jahre unter dem Damoklesschwert von Prozess, Untersuchungshaft und Existenzsorgen leben müssen. Viel für einen Angeklagten, den das Gericht am Ende freisprechen musste. Zu meiner Verantwortung stehe ich noch heute.»

«Moralisch sind Sie schuldig.»

«Diese Schuld muss ich tragen und büßen bis ans Lebensende.»

«Tragen Sie es so, wie ich es tragen muss.»
«Ja, in Gedanken wollen wir uns helfen.»
«Richten Sie bitte Ihrem Herrn Vater aus, dass ich die Einladung, Sie zu besuchen, um mich in Ihrem Elternhaus ein paar Tage zu erholen, nicht annehmen kann.»
«Das tut mir aber Leid. Warum denn nicht?»
«Ihr Herr Vater hat gesagt: Gleiches Leid verbindet.»
«Ein Gedanke, ein christlicher.»
«Mit dem Mörder meines Sohnes an einem Tisch sitzen, in seinem Haus ein und aus gehen, das kann ich nicht.»

Im Mietshaus, Fünffensterstraße 4, Kassel, geht sie ein und aus mit dem Leid, das ihr wie ein Grabstein auf den Schultern liegt. Mehrere Male versucht sie, ihrem Leben ein Ende zu setzen. Sie nimmt Tabletten, sie dreht den Gashahn auf. 1954, ein Jahr nach dem Freispruch des Gerichtsherrn, glückt ihr, wonach sie strebte: der Tod am Herd. Großvater Klaas findet sie. Da seine Tochter tot ist, will auch er nicht mehr; kurz darauf stirbt er ihr nach.

Ehrmanns Mutter geht zu Grunde, indem sie in der Brandvorwerkstraße 26, Leipzig, die Gedanken verliert. Sie kommt in ein Heim und erreicht da noch ein hohes Alter.

Dass die Seele aufsteigt, wenn der Körper im Meer versinkt, und als Engel die Jakobsleiter erklimmt, ist eine Wahrheit, die kein Seemann anzweifelt. Von der Jakobsleiter, nicht vom Meer, kehrt die Seele in Gestalt eines Wiedergängers zurück. Der steht auf den oberen Sprossen und sucht das Schiff, auf dem er zuletzt gedient hat.

Was Ehrmann und Fredy angeht, so verloren sie es im Jahre 1976 aus den Augen. Zehn Jahre lang war die Buéa bei der königlich-dänischen Marine als U-Boot-Tender unter dem Namen Henrik Gerner mit der Nato-Nummer A-543 gefahren. Danach, am 16. März 1976, auf den Tag genau zweiunddreißig Jahre nach der Beschlagnahme durch die deutsche Kriegsmarine, wurde die Ex-Buéa zum Abwracken und Verschrotten an die Werft H. J. Hansen in Odense verkauft.

Schrott folgt dem Wiedergänger wie Eisen dem Magneten.

Die auf Silvester 1982 vorgezogenen Äquinoktialstürme rütteln am Haus des Gerichtsherrn in Flensburg-Mürwik, siebenhundertsiebzig Meter entfernt vom letzten Amtssitz der Regierung Dönitz. Raketen- und Feuerwerksmusik ist in den mitternächtlichen Himmel über Flensburg eingedrungen. Kirchenglocken haben das neue Jahr längst eingeläutet. Da beschießen welche das Haus mit Knallkörpern aus China. Der Gerichtsherr verlässt das Anwesen durch die vordere Haustür und geht zu den Rüpeln hin, redet wie ein Vater auf zwei Gestalten in Bomberjacke und Tennisschuhen ein. Ob man nicht woanders knallen könne? Hier wohnten doch Alte und Pensionäre, Leute, die ihre Ruhe bräuchten. Er habe jedes Verständnis dafür, wenn sie, na, einen über den Zapfen wichsten, dennoch, liebe Leute, sei es nicht Zeit, nach Hause zu gehen?

Der Gerichtsherr blickt in die Gesichter. Er sieht Untiefen und Riffe, auch fehlendes Wangenrot. Sieht das eigentümlich Mürrische, das nur Seeleute absondern: Kameraden, die über alles meckern, über Vorgesetzte, Verpflegung, Gott und die Welt, und die ins «Marine-Gedenkbuch» wollen. Die spitzen schon den Mund, sprechen gleich los: «Für immer zur Stelle, Herr Kommodore. Wir sind als Lotsen gekommen.» Das rufen beide. Buéas gesammelter Schrott schnellt heran, sprüht und erglüht Zentimeter vor Augen, Nase, Mund und explodiert. Heiß schießt es dem Gerichtsherrn in den Kopf. Seine Zunge schmilzt bis auf das eigene Bittere. Nur zu deutlich schmeckt er es. Er darf nicht haben, was die Seele des Christenmenschen sich Schritt für Schritt erarbeitet, um davon zu zehren: Gewissen und Reue, Zerknirschung, Einsicht und Trauer. Er gibt sich einen Ruck. Er schleppt sich Richtung Hauseingang. Da bricht er an der Seite seiner Frau zusammen. Zwei Tage später stirbt er im Krankenhaus an massiver Gehirnblutung. Das Bewusstsein hat er nicht wiedererlangt.

Trotz regelmäßigen Kirchgangs habe er seiner Frau kein Glück mehr ins Schiff hieven können. Auch der kirchliche Ehesegen habe nichts genützt. Zu spät. Böse Zungen im Treppenhaus haben so gesprochen.

Der nächsterreichbare Geistliche rät von einer Anzeige zwecks Strafverfolgung ab. Es gebe hier keine richterliche Zuständigkeit. Darum: still halten. Allein so könne man diese «Jugend ohne Gott» beruhigen. Sie werde sich am Ende wie eine brennende Kerze selbst verzehren.

Einen Tag nach dem Untergang der Carl Peters, am 15. Mai 45, verlässt das Kind das Kinderschiff an der Geltinger Bucht. Es sitzt neben Kutscher Hörgebar auf einem Brett und hält die Zügel. Pferd und Wagen sind geliehen. Das Fuhrwerk ist unterwegs mit einer Ladung Torf für die Heizung im neu eingerichteten Entbindungsheim des Hilfskrankenhauses von Kummerby. Diese Ladung soll bis zum Herbst reichen. Dann soll eine neue Ladung kommen. Torf riecht säuerlich und sauber. «Die Straße ist ein torfebenes Geschehen», sagt Hörgebar, der einen Torfsoden in der rechten Hand hält, mit den Fingern zerbröselt und die Brösel in die linke, offene

Hand rieseln lässt. «Sieh mal, was da alles drin ist, Holz, getrocknete Blumen.»

«Löwenzahn.»

«Ja, auch Löwenzahn.»

«Zurückrüben», ruft das Kind und lacht aus voller Brust und hört nicht auf zu lachen.

«Doch keine Zuckerrüben im Mai, du Torfkopp», ruft Hörgebar. Nun lachen beide aus voller Brust.

«Das Wetter ist schön», sagt das Kind.

«Ja, was soll man auch sonst sagen», antwortet Hörgebar.

«Beton soll man sagen», ruft das Kind und lacht über das wiedergefundene Wort. Tatsächlich: Das Kind fährt mit Pferd und Wagen über eine Betonstraße. Lauter Betonplatten mit Teerfugen. Das Pferd geht mit seinen Hufeisen über den Beton. Die Hufeisenschritte fliegen mit klingendem Spiel ins Ohr.

In Kummerby, vor dem Hilfskrankenhaus, sagt Hörgebar: «So, den Rest kannst du alleine laufen. Du bist groß genug.» Das ist einer von Hörgebars Scherzen. Er muss abladen, er muss rechtzeitig wieder im Kinderschiff sein. Das Pferd freut sich auf den Stall und scharrt mit dem rechten Vorderhuf. «Piano, piano», ruft Hörgebar und übergibt das Kind zu treuen Händen. Es muss noch drei Kilometer bis nach Hause in einem anderen Pferdefuhrwerk mitfahren, immer geradeaus, immer den schnurgeraden Betonweg entlang.

Der Weg von der Geltinger Bucht nach Hause sei ein einziger, schnurgerader Betonweg gewesen, spricht es in mir.

Auch den heutigen Weg erinnere ich als einen einzigen langen Betonweg. Die Erinnerung trügt, denn damals war der Weg wie heute: Kurvenreich und von Knicks gesäumt, führte er über kleine Hügel und durch kleine Täler. Vorbei an Weißdorn und Haselnuss, an Rotkehlchen und Drosseln.

Irgendwoanders haben sich Sintfluten vom Himmel ergossen. Fern von hier ist ein Damm gebrochen, siebentausend Menschen werden obdachlos. Wie viele Eisvögel ihre Nisthöhlen verlieren und wie viele umgekommen sind, ist nicht bekannt. Statt zu Hause landet das Kind vor dem dicken Kirchturm auf dem Friedhof von Sankt Ursula.

Klara steht in halbhohen Gummistiefeln an der Friedhofspumpe und füllt die Friedhofsgießkanne. Sie will ihre Toten begießen. Paula, die nach einem Gehirnschlag beim Baden in der Geltinger Bucht hier 1966 beerdigt wurde, dem Jahr, als Hörgebar aus Afrika zurückkam. Und Hörgebar, der vor drei Jahren starb. Beide Namen sind gut lesbar mit goldenen Buchstaben auf einen Stein graviert, darüber auch Name und Geburtsdatum von Klara. Auf dem Grab wächst eine immergrüne Eibe, die soll uralt werden und ist den Toten mit auf den Weg gegeben worden. Als Klara meine Hände auf dem Grabstein liegen sieht, sagt sie: «Deine Jugend.»

Ich bin dreiundsechzig, sie ist dreiundneunzig.

Ich frage mich, ob sie schon immer so schön gewesen ist. Sie ist schlank. Sie hat natürlich geformte künstliche Zähne. Sie hat ihr weißes Haar zu einem Dutt geknotet. Ihre Augen sind wach und blau. Sie geht mit langsamen Schritten, nickt beständig mit dem Kopf.

«Ich habe in meinem Leben oft geweint.» Ihre Stimme ist kaum zu hören.

«Wegen Hörgebar?», frage ich und ärgere mich gleich.

«Ach, das ist eine lange Geschichte. Geh du lieber. Man wartet bestimmt schon auf dich.»

«Ja», sagt das Kind und macht sich auf den Weg. Von Sankt Ursula nach Hause kennt es sich aus.

Nachbemerkung und Dank

Der Roman erzählt das Schicksal zweier Marinesoldaten am Ende des Zweiten Weltkrieges. In Wirklichkeit waren es vier Marinesoldaten, die an der geschilderten Flucht teilnahmen: Alfred Gail, Fritz Wehrmann, Martin Schilling und Kurt Schwalenberg. Martin Schilling wurde zusammen mit Alfred Gail und Fritz Wehrmann hingerichtet. Der vierte, Kurt Schwalenberg aus Kempten im Allgäu, wurde vom Kriegsgericht zu einer Zuchthausstrafe verurteilt, dann aber, nach Vollstreckung des Todesurteils an seinen Kameraden, auf freien Fuß gesetzt. Er starb am 14. September 2000.

Die Entscheidung, zwei der vier Marinesoldaten für den Roman auszuwählen, ergab sich aus dem mir vorliegenden biographischen Material. Fritz Wehrmann hinterließ ein umfangreiches Tagebuch, Alfred Gail zwei wichtige Briefe. Ich konnte ihre Brüder, Joachim Wehrmann in Leipzig und Hermann Gail in Kassel, aufsuchen und befragen. Martin Schillings Angehörige sind in den Nachkriegsprozessen, die 1947 begannen und im dritten Hauptverfahren vor dem Schwurgericht in Hamburg am 27. Februar 1953 mit einem Freispruch für den Gerichtsherrn und vier seiner Mitangeklagten endeten, anders als die Mütter von Fritz Wehrmann und Alfred Gail nicht als Nebenkläger aufgetreten. Darum sind auch die Lebenszeugnisse für diesen dritten hingerichteten Soldaten in den Prozessunterlagen nicht ergiebig. Als eine darüber hinaus gehende Nachforschung ebenfalls ohne

Ergebnis blieb, entschloss ich mich, das Schicksal der beiden Romanfiguren Fredy und Ehrmann exemplarisch für die Geschichte der drei hingerichteten Marinesoldaten zu erzählen.

Kurz, die Schilderung des historischen Geschehens folgt den Berichten noch lebender Zeugen, den im Staatsarchiv Hamburg aufbewahrten Prozessunterlagen und zahlreichen Dokumenten aus der Familie des Gerichtsherrn und den Familien der hingerichteten Soldaten. Für Anregungen und Auskünfte danke ich Horst Boedler, Ulrich Czubayko, Hans Frank, Hermann Gail, Wolfgang Heibges, Klaus Juhl, Karl Ludwig Kohlwage, Dr. Thomas Mahner, Heinz-Friedrich Nitsche, Peter Petersen, Dr. Werner Rahn, Norbert Rath, Prof. Dr. Michael Salewski, Theodor Schlee, Bente Schwarz, Dr. Heinrich Schwendemann und Joachim Wehrmann. Dem Staatsarchiv Hamburg, dem Kirchspielarchiv Steinberg und dem Svendborg & Omegns Museum danke ich für die Möglichkeit der Akten- und Dokumenteneinsicht, dasselbe gilt für die Landeszentralbibliothek Flensburg und der Bücherei der Marineschule Mürwik, die mich freundlich unterstützten. Für begleitenden Rat und Durchsicht des Manuskripts danke ich dem Marinehistoriker Dr. Dieter Hartwig, Dr. Burkhard Müller sowie Helga und Kristof Wachinger. Ulrike Schieder danke ich für das Lektorat.

J. M. im Oktober 2004

«Ein großer Roman, eine große Erfahrung, ein großes Vergnügen»
(Frankfurter Allgemeine Zeitung)

Jochen Missfeldt

Gespiegelter Himmel

Roman
rororo 23696

Eingebettet in die schleswig-holsteinische Landschaft, ihren Himmel, ihre Winde, ihre von Wasser umgrenzten Flächen, erzählt Jochen Missfeldts großer Roman die Geschichte zweier Männer, die dieselben Frauen lieben und durch ein tragisches Schicksal aneinander gekettet sind.

«Jochen Missfeldt erzählt eine starke Geschichte. Fliegerglück und Fliegertod hat keiner vor ihm so beschrieben. Der Aufstieg und der Fall von Fliegern, ihr Himmelsglück, ihre Angst und ihr Tod werden zu hellklarer Prosa jenseits aller Mythen.»
(Frankfurter Rundschau)